Oetinger

Kirsten Boie

Eine Welt aus Büchern

Kirsten Boie, 1950 in Hamburg geboren, promovierte Literaturwissenschaftlerin, ist eine der renommiertesten deutschen Kinder- und Jugendbuchautorinnen. Für ihr Gesamtwerk wurde sie mit dem Sonderpreis des Deutschen Jugendliteraturpreises geehrt. Kirsten Boie hat viele beliebte Kinderbuchfiguren für alle Altersgruppen kreiert und engagiert sich stark auf dem Gebiet der Leseförderung. Sie ist „ein Glücksfall für die deutsche Kinderbuchliteratur“ (NDR).

Kirsten Boie

Entführung mit Jagdleopard

Bilder von Susann Opel-Götz

Verlag Friedrich Oetinger · Hamburg

Mehr von Kirsten Boie (Auswahl)

Der Junge, der Gedanken lesen konnte

Der durch den Spiegel kommt

Skogland

Sophies schlimme Briefe

Wir Kinder aus dem Möwenweg

MIX
Papier aus verantwortungsvollen Quellen
FSC® C014496

Einband und Vignetten von Susann Opel-Götz
Druck und Bindung: GGP Media GmbH, Pößneck
Printed 2015
ISBN 978-3-7891-2023-7

www.oetinger.de
www.kirsten-boie.de

1. Keiner ist zu gering, um Großes zu vollbringen (Aber leider klappt es nicht immer.)

Genau drei Tage vor meinem zehnten Geburtstag habe ich beschlossen, Großes zu vollbringen und mit Ebru zusammen die Welt zu retten. Deshalb weiß ich das Datum ganz genau. Außerdem hab ich an dem Tag ein Kind entführt, was ich zu Anfang aber ja eigentlich nicht wusste. Und dann haben wir noch den Jagdleoparden im Badezimmer versteckt, das war gar nicht so leicht, weil er einfach nicht Fahrstuhl fahren wollte. Aber das kam erst nach der Entführung, die war da natürlich noch keine.

Und es war natürlich der Tag, an dem Oma mir den Lippenstift mit haargenau passendem Nagellack geschenkt hat.

»Entferner hab ich leider nicht für dich, Schatzi, da musst du mal gucken, wie du an den kommst«, hat Oma gesagt. »Aber das hier ist für dich! Die Farbe ist für mich krass zu orangig. Du weißt ja, ich hab's lieber pink für Ladys.«

Das stimmt, ich glaube ehrlich nicht, dass Oma viele Sachen hat, die nicht pink sind. Sie sagt, Pink ist *ladylike* und steht ihr einfach am besten, weil es nämlich auch zu ihrem Haar passt, das ist golden. Und außerdem macht Pink jung.

Ich finde, es ist egal, was für eine Farbe alte Frauen tragen, alt bleibt alt, und Oma ist schon fast achtundvierzig. Aber Oma sage ich das natürlich nicht. Sonst hört sie womöglich noch auf, sich Schminkkram zu kaufen, und dann kriege ich nicht mehr all die Sachen, von denen sie hinterher plötzlich merkt, leider waren das Fehlkäufe. Wie der orangige Lippenstift zum Beispiel.

Oma war schon in unserer Wohnung, als ich aus der Schule gekommen bin. Ebru hatte sich vor der Haustür von mir verabschiedet, ich nehme sie immer nicht so gerne mit hoch. Wir haben aber unten noch einen Augenblick geredet, bevor ich aufgeschlossen hab, weil wir grade erst beschlossen hatten, Großes zu vollbringen und die Welt zu retten. Wir wussten nur noch nicht genau, woher wir das Geld dafür kriegen sollten.

»Da fällt uns schon was ein!«, hat Ebru so ganz optimistisch gesagt. »Ich bete mal dafür, vielleicht hilft das.«

»Ja, sag deinem Allah mal Bescheid!«, hab ich gesagt. Dann ist Ebru gegangen. Hinter dem Buswartehäuschen hat sie sich umgedreht und mir zugewinkt.

Dass wir dringend versuchen mussten, die Welt zu retten, war uns im Religionsunterricht klar geworden. Religion ist das schönste Fach an der Schule, aber leider ist es nur zweimal die Woche. Ich geh da sehr gerne hin, weil wir nur sechs Kinder sind; es ist freiwillig, und die meisten an meiner Schule sind sowieso Muslime, da kommen die nicht. Ich geh auch nicht hin wegen dem Gott und solchen Sachen, ich finde es nur immer so gemütlich mit lauter Mädchen (außer Jakob Friedemann, aber der ist kein echter Junge und beult sich nicht) und Herrn Wagenfels, der sich in der Stunde Äpfel schält und die Spalten ganz langsam in den Mund steckt. Und wenn man bettelig guckt und sagt: »Mein Magen knurrt«, kriegt man was ab. (Ich glaube eigentlich nicht, dass Lehrer im Unterricht Äpfel essen dürfen.)

Natürlich ist Herr Wagenfels gar kein richtiger Lehrer, darum muss er das nicht wissen. Er ist so alt, dass er wahrscheinlich noch die Saurier erlebt hat (haha, das war ein Scherz) oder jedenfalls die Zeit, als es noch keine Autos gab. Er ist ein Pastor im Ruhestand, und was *im Ruhestand* bedeutet, kann man sich ja schon so ungefähr vorstellen, aber bei *Pastor* war ich mir nicht ganz sicher. Ich hab Ebru gefragt, und sie hat gesagt, es ist so was Ähnliches wie ein Imam. Nur für Christen.

»Bist du?«, hat Ebru gefragt. »Christ?«

Ich hab die Achseln gezuckt. »Woher weiß ich das?«, hab ich gefragt.

»Wenn du getauft bist!«, hat Ebru gesagt. »Wirklich, Jamie-Lee, manchmal versteh ich nicht, was du alles nicht über dich weißt!«

Ebru kann sehr besserwisserisch sein.

Zum Glück war an dem Tag auch grade Oma bei uns, und da konnte ich sie fragen.

»Bin ich eigentlich getauft, Oma?«, hab ich gefragt.

Oma hat mich lange nachdenklich angeguckt. »Du stellst Fragen!«, hat sie gesagt und vor dem Flurspiegel mit einer Pinzette ein borstiges Haar aus ihrer rechten Augenbraue gezupft. Da hab ich nicht gewusst, ob das bedeuten sollte, dass sie es selber auch nicht weiß, oder vielleicht, dass es eine von den peinlichen Fragen ist, die man eigentlich nicht stellt. Mit solchen Sachen kenn ich mich leider immer nicht so genau aus, darum hab ich lieber nicht noch mal nachgefragt.

Herr Wagenfels hat aber auch gar nicht wissen wollen, ob wir Christen sind, zu Reli durfte jeder kommen. Sonst hätte Ebru ja auch nicht gedurft. Man brauchte nur eine Elternunterschrift.

»Warum gehst *du* denn eigentlich?«, hab ich Ebru gefragt, als ich verstanden hab, dass es eigentlich für diese Christen ist, und Herr Wagenfels war ein Imam für die. »Willst du nicht mehr Moslem sein?«

Da hat Ebru gesagt, sie findet Reli auch so gemütlich, fast wie zu Hause, weil wir immer malen dürfen und weil Herr Wagenfels Geschichten erzählt und weil in der Stunde keiner rumgrölt oder seinem Nachbarn eins auf die Glocke gibt. »Und Kamil sagt, es ist gut, einen Spitzel in den gegnerischen Reihen zu haben!«, hat sie gesagt. »Er hat mir sogar die Elternunterschrift gefälscht, dass ich gehen darf.«

Dass wir Mädchen (und Jakob Friedemann) in Reli gegnerische Reihen sind, hab ich ein bisschen komisch gefunden, aber ich finde Kamil sowieso komisch. Kamil ist Ebrus mittlerer Bruder, und er geht mit Baron Chuck in die Neunte. Leider sind die beiden meistens Feinde und beulen sich.

Ja, also an diesem Morgen.

Herr Wagenfels hat von dieser selbst gebauten Arche erzählt und wie ein gewisser Noah da von allen Tiersorten zwei draufgescheucht hat, ein Männchen und ein Weibchen, schon klar, warum. Und dass es dann geregnet hat wie blöde und gar nicht mehr aufgehört, und dann standen alle Häuser unter Wasser, und die Menschen sind alle ertrunken.

»Wenn sie damals schon Hochhäuser gehabt hätten, wäre das nicht passiert«, hab ich zufrieden gesagt. »Wir wohnen im Elften!«

Aber Ella, die, logisch, getauft ist und noch goldenere Haare hat als Oma (und bestimmt ist das bei Ella echt) und die eine noch besserwisserischere Besserwisserin ist als Ebru, hat so ganz schnippisch gesagt, das glaubt sie nicht, weil Gott ja grade *wollte,* dass die Menschen ertrinken, es sollte eine Strafe sein, und sonst hätte er die Flut eben locker noch höher gemacht.

»Wie fies ist das denn?«, hat Charlene Klotzki gerufen und ihr Kaugummi zwischen den Zähnen lang gezogen. Bei den anderen Lehrern darf sie das nicht. »Ey, wie fies ist das denn?«

Charlene Klotzki ist mindestens zwei Jahre älter als ich und fett wie ein Fass, und wenn sie was sagt, ist es bestimmt falsch. Aber dieses Mal fand ich schon, dass sie recht hatte.

»Uns Menschen sollte es eine Warnung sein!«, hat Ella wieder gesagt. Herr Wagenfels hat seinen dritten Apfel geschält und sich nicht eingemischt. Das tut er immer erst, wenn zwei sich prügeln, und das passiert bei uns ja eigentlich nicht. »Diesen Winter hat es schließlich auch schon ganz viel geregnet, und mein Vater sagt, es ist wegen der Klimakatastrophe und solchen Sachen und Umweltverschmutzung, und wenn wir nicht besser mit der Umwelt umgehen, kann es uns haargenau so ergehen wie bei dieser Sintflut!« Wenn Ellas Vater was sagt, darf kein Lehrer widersprechen.

»Ey, Quatsch, ey!«, hat Charlene Klotzki gesagt und Ella einen Vogel gezeigt. »So viel Regen geht gar nicht!«

»Frag doch Herrn Wagenfels!«, hat Ella hochnäsig gesagt. »Herr Wagenfels, sagen Sie doch mal!«

Herr Wagenfels hat seinen Apfel auf sein Apfelbrettchen gelegt und sich zuerst die Finger an einem Taschentuch aus Stoff abgewischt. Taschentücher aus Stoff habe ich vorher noch nie gesehen, sie sehen aus wie winzig kleine Tischdecken, und Herr Wagenfels hat immer eins dabei.

»Ja, der Klimawandel«, hat er gesagt und uns nachdenklich angeguckt. »Da wird noch mal Heulen und Zähneklappern sein, Kinder! Heulen und Zähneklappern!«

»Echt?«, hab ich gefragt. Leider hat es ja so geklungen, als ob die blöde Ella schon wieder was Richtiges gesagt hatte, und darüber freue ich mich natürlich nicht. Aber Heulen und Zähneklappern klang nicht schlecht. »Was passiert denn dann?«

Da hat Herr Wagenfels erzählt, dass die Polkappen abschmelzen, das sind die ganzen Gletscher aus Eis am Nordpol und am Südpol, und dann kommt das Wasser auch zu uns hingeschwappt, und dann steht alles unter Wasser, sogar der Rodelberg und das Minarett von der Moschee am St.-Willibrord-Platz, und das passiert nur, weil wir zu viel Strom verbrauchen und Plastiktüten nehmen und bei Feiern Wegwerfgeschirr und viel zu viel Auto fahren, irgendwo hatte ich das aber schon mal gehört.

Da war ich froh, dass ich wenigstens mal an irgendwas nicht schuld war, weil wir ja gar kein Auto haben und nicht zu solchen Feiern mit Wegwerfgeschirr gehen. Und Strom verbrauchen wir auch nicht viel, weil uns der ja manchmal abgeschaltet wird. Aber darum hab ich es umso ungerechter gefunden, dass ich nun in dem Wasser von den geschmolzenen Polkappen mit ertrinken sollte, dabei hab ich nichts Schlimmes getan. Obwohl, Plastiktüten nehm ich schon.

Mich hat nur getröstet, dass Herr Wagenfels gesagt hat, es passiert nicht heute und nicht morgen, aber es sollte ihn sehr wundern, wenn es nicht noch zu unseren Lebzeiten irgendwann geschehen würde. Zu seinen nicht mehr.

»Und?«, hab ich gefragt. »Was kann man da machen?«

Herr Wagenfels hat mich ganz lieb angelächelt und gesagt, es freut ihn, dass ich das Unheil nicht einfach so akzeptieren, sondern etwas dagegen tun will.

»Am besten hilft immer das Gebet«, hat er gesagt. »Mein Kind.« Herr Wagenfels nennt uns alle »mein Kind«, weil er sich unsere Namen nicht merken kann. Ella ärgert sich sehr darüber, weil er so ja gar nicht richtig merkt, wer die Schlauste von allen ist, und es nicht ins Zeugnis schreiben kann.

»Ja, aber sonst noch?«, hab ich gesagt. Gebet fand ich ein bisschen unsicher. Weil ich ja weiß, dass die alte Frau Schokolowski hinten bei uns auf der Etage auch immerzu gebetet hat, als ihr Mann so krank war, dass man ihn durch alle Wände husten hören konnte. Und was hat das Beten ihm genützt? Gestorben ist er trotzdem.

Ich war also nicht so überzeugt, dass Beten die beste Lösung war. Nachher geht es mit den Polkappen wie mit Herrn Schokolowski. Aber da hat sich Ella schon wieder eingemischt.

»Da müssen die Regierungen endlich Gesetze machen!«, hat sie gesagt. »Die müssen das verbieten! Mein Vater sagt …«

»Dein Vater, ey!«, hat Charlene Klotzki gesagt. »Dein verpisster Vater kann mich mal am …«

»Pssst, pssst, pssst, mein Kind!«, hat Herr Wagenfels erschrocken gesagt. Mit vollem Mund. Wenn man »Pssst!« mit vollem Mund sagt, spuckt man meilenweit, da kann man gar nichts dagegen tun. Ich hab mich blitzschnell unter meinen Tisch geduckt. Ich glaube, eigentlich hatte Herr Wagenfels grade überlegt, ob er sich noch einen vierten Apfel schälen sollte. »Keine unschönen Ausdrücke! Ja, wenn wir alle dem lieben Gott ein bisschen mehr dabei helfen würden, diese schöne Welt zu bewahren …«

»Ich würde ihm glatt dabei helfen, Herr Wagenfels!«, hab ich gesagt. Inzwischen hatte er ja aufgehört mit Spucken, da konnte ich wieder hochkommen. »Soll ich versuchen?«

Herr Wagenfels hat gesagt, gewiss, gewiss. Keiner ist zu gering, um nicht doch Großes zu vollbringen.

Da hab ich gefunden, dass das sehr schön klingt, und bin ein bisschen stolz gewesen, und ich hab mich zu Ella umgedreht, die mich ganz giftig angeguckt hat. Sie hat bestimmt gedacht, sie ist die Einzige in unserer Klasse, die Großes vollbringen kann.

Dann hat es geläutet, und Herr Wagenfels hat langsam mit seinem Stofftaschentuch sein Messer abgewischt und es eingewickelt und die Apfelschalen mit der Handkante in eine Plastikdose gefegt und sich mit noch einem Stofftaschentuch die Hände abgewischt, und dann hat er alles in seine alte, alte lederne Aktentasche getan. Die war bestimmt aus Saurierhaut. (Haha, das war wieder ein Scherz.)

»Bis zur nächsten Stunde, liebe Kinder!«, hat er gesagt. »Der Herr segne euch und behüte euch.«

»Amen«, hat die doofe Ella gesagt, aber Herr Wagenfels war schon auf dem Flur, da hat er es gar nicht gehört, geschieht ihr recht. Die anderen waren sowieso längst draußen, als er noch seinen Kram zusammengefegt hat.

Und Ebru und ich haben auf dem Nachhauseweg darüber nachgedacht, was wir machen können. Weil, eine Flut, die höher ist als der Rodelberg, die wäre sehr unpraktisch. Selbst wenn Mama und Baron Chuck und ich oben im elften Stock trocken bleiben würden, könnten wir ja nicht nach unten auf die Straße zu Aldi oder zur Tafel zur Essensausgabe, das könnte knapp werden mit dem Essen; und wenn die Polkappen schmelzen, bevor ich ausgewachsen bin, dann komme ich auch nicht mehr zur Kleiderkammer und zu KiK, wenn mir meine Klamotten nicht mehr passen. Es war klar, dass wir schnell etwas unternehmen mussten, und auf alle Fälle mehr als beten.

»Also, wir müssen unbedingt Großes vollbringen, Ebru!«, hab ich gesagt. »Herr Wagenfels hat gesagt, wir sind nicht zu gering, also los!«

Ebru hat nachdenklich ausgesehen. »Ellas Vater hat

gesagt, das müssen die Regierungen machen!«, hat sie gesagt. »Und bist du eine Regierung?«

»Ellas Vater hat einen an der Waffel!«, hab ich gesagt. »Du glaubst doch einem Imam mehr als Ellas Vater! Und du hast doch selbst gesagt, Herr Wagenfels ist der Imam für Deutsche!«

Ebru hat genickt. »Der hat aber nicht gesagt, dass das nicht stimmt, Jamie-Lee!« Da waren wir vor unserm Haus angekommen. »Mit den Regierungen und den Gesetzen!«

»Mhm«, hab ich gemurmelt. Ich hab mich gefragt, warum Herr Wagenfels dann überhaupt gesagt hat, dass ich nicht zu gering bin, wenn es doch wieder nur die Regierungen sind, die alles hinkriegen können.

In diesem Moment ist ein Bus in die Busbucht vor unserem Haus gefahren, und Leute sind ausgestiegen, und Leute sind eingestiegen, und da hab ich es plötzlich gewusst.

»Ebru!«, hab ich gerufen. »Dann müssen *wir* eben zu der Regierung *hinfahren* und es ihr erklären, damit die das mit den Gesetzen macht! Und schon ist alles paletti, und der Rodelberg bleibt trocken!«

»Glaubst du, die wissen das nicht längst selbst bei der Regierung?«, hat Ebru skeptisch gefragt. »Wenn Herr Wagenfels das weiß und Ellas Vater? Bestimmt steht es auch in der Zeitung.«

Der Bus ist losgefahren, und ich hab abgewinkt. »Die haben da doch so viele wichtige Sachen um die Ohren!«, hab ich gesagt. »Die müssen doch immer regieren und regieren! Wie die Könige in den Märchen müssen die das.«

Ich war aber nicht sicher, ob sie dazu auf einem Thron sitzen, woher sollte ich das denn wissen. Wenn so was mit Regierung im Fernsehen kommt, schalten wir weg.

»Darum heißen sie ja Regierung, Ebru! Glaubst du, da haben die noch Zeit zum Zeitunglesen? Nee!«

Dass die Könige in den Märchen das nicht getan haben, wusste ich genau. Märchen hatte uns unsere Klassenlehrerin schließlich in der zweiten Klasse vorgelesen.

»Meinst du?«, hat Ebru gefragt.

Ich hab sehr energisch genickt. »Keiner ist zu gering!«, hab ich noch mal so ganz dringend gesagt. Ich wollte immer schon mal gerne was Großes vollbringen.

Aber so ist es leider nicht gekommen.

2. Oma hat eine letzte Chance und eine gute Idee

Dann ist Ebru weitergegangen, weil sie in den Klinkerhäusern unten am Kanal wohnt, und hinter dem Buswartehäuschen hat sie sich noch mal umgedreht und mir zugewinkt.

Und ich hab die Haustür aufgeschlossen und bin in den Fahrstuhl gestiegen. Zum Glück hat da mal ausnahmsweise kein Zettel geklebt, dass der Fahrstuhl leider defekt ist, was nichts anderes heißt als *kaputt* in vornehm. Darum hab ich auf die Elf gedrückt und überlegt, wo die Regierung wohl regiert und wer der Chef davon ist und woher Ebru und ich das Geld kriegen sollen, um da hinzufahren, wenn das vielleicht nicht bei uns in der Stadt ist.

Und dann hab ich mich so gefreut, dass Oma im Flur gestanden hat!

»Schatzi!«, hat sie gerufen und die Arme ausgebreitet. Sie hatte eine pinke Jeans an und ein pinkes Top mit einem tiefen Ausschnitt, bei dem man ein bisschen von ihrem Busen sehen konnte, und einen mörderschönen weißen Gürtel mit Glitzersteinen. Und ihr Gesicht war wunderbarer geschminkt als bei den Frauen im Fernsehen, bei denen man meistens gar nicht so richtig sehen kann, dass sie geschminkt sind. Oma kriegt das besser hin, um die Augen rum war sie so bläulich, und dass das Pink auf ihren Lippen nicht ihre echte Mundfarbe sein konnte, hätte schon ein Kindergartenkind gewusst. Oder, sagen wir mal, ein Erstklässler.

»Hallo, Oma!«, hab ich gesagt. Ich finde es immer so schön, wenn Oma da ist. Weil sie Sachen regelt, dann muss ich das nicht. »Wer ist der Boss von der Regierung? Wo regiert der?«

»Du stellst Fragen!«, hat Oma gesagt und sich zu mir runtergebeugt. Sie hat wunderbar geduftet und mich nicht richtig geküsst, mehr so die Luft um mich rum, und ich hab sie auch nicht richtig umarmt, weil ich wusste, dass sie das wegen ihrer Frisur und überhaupt wegen der ganzen Schönheit nie so gerne will. Da kann schnell mal was verrutschen und verwischen.

»Nee, sag mal, Oma!«, hab ich gesagt und meinen Ranzen in die Ecke mit den Schuhen gepfeffert. »Das ist dringend!«

»Dringend ist heute was anderes, Schatzi!«, hat Oma gesagt und mich ins Wohnzimmer gewinkt.

Mama lag auf dem Sofa und hat geschnarcht, aber als ich mich vorsichtig neben ihre Füße gesetzt hab, ist sie hochgeschreckt. »Ist was passiert?«, hat sie gemurmelt. Jedenfalls glaube ich, dass sie das gemurmelt hat. Dann ist ihr Kopf schon wieder zurück auf die Armlehne gedonnert, und sie hat weitergeschnarcht.

»Ich hol mal den Eimer!«, hab ich zu Oma gesagt und bin in die Küche geflitzt. Unser rosa Wischeimer steht unter der Spüle, und natürlich hatte Baron Chuck ihn nach dem letzten Mal wieder nicht richtig ausgewischt, darum hat er gestunken wie Sau. Chucky ekelt sich immer, wenn er den Eimer wegbringen soll, aber ich finde, er muss auch mal, abwechselnd ist gerecht. Und jetzt sollte wohl doch ich den Eimer wieder richtig sauber machen.

Das hab ich aber nicht getan, weil Mama ja sowieso gleich wieder reinkotzen würde, da hat es gar nicht gelohnt. Es war ein Wunder, dass sie nicht längst gekotzt hatte, so, wie sie drauf war, und die Flasche auf dem Tisch war praktisch leer.

Ich hab den Eimer also an das Ende vom Sofa gestellt, wo Mamas Kopf war, und hab sie an der Schulter gerüttelt. »Da kannst du reinkotzen!«, hab ich gesagt. »Hast du gehört? Nicht wieder daneben!«

Weil es nämlich vom Teppichboden so schlecht wegzumachen geht und sehr eklig ist und noch wochenlang stinkt. Eigentlich sollte ich immer schon einen Eimer neben das Sofa stellen, wenn ich morgens losgehe zur Schule, damit das nicht passiert; aber morgens ist Mama immer noch ein bisschen nüchtern, und wenn sie mitkriegt, dass ich ihr einen Eimer hinstelle, wird sie wütend und schreit, was ich mir rausnehme und ob ich glaub, dass sie nicht weiß, wann sie aufhören muss mit Saufen, und dass ich mich wegscheren soll.

Natürlich glaub ich nicht, dass sie weiß, wann sie aufhören muss, aber sie glaubt das irgendwie immer noch, und also klappt es nicht mit dem Eimer morgens. Darum war ich froh, dass noch keine Sauerei passiert war, bevor ich nach Hause gekommen bin.

»So, erledigt!«, hab ich zu Oma gesagt. »Warum bist du gekommen?«

Oma hat Mama so einen Blick zugeworfen, dann hat sie mich angelächelt. »Kannst du dir das nicht denken, Schatzi?«, hat sie gefragt. »Wer hat denn wohl in drei Tagen Geburtstag?«

Da bin ich innen drin ganz glücklich geworden. Fast hätte ich es selbst vergessen, aber meine Klassenlehrerin hätte es natürlich nicht vergessen und Ebru bestimmt auch nicht, und sie hätten ein Lied für mich gesungen. Und Baron Chuck hat eigentlich auch immer dran gedacht. Aber es war doch schön, dass Oma sich schon drei Tage vorher erinnert hat!

»Aber in drei Tagen ist ja erst in drei Tagen!«, hab ich gesagt, als ob ich nicht sehen würde, dass sie immer so wühlig in ihrer riesigen Handtasche gekramt hat. Schon klar, was sie da gesucht hat, und ich hab »Geschenk! Geschenk!« gedacht. Aber ich hab lieber ganz bescheiden getan. »Da musst du doch nicht schon heute kommen!«

»Ich hab's!«, hat Oma triumphierend gerufen und eine kleine Plastiktüte vom Dromarkt hochgehalten, die hatte sich irgendwo in ihrer Tasche zwischen Haarbürste und Spray und Schminketui und Geldbörse und Abschminktüchern versteckt. »Da, Schatzi, Nagellack und Lippenstift, ganz fein! Entferner hab ich leider nicht, Schatzi, da musst du mal gucken, wie du an den kommst. Aber das hier ist für dich! Die Farbe war mir einfach krass zu orangig. Du weißt ja, ich hab's lieber pink. Herzlichen Glückwunsch schon mal zum Geburtstag!«

»Geil!«, hab ich gesagt und den Lippenstift hochgedreht. Er war wirklich ziemlich orangig, aber mir macht das nichts. Ich bin auf den Flur geflitzt und hab ihn mir auf den Mund geschmiert, da hab ich gleich zwei Jahre älter ausgesehen. Wie Charlene Klotzki. Bloß nicht so fett.

»Wie findest du's?«, hab ich zu Oma gesagt, als ich wieder ins Wohnzimmer gekommen bin. »Steht mir das?«

Oma hat den Kopf ein bisschen zurückgelegt. »Dir steht noch alles, Schatzi!«, hat sie gesagt. »Beneidenswert! Aber ich mach mich auch gar nicht schlecht, oder?« Und sie hat sich mit ausgebreiteten Armen mitten auf dem Flur um sich selbst gedreht. Dabei hat sie leider mit den Händen die Sachen vom Schuhschrank gefegt, die ich da schon längst mal wegräumen wollte, es war aber nichts Wichtiges, nur eine halb leere Cornflakes-Packung und ein Kasten Werbe-Kugelschreiber von der Tankstelle (die hatte Chucky mal mitgebracht) und einer von Chuckys Sneakers, bei dem sich die Sohle abgelöst hatte.

»Du siehst gut aus, Oma!«, hab ich gesagt.

»Eben!«, hat Oma gesagt und im Spiegel zufrieden ein bisschen an ihren Haaren rumgezupft. »Aber seien wir ehrlich, Schatzi: Wie lange noch? Jetzt geh ich noch für fünfundzwanzig durch oder meinetwegen für fünfunddreißig, aber was glaubst du, wie lange noch? Mit ekelhaften achtundvierzig?«

Darüber hatte ich noch nie nachgedacht.

»Darum muss ich die Zeit nutzen, Schatzi!«, hat sie gerufen. »Hatte ich dir schon von Adam erzählt?«

Das hatte sie nicht, aber das hat sie nachgeholt. Wir haben uns dazu im Flur auf die Küchenhocker gesetzt, weil die Küche so klein ist und weil Mama im Wohnzimmer einfach zu laut geschnarcht hat, und gut gerochen hat sie auch nicht.

Oma hat gesagt, dass sie mit Adam jetzt schon fast drei Wochen geht, und sie hat ihn in einem Lokal kennengelernt. Zum Glück ist Adam Pole, da arbeitet er und ist kein Hartzer. Aber alle vier Wochen fährt er für ein sehr verlängertes Wochenende nach Hause zu seinen Eltern in Giżycko, und da wollte er Oma diesmal mitnehmen, um sie vorzustellen.

»Klingt das nicht nach was Ernstem?«, hat Oma gerufen. »Wenn er mich seinen Eltern vorstellen will? Schatzi?«

»Du meinst *heiraten*?«, hab ich gefragt.

»Dafür werd ich glatt noch katholisch!«, hat Oma entschlossen gesagt und wieder in den Spiegel geguckt. »Das sind die da in Polen! Wegen so einer Furzigkeit stell ich mich doch nicht an!«

Ich hatte keine Ahnung, was sie damit gemeint hat. »Wann fahrt ihr?«, hab ich gefragt.

»Gleich nachher noch, Schatzi!«, hat Oma gesagt. »Das ist es ja! Darum hab ich mir gedacht, für Jessica ist es mal wieder Zeit für 112. Oder was meinst du?«

Ich hab genickt, da konnte niemand widersprechen. Für Mama wäre es auch schon vor einem halben Jahr Zeit gewesen für 112 oder meinetwegen erst in drei Monaten, aber jetzt war es für Oma natürlich praktisch. Und für mich war es auch praktischer, da musste ich nicht dauernd den Eimer sauber machen.

»Aber wenn sie nicht will?«, hab ich gefragt.

Das wusste ich nämlich, Mama wollte ja nie. Wenn Oma zu ihr gesagt hat: »Jessica, Schatz, ich glaube, es ist mal wieder Zeit für einen Entzug«, dann hat Mama sie genauso angebrüllt wie mich morgens wegen dem Eimer. Ich versteh nicht, wieso Mama immer noch glaubt, dass sie sofort aufhören kann mit dem Saufen, wenn sie nur will. Aber vielleicht glaubt sie das auch gar nicht. Vielleicht hat sie nur Angst davor, keine Flasche mehr zu haben. Jedenfalls kriegt man sie nicht dazu, Ja zu sagen und ins Krankenhaus zu gehen, und gegen ihren Willen kann man nichts machen. Nicht mal Oma, obwohl die doch ihre Mutter ist.

»Ich hab mir was überlegt, Schatzi«, hat Oma gesagt. »Gib mal deinen Schlüssel.«

Zu unserer Wohnung hat Oma einen Schlüssel und Baron Chuck und Mama und ich. Wir hatten mal fünf, aber wo der fünfte ist, weiß nur der Wind. (Solche Worte sagt meine Klassenlehrerin. Ich finde, das klingt vornehm.)

»So!«, hat Oma gesagt. Dann hat sie ihr Handy aus der Tasche gezogen. »Ich hab extra geguckt, dass der Akku noch Saft hat!«

112 hat man ja schnell eingetippt. »Hallo?«, hat Oma ins Handy gerufen. »Hallo, ich mache mir große Sorgen um meine Tochter! Sie hat angedroht, sich das Leben zu nehmen, und ich komme nicht in ihre Wohnung!« Dann hat sie einen Augenblick zugehört, und dann hat sie unsere Adresse gesagt und das Stockwerk und dass sie im Treppenhaus vor der Tür steht. Danach hat sie das Handy zugeklappt.

»So, fünf Minuten haben wir noch!«, hat sie gesagt und sich eine Zigarette angezündet. »Schneller sind die im Leben nicht hier. Waren sie beim letzten Mal auch nicht.«

An das letzte Mal kann ich mich nicht mehr so gut erinnern, da war ich erst acht. Damals haben wir nicht gelogen, Mama hatte sich vollgekotzt, und dann hat sie was davon in den falschen Hals gekriegt. Sie war schon ganz blau, als Oma den Rettungswagen gerufen hat, und die haben sie mitgenommen. Danach haben sie dann im Krankenhaus gleich mit ihr geübt, nicht mehr zu trinken, aber zu Hause hat sie das leider nicht lange hingekriegt.

Aber von damals wussten wir ja, dass sie mit Blaulicht kommen, wenn es aussieht, als ob ein Mensch sonst stirbt. Es heißt »Gefahr im Verzug«, hat Oma gesagt, sie weiß das aus dem Fernsehen, und dann hauen sie sogar Wohnungstüren ein.

»Das kann noch mal unsere Rettung sein, Schatzi!«, hat Oma zu mir gesagt. »Wenn sie partout nicht freiwillig entziehen will. Wenn es nötig ist, rufen wir die Männer mit der Axt.«

Und jetzt war es ja nötig, weil Oma sonst doch nicht beruhigt nach Polen fahren konnte, und dann hätte sie vielleicht ihre letzte Chance auf eine Hochzeit verpasst. Und außerdem war es nett von Oma, dass sie mich und Chucky nicht mit Mama allein lassen wollte.

»So, jetzt gehen wir mal lieber raus!«, hat Oma gesagt und noch schnell was aus einer Papiertüte auf dem Schuhschrank ausgeschüttet. Da war jetzt ja Platz. Dann hat sie mich aus der Wohnung geschoben. »Du hast keinen Schlüssel, ich hab keinen Schlüssel, und Jessica hat vorhin am Telefon gedroht, sich alle zu machen, okay?«

»Hat sie?«, hab ich gefragt. Ich konnte mir ehrlich

nicht vorstellen, dass Mama vorhin noch so klar reden konnte.

»Quatsch!«, hat Oma gesagt. »Aber das sagen wir den 112ern. Dann nehmen sie sie mit, sie kann gar nichts dagegen machen.«

Da haben wir draußen schon das Martinshorn gehört. Ich fand das wirklich spannend.

3. Zeit für 112

Die Feuerwehrmänner sind aus dem Fahrstuhl gekommen und den langen Gang auf uns zugestürmt. Einer hat einen riesigen Koffer getragen und einer so ein Bündel Äxte, die waren zusammengeschnürt.

»Gott sei Dank, dass Sie da sind!«, hat Oma gerufen. »Sie lässt uns nicht rein! Und ich hab ja keinen Schlüssel!« Sie hat mit den Augen geplinkert, dass dem Feuerwehrmann bestimmt ganz schwummerig geworden ist. Dabei hatte sie doch jetzt ihren Adam. Aber Oma wird bestimmt sogar noch mit den Beerdigungsmännern flirten, wenn die sie in den Sarg legen. Sie sagt, es ist ihre Natur.

»Das Kind hat auch keinen Schlüssel?«, hat der Feuerwehrmann gefragt, der als Erster gekommen ist. Bestimmt war der der Chef.

»Hab ich verloren«, hab ich gemurmelt.

»Und der andere ist in der Wohnung!«, hat Oma gejammert. »Tun Sie doch was, Herr Brandmeister, tun Sie doch was!«

Ich weiß nicht, ob das Flirten dem Feuerwehrmann gefallen hat, er hat sich nichts anmerken lassen. Er hat sich neben unsere Wohnungstür gestellt, und dann hat er mit der Faust dagegengedonnert.

»Frau Wagner?«, hat er gerufen. »Hören Sie mich?«

Dann hat er einen Augenblick gewartet. Natürlich ist es in der Wohnung still geblieben, von so einem bisschen Krach wacht Mama bestimmt nicht auf. Und das Schnarchen konnte man durch die Tür ja nicht hören.

»Frau Wagner?«, hat der Feuerwehrmann wieder gerufen. »Ist alles in Ordnung? Melden Sie sich doch bitte, sonst müssen wir die Tür mit Gewalt öffnen!«

Aber natürlich ist von Mama wieder nichts gekommen, da hätte sogar diese Klima-Sintflut durch die Fenster schwappen können, und Mama hätte nichts gemerkt. Oder es jedenfalls nicht wichtig genug gefunden, um aufzustehen.

»Tun Sie doch was!«, hat Oma wieder gejammert. »Sie hören doch, da hört man nichts! Vielleicht hat sie sich schon! Oh Gott! Oh, mein Gott!« Und sie hat sich die Hände vors Gesicht geschlagen. Oma kann solche Sachen gut, ich guck mir das bei ihr ab.

»Frau Wagner?«, hat der Feuerwehrmann zum dritten Mal gerufen. Es konnte ihm niemand vorwerfen, dass er zu schnell mit seiner Axt loslegte. Aber dann hat er seinem Kollegen ein Zeichen gegeben, und der hat ein bisschen mit so einem komischen Schlüsselbund am Schloss rumgefummelt, und als das nichts gebracht hat, hat er tatsächlich angefangen, dieses Axtbündel auseinanderzufriemeln. Abgefahren! Ich hab es sehr aufregend gefunden.

»Wer zahlt das?«, hab ich geflüstert. Die Wohnungstür würde hinterher bestimmt nicht mehr schön aussehen.

»Wer zahlt eure Miete?«, hat Oma zurückgeflüstert.

Das war natürlich das Amt.

»Dann weißt du es ja!«, hat Oma wieder geflüstert. Leider hat es dann aber mit dem Schloss doch noch geklappt. Da ist die Tür heil geblieben, und wir sind hinter den Männern in unser Wohnzimmer gestürmt.

»Oh, mein Gott!«, hat Oma gerufen.

Ein Feuerwehrmann hat bei Mama den Puls gefühlt und ihr das Augenlid hochgezogen, und Mama hat so labberig nach ihm geboxt, aber nicht getroffen. »Lass, du Arsch!«, hat sie gemurmelt. Dann hat sie wieder geschnarcht.

»Vielen Dank!«, hat Oma gerufen. »Sie haben ihr das Leben gerettet! Nehmen Sie sie mit!«

»Voll wie eine Strandhaubitze!«, hat der eine Feuerwehrmann zum anderen gesagt. »Aber auf Suizid deutet nichts, oder?« Suizid heißt Selbstmord, das weiß ich ja.

»Nicht, dass ich sehen könnte«, hat der andere gesagt. »Dann müssen wir sie hierlassen. Keine Tabletten, keine Waffe ...«

»Ich flehe Sie an!«, hat Oma gerufen. »Sie hat es am Telefon zu mir gesagt! Vielleicht gucken Sie mal woanders, ob sie Tabletten versteckt hat!«

»Das ist nicht unsere Aufgabe!«, hat der Feuerwehrmänner-Chef gesagt.

Oma hat mir einen Blick zugeworfen, da wusste ich, dass ich auch mithelfen musste. Ich erzähl nicht mehr so gerne Lügen, seit Herr Wagenfels uns gesagt hat, dass man sonst vielleicht Ärger mit diesem Gott kriegt, und wer weiß, was der dann macht, falls es ihn gibt, oder Ebrus Allah. Aber manchmal muss eine Lüge eben sein, und ich schwindel ja schon längst nicht mehr so viel wie früher.

»Sie müssen sie mitnehmen, bitte, bitte!«, hab ich gerufen. »Sie sagt schon ganz lange, dass sie sich hinnemachen will, weil sie immer saufen muss und weil sie sich so schämt deswegen! Ich hab so Angst, dass sie es macht, und dann finde ich sie hinterher vielleicht und sie ist tot, und das finde ich gruselig!«

War das nicht schlau? Ein Kind macht immer Eindruck. Die beiden Feuerwehrmänner haben sich einen Blick zugeworfen, und dann haben sie geseufzt.

»Also!«, hat der Chef gesagt.

Dann haben sie versucht, Mama auf so eine Trage zu legen, aber ich hab gleich gewusst, dass sie sich das nicht ohne Weiteres gefallen lässt. Sie haben sie aber festgebunden.

Und außerdem war der Eimer immer noch leer, das hab ich mit einem Blick erkannt, darum war schon klar, dass sie dem Feuerwehrmann bei dem Gerüttel auf die Schuhe kotzen würde.

»Sauerei!«, hat der gebrüllt. Aber der kennt das bestimmt, das passiert ihm sicher öfter mal. Das gehört schließlich zu seinem Job.

Als sie Mama durch unseren Flur getragen haben, was sehr eng war, hat er plötzlich gesagt: »Na, da haben wir ja den Beweis!« Er hat mit dem Kopf auf das gezeigt, was Oma vorhin oben auf den Schuhschrank gelegt hatte. »Schlaftabletten! Drei Packungen!«

»Die nehmen wir mit!«, hat der andere gesagt. Dann hat er mich angeguckt. »Ihr werdet doch bestimmt vom Jugendamt betreut, oder? Ich ruf mal an, damit gleich einer vorbeikommt.«

»Frau Wiegehals!«, hat Oma gesagt. »Die ist zuständig, Herr Brandmeister. Aber das ist gar nicht nötig, ich bin ja da! Frau Wiegehals weiß, dass ich mich um die Kinder kümmere!«

Die Feuerwehrleute waren schon fast am Fahrstuhl. »Die Regularien sind die Regularien!«, hat der Chef zurückgerufen. Und auch wenn ich keine Ahnung habe, was das Wort bedeutet, hab ich doch begriffen, dass gleich Frau Wiegehals kommen würde, egal was Oma irgendwem erzählt hat.

»Mist!«, hat Oma zu mir gesagt und die Wohnungstür zugezogen. »Hoffentlich beeilt die sich! Ich wollte nachher noch zum Friseur!«

Das konnte man ja auch verstehen. Schließlich musste sie in Polen ihren Schwiegereltern gefallen.

»Komm, aufräumen, Schatzi! Dass die Wiegehals nicht in Ohnmacht fällt!«

Ich hab sofort losgelegt, das machen wir immer, wenn wir wissen, Frau Wiegehals kommt. Leider hat die Zeit nicht ausgereicht, dass es so richtig toll geworden ist, aber als die Türklingel gegangen ist, hab ich trotzdem gefunden, dass es schon ganz gut ausgesehen hat.

»Frau Wiegehals!«, hat Oma gerufen und so gestrahlt, wie das sonst nur Leute im Fernsehen machen. »Nun mussten Sie sich extra herbemühen, wo Ihre Zeit doch so kostbar ist! Dabei hatte ich den Männern gesagt ...«

Frau Wiegehals hat sich umgeguckt und ein bisschen geseufzt. Sie wusste ja nicht, wie es vorher bei uns ausgesehen hatte, sonst hätte sie eher gejubelt. Überhaupt haben Oma und ich es immer ganz gut hingekriegt, dass das Amt längst nicht alles von uns weiß.

»Ihre Tochter ist in der Klinik?«, hat Frau Wiegehals gefragt. »Entzug?«

»Das arme Mädchen!«, hat Oma gesagt und kläglich ausgesehen. »Das arme Mädchen!« Damit hat sie natürlich Mama gemeint, nicht mich.

»Dann sind die Kinder jetzt also allein in der Wohnung?«, hat Frau Wiegehals gefragt. »Dann muss ich natürlich gleich eine Kurzzeitpflegestelle …«

»Frau Wiegehals!«, hat Oma ganz empört gerufen. »Kennen Sie mich nicht? Glauben Sie, dass ich die Kinder in dieser Situation allein lasse? Glauben Sie, dass ich zulasse, dass sich fremde Menschen um meine kleine Jamie-Lee kümmern? Und Baron Chuck ist in einem schwierigen Alter! Nein, nein, das übernehme ich schon selbst!«

Frau Wiegehals hat sie nachdenklich angeguckt, aber ich glaube, auch ein bisschen erleichtert. Bestimmt war sie froh, dass sie sich jetzt nicht auch noch darum kümmern musste, wo Baron Chuck und ich untergebracht werden konnten, solange Mama in der Klinik war.

»Sie trauen sich das zu?«, hat Frau Wiegehals gefragt.

»Frau Wiegehals!«, hat Oma wieder gerufen. »Ich zieh zu den Kindern, und dann wird hier als Erstes mal ordentlich geputzt! Das ist ja schon hart an der Grenze, das Chaos!«

Frau Wiegehals hat die Augen ein bisschen zusammengekniffen. »Ich guck wieder rein!«, hat sie gesagt und ist eilig zur Tür gegangen. »Aber erst mal ist das sicher die beste Lösung für die Kinder. Auf Wiedersehen, Frau Wagner! Auf Wiedersehen, Leslie!«

Dann war sie schon fast am Fahrstuhl, darum hab ich nichts gesagt. Man kann ja verstehen, dass so eine Sozialarbeiterin sich nicht alle Namen merken kann.

Oma hat die Wohnungstür zugezogen und auf ihre Uhr geguckt. »Na, Gott sei Dank, das reicht noch!«, hat sie gesagt. »Jetzt nichts wie ab zum Friseur! Du kommst doch alleine klar, Schatzi?«

»Klar, Oma!«, hab ich gesagt. Darauf konnte sie sich verlassen, schließlich hatte ich ja sonst von Mama auch keine Hilfe. Da musste ich mich sogar noch immer zusätzlich um den Eimer kümmern.

»Dann drück mir die Daumen!«, hat Oma gesagt und mir einen Zehneuroschein hingehalten. »Und grüß Baron Chuck! Und wenn das klappt mit mir und Adam, dann kannst du vielleicht in den Sommerferien mal nach Polen verreisen!«

Da war ich so guter Laune, dass ich gleich angefangen habe, in der Küche das Geschirr zu spülen. Man konnte ja nicht wissen, wann Frau Wiegehals wieder auftauchen würde.

4. Ich verstehe nicht, was die sehr magere Frau bei uns will, und kriege einen Fuffi

Einmal hat Ebru mich zu Hause besucht, aber das war nur, weil ich nicht aufgepasst hab. Sie hat plötzlich vor der Wohnungstür gestanden, ohne vorher anzurufen.

Sonst sind wir immer bei ihr. Ihre Mutter hört komische Musik, und ihre Brüder ärgern uns, und das Wohnzimmer ist sehr schön aufgeräumt. Darum war Ebru auch verblüfft, als sie unser Chaos gesehen hat, und wollte wissen, warum Mama immer nur auf dem Sofa liegt und sich einen ballert. Sie durfte das fragen, weil sie ja meine beste Freundin ist. Aber ganz genau weiß ich das natürlich selber nicht. Vielleicht will ich es auch gar nicht wissen. Oma hat nämlich gesagt, *ich* wäre Mamas Verderben gewesen, so leid es ihr täte.

»Als sie Baron Chuck gekriegt hat, war sie sechzehn«, hat Oma gesagt. »Da hat sie noch alles ganz prima geschafft, du! Aber als fünf Jahre später du dann auch noch gekommen bist …« Sie hat geseufzt. »Ich weiß doch, wie das ist!«, hat Oma gesagt. »Ich war bei Jessica schließlich auch erst sechzehn! Aber danach hab ich dann eben die Reißleine gezogen, das war meine Rettung!«

Mit *Reißleine* hat Oma gemeint, dass sie nach Mama kein weiteres Kind mehr gekriegt hat, darum ist sie ganz gut klargekommen. Aber Mama hat eben nach Chucky nicht die Reißleine gezogen und auch noch mich bekommen, da war sie einundzwanzig, und vielleicht wollte sie eigentlich lieber in die Disco gehen und so Sachen, als sie bei Chucky endlich keine Windeln mehr wechseln musste. Da bin ich ihr dann dazwischengekommen, schon waren wieder Windeln angesagt. Und dass sie keinen Typen mehr abkriegen würde mit zwei Kindern, war auch schon klar. Da hat sie sich eben getröstet, es war nur blöde, dass sie das mit Saufen versucht hat.

Wenn ich richtig wütend auf Mama bin, sagt Oma, sie sollte mir eigentlich leidtun. Das kriege ich aber nicht immer hin. Meistens bin ich trotzdem wütend.

Deshalb fand ich es auch gut, dass die Feuerwehr Mama mitgenommen hatte. Jetzt hatte ich meine Ruhe, und Oma konnte zu ihrem Adam fahren. Außerdem war es ja nur zu Mamas Bestem. Vielleicht wurde sie durch das Krankenhaus ja wieder trocken, und dann ging es ihr vielleicht doch auch besser als immer nur mit der Flasche.

Ich hab mir gesagt, dass ich darum kein schlechtes Gewissen haben muss, wenn ich mich freue, dass jetzt auf unserem Sofa niemand mehr liegt und schnarcht.

Als ich mit dem Geschirr fertig war (das ging schnell, wir kochen ja eigentlich nie, und das Essen aus dem Imbiss lassen wir immer auf den Papptellern), hat mein Magen so geknurrt, dass ich nicht mal die Musik aus dem Hit-Radio richtig hören konnte, dabei hatte ich die ziemlich laut aufgedreht. Also wusste ich, ich muss Chips kaufen gehen. Oma hatte mir ja zum Glück Geld dagelassen.

Zum Frühstück in der Schule dürfen wir natürlich keine Chips mitbringen, da muss es was Gesundes sein. Einmal hat meine Klassenlehrerin sogar beim Amt Bescheid gesagt, weil ich immer nur Chips mithatte. Darum hab ich danach Äpfel mitgenommen, die waren erlaubt, und ich hatte ja keine Lust, mir morgens vor der Schule auch noch Brot zu schmieren. (Toast ist auch verboten.)

Aber mittags ess ich meistens Chips, außer wenn wir noch genug Geld haben, dass Baron Chuck und ich zum Imbiss gehen können. Und für Omas zehn Euro wollte ich mir außerdem auch gleich wieder Äpfel kaufen, damit in der Schule nichts schiefgehen konnte.

Ich bin also losgeflitzt, und ich hab ehrlich nichts geahnt, heilig geschworen. So ist es ja öfter im Leben, sagt

Oma. Wenn man grade überhaupt nicht damit rechnet, passiert was. Ob es was Gutes oder Schlechtes ist, merkt man dann meistens erst später.

Vor unserer Haustür hab ich gleich gesehen, dass irgendwas los war. Auf dem Schotterplatz, wo sie vor drei Jahren den Bauernhof abgerissen haben und wo die Jungs immer den Bauzaun eintreten, haben sich die Leute gedrängelt. Es haben auch zwei Polizeiautos da gestanden und ein Mann mit einer Kamera.

Da ist mir ganz kribbelig geworden, weil ich gedacht hab, bestimmt haben sie da in all dem Schutt grade eine Leiche gefunden, so hat es doch ausgesehen, und vielleicht war das ein Mord, den wollte ich nicht verpassen. So viel Spannendes passiert bei uns in der Gegend schließlich nicht, und sogar mein Magen hat aufgehört zu knurren.

Ich bin also über die Kreuzung gegangen und an der kleinen alten Kirche vorbei und am Döner-Imbiss und am Kost-nix!-Laden. Irgendwer hat was durch ein Mikrofon gesagt, und dann hat jemand geklatscht. Das fand ich bei einer Leiche überraschend, darum bin ich schneller gegangen.

Und dann war es gar keine Leiche und ein Mord auch nicht.

Sie hatten eine Fläche, so groß wie, sagen wir mal, unsere halbe Schulturnhalle, freigefegt, und davor hat ein Mann im Mantel gestanden, der ausgesehen hat, als ob er wichtig war. Nicht wichtig wie ein Schauspieler oder

Fußballspieler oder Popstar, dafür war er zu langweilig und auch alt. Vielleicht wie ein Bürgermeister oder ein Regierungsmensch. Und ein Regierungsmensch hat mich an dem Tag natürlich auch interessiert. Mit dem wollte ich ja sowieso reden.

Der Mann hatte einen Spaten in der Hand, und neben ihm stand eine Frau, die war so schön, dass ich die Luft angehalten habe. Ich hab gedacht, dass die bestimmt eine Sängerin ist. Sie hat einen Mantel aus gepunktetem Fell angehabt und hatte ein Handtäschchen über dem Arm, und sie war so dünn, dass man sie glatt übersehen konnte, wenn man zu weit nach rechts oder links geguckt hat.

Trotzdem hat der Mann ihr mit einer kleinen Verbeugung den Spaten gereicht, was ich sehr unhöflich gefunden hab. Wenn hier gebuddelt werden sollte, dann musste das eigentlich er machen, oder er hätte ja auch welche von den Typen fragen können, die um den Platz rumstanden und nichts anderes getan haben als glotzen. So eine dünne, schöne Frau lässt man eigentlich nicht solche schwere Arbeit tun.

Die Frau hat sich aber gar nicht beschwert, sie hat gelächelt und gelächelt, und dabei hat sie ihm so ganz zart den Spaten abgenommen, ohne zu maulen. Einen Bagger hätten sie übrigens natürlich auch nehmen können.

»... fühlen uns geehrt, dass die Gattin unseres großzügigen Mäzens persönlich den ersten Spatenstich für unser neues Jugendzentrum tun wird!«, hat der Mann im

Mantel in sein Mikrofon gesagt. »Liebe Frau Ranzmeier, darf ich Sie bitten?«

Da hat die schöne Frau noch mehr gelächelt, und zwar genau zu den Kameras hin, und dabei hat sie versucht, ein bisschen was aus dem Boden zu stochern. Das war bestimmt nicht so einfach, weil man ja eigentlich nach unten gucken muss, wenn man buddelt, aber sie musste den Kameras ja gleichzeitig ihr Gesicht zeigen, da sah sie ein bisschen verrenkt aus. Sie hat auch nicht wirklich richtig gebuddelt, hab ich dann gesehen, sondern nur so getan. Weil sie den Spaten nämlich ungefähr hundert Jahre lang an derselben Stelle gehalten hat, damit sie schöne Fotos von ihr machen konnten. Dann hat ihn ihr einer von den drei Männern, die breitbeinig und mit Lederjacke und so Knöpfen im Ohr hinter ihr gestanden haben, endlich abgenommen.

»... Freizeitbeschäftigung für die Jugendlichen dieses Stadtteils mit besonderem Förderbedarf!«, hat der Mantel-Mann gesagt und die Frau so richtig angeschmachtet. Einen Augenblick hab ich gedacht, wenn das wirklich einer von der Regierung ist, dann sollte er sich doch vielleicht lieber mal um diese Geschichte mit dem Klima und dem überschwemmten Rodelberg kümmern, anstatt magere Frauen anzubaggern; und ich hab überlegt, ob ich vielleicht gleich hier schon mal mit ihm reden und ihm alles erklären sollte.

Aber dazu ist es leider nicht gekommen, weil nämlich jetzt einer von den Lederjacken den Spaten weitergereicht hat, und da ist mir auf einen Schlag klar geworden, was die drei Kerle mit den Knöpfen im Ohr waren. Das waren natürlich Bodyguards! Ich hab grade zum ersten Mal in meinem Leben echte Bodyguards gesehen!

Ich hab gedacht, dass Baron Chuck bestimmt neidisch wird, wenn ich ihm das erzähle; aber als ich an Chucky gedacht hab, ist mir auch das Essen wieder eingefallen und warum ich eigentlich losgegangen war, und ich hab geseufzt und mich umgedreht und durch die Menge gedrängelt, um endlich meine Chips zu kaufen. Sogar mein Magen hat wieder geknurrt.

Auf dem Weg hab ich gegrübelt, was da eben wohl genau los gewesen war und wer die Frau sein könnte, dass sie sogar *drei* Bodyguards hatte, die auf sie aufgepasst haben. Sie war die Frau von einem *Mäzen*, das hatten sie ja gesagt, und ich hab überlegt, ob *Mäzen* so eine Art Sportler ist, nur von einer Sportart, von der ich noch nie gehört habe. Die Frauen von manchen Fußballern sind ja auch berühmt, weil ihre Männer berühmt sind, und sie sind schön.

Vor Aldi hab ich in meiner Tasche gekramt, ob ich eine Münze für den Einkaufswagen finde, das hab ich aber natürlich nicht. Ein paar Chipstüten und Äpfel kann man ja auch in der Hand zur Kasse tragen, also kein Problem. Und da hab ich sie gesehen.

Sie hat hinter dem Gitter mit den Einkaufswagen so zusammengehuddelt auf dem Boden gehockt und so doll geheult, dass die Tränen ihr in die aufgerissene

Chipstüte in ihrer Hand gefallen sind; aber ich hab trotzdem als Erstes gedacht, dass eine, die so aussieht wie sie, vielleicht nicht unbedingt Chipstüten leer futtern sollte. (Ich weiß, das war nicht nett von mir, aber für seine Gedanken kann man ja nichts.) Nicht, dass sie so fett war wie Charlene Klotzki, längst nicht, aber drei Kleidergrößen mehr als ich hatte sie bestimmt.

Dann ist mir aber eingefallen, dass sie die Chips ja vielleicht nur isst, um sich zu trösten, das mach ich nämlich manchmal, und das muss auch für solche eher Dicke erlaubt sein. (Ich sag nicht *fett*, weil das nicht nett ist.) Chips oder Schokolade, mal hilft das eine besser und mal das andere. Und sie hat schließlich geweint, da hatte sie ja logisch irgendein Problem, aber mein Problem war das nicht. Wenn sie nicht genau in dem Augenblick, als die automatische Tür sich vor mir geöffnet hat, ganz laut aufgeschluchzt hätte, hätte ich keinen Gedanken mehr an sie verschwendet, das schwöre ich. Dann wäre alles nicht passiert, und ich hätte mich ganz in Ruhe um die Welt kümmern können. Da sieht man mal, was ein einziger kleiner Schluchzer alles auslösen kann.

Eigentlich war es aber inzwischen schon mehr als ein kleiner Schluchzer. Es war fast ein Wolfsgeheul, und es hat sie so geschüttelt, dass ich mit einem Ruck wieder stehen geblieben bin.

Ich bin bestimmt nicht wie Ella, die immer gleich denkt, sie muss allen Leuten helfen, denen es schlecht geht, da hätte ich bei uns ja viel zu tun. Aber wenn eine so heult wie die da mit der Chipstüte hinter den Einkaufswagen, dann kann es doch sein, dass ihr wirklich was Schlimmes passiert ist. Vielleicht hatte sie eine Katze, und die ist überfahren worden. Oder sie hatte einen Hund, und den haben Hundefänger mitgenommen. Da würde ja jeder heulen.

»Ist was?«, hab ich also gefragt. Ein bisschen unfreundlich, wie man das so macht, und ich bin auch vorsichtshalber vor den Einkaufswagen stehen geblieben, damit was zwischen uns war. »Ist was passiert?«

Erst da hat sie mich gesehen, sie hatte ja vorher runtergeguckt. Sie ist zusammengezuckt und hat ganz erschrocken die Nase hochgezogen, und dann hat sie wild den Kopf geschüttelt.

»Geh weg!«, hat sie geflüstert. »Geh weg!«

Da ist mir aber wirklich der Mund offen stehen geblieben! *Geh weg!* Wer sagt denn so was? Jeder normale Mensch würde doch *Verpiss dich!* sagen oder wenigstens *Hau ab!*, also so was hatte ich ja überhaupt noch nie gehört! Die hat ja glatt so vornehm getan, als ob sie mindestens eine Prinzessin wäre, aber die essen natürlich keine Chips. (Glaube ich.)

Und ich hätte bestimmt »Puste dich hier mal nicht so auf, oder willst du auf die Fresse?« gesagt, bevor ich in den Laden gegangen wäre, wenn ich in dem Augenblick nicht gesehen hätte, dass neben ihr etwas auf den Platten lag, das war ihr wahrscheinlich beim Hinsetzen aus der Jackentasche gefallen. Nämlich eine Geldbörse.

Nun ist es ja logisch, dass eine, die sich grade Chips gekauft hat, eine Geldbörse bei sich trägt, da hätte ich mich also nicht wundern müssen. Aber diese hier musste im Fallen aufgegangen sein, und da lagen tatsächlich ein Zehner und ein Fünfziger einfach so auf dem Boden, ich meine *Euro,* nicht *Cent.* Also *Scheine* waren das, und genau in der Sekunde, als ich sie entdeckt habe, ist ein kleiner Windstoß gekommen und hat den Fünfziger weggepustet. Einen echten Fünfziger! Da musste ich ja lossprinten und ihn schnappen.

»Da!«, hab ich gesagt und ihr den Schein hingehalten. Obwohl sie das natürlich gar nicht verdient hatte mit ihrer Unfreundlichkeit und ihrer Vornehmtuerei. Ich hätte ihn außerdem auch gut selbst brauchen können. »Pass mal besser auf deinen Fuffi auf!«

Da hat sie mich angeguckt, und dann hat sie den Schein angeguckt, und dann hat sie sich die Hände vors Gesicht geschlagen. »Geh weg!«, hat sie wieder geflüstert. »Kannst du behalten!«

Hat man so was schon mal erlebt? Ich hab den Fuffi zwischen den Fingern gedreht und genau angeguckt, weil ich zuerst geglaubt hab, bestimmt ist der gefälscht, wenn sie ihn so einfach wegschenken will. Er hat aber nicht so ausgesehen. (Genau weiß ich natürlich nicht, wie gefälschte Geldscheine aussehen.)

Eigentlich hätte ich jetzt also endlich in den Laden gehen können und mich freuen, dass ich nun reich war. (Omas Zehner hatte ich ja auch noch.) Aber komisch, irgendwie hab ich es nicht über mich gebracht, solange sie da auf dem Boden in ihre Tüte geheult hat.

Oma hat mal gesagt, mit seinem Mitleid muss man vorsichtig sein, Mitleid ist gefährlich, das ist was für Millionäre, das können wir uns nicht leisten.

»Haben wir nicht genug mit uns selbst zu tun, Schatzi?«, hat sie gefragt. »Ist doch so! Aber wenn dir einer erst mal leidtut, dann denkst du gleich, dass du dem helfen musst, und schon sitzt du in der Falle! Wenn ich dir einen guten Rat geben darf, hüte dich vor Mitleid! Wenn du merkst, dass das kommt, dann renn!«

Eigentlich hätte ich also rennen sollen. Ich hab aber eine gute Ausrede gehabt, warum ich das nicht getan habe. Ich hab nämlich gedacht, vielleicht weht ihr der Zehner auch noch weg, und dann bring ich ihr den auch noch, und dann schenkt sie mir den auch. Also das war meine Ausrede für mich selbst, da musste ich nicht denken, dass ich aus Mitleid stehen geblieben bin.

Außerdem ist mir eingefallen, dass Ebru erzählt hat, in ihrer Religion sind sie verpflichtet, den Armen zu helfen, das ist eine Vorschrift. Also Ebru wäre bestimmt auch geblieben. Andererseits war dieses Mädchen aber ja bestimmt nicht arm, sonst hätte sie doch nicht mit Scheinen um sich geworfen.

»Gib mal die Tüte!«, hab ich gesagt. Jetzt war ich nicht in den Laden gegangen, da musste ich wenigstens unbedingt was in den Magen kriegen.

Und nicht mal da hat sie »Verpiss dich!« gesagt oder

meinetwegen auch nur wieder »Geh weg!«. Sie hat mir tatsächlich ihre Tüte hingehalten, als ob das ganz normal wäre. Also, nicht aus Angst, als ob sie dachte, dass ich ihr sonst auf die Glocke gebe. Einfach wie eine, die anderen *immer* von ihren Chips abgibt, wenn die sie fragen.

Und das war ja nun doch schon fast unheimlich.

5. Fee ist kein Name, wenn man wie Charlene Klotzki aussieht

Ja, also, was macht man, wenn man so ein komisches Mädchen trifft, das heult und einem Geldscheine schenkt und von seinen Chips abgibt? Ich hab einfach abgewartet.

Ich hatte jetzt ja die Tüte, da hab ich also reingegriffen und gegessen, darum musste ich mir nicht mehr ganz so blöde vorkommen. Ich hab ja nicht nur rumgestanden, ich hab ja was getan.

Dann hat sie plötzlich zu mir hochgeguckt, das war, als ich den allerletzten Rest aus der Tüte in meinen Mund geschüttet hab. Es waren aber nur noch so Krümel und Salz und Zeugs.

»Entschuldige bitte!«, hat sie geflüstert.

Das hat mich nun wirklich noch mal umgehauen! Erstens, weil man das ja schon mal bestimmt nicht sagt, jedenfalls nicht zu einem anderen Kind; und dann, weil es schließlich gar keinen Grund dafür gab. Man entschuldigt sich doch nicht dafür, dass man jemandem einen Fuffi und eine halbe Tüte Chips geschenkt hat!

Aber ich wäre ja blöde gewesen, wenn ich ihr das gesagt hätte. »Kein Ding!«, hab ich also geantwortet und gewartet, ob noch was kommen würde. Langsam war ich nämlich *richtig* neugierig, was mit ihr los war, das kann man ja wohl verstehen. »Kann ich irgendwas machen oder was?«

Natürlich hab ich geglaubt, dass sie den Kopf schütteln würde oder vielleicht sogar wieder »Geh weg!« sagen. Dann hätte ich meinen neuen Fünfzigeuroschein einstecken und endlich einkaufen können, ganz ohne schlechtes Gewissen. Schließlich musste sie ja selbst wissen, ob sie meine Hilfe wollte oder nicht.

Aber leider wollte sie die. Ich hatte grade schon gedacht, dass ich aus dem Schneider bin, weil sie nämlich zuerst nur wieder den Boden angestarrt und gar nicht reagiert hat; da hab ich beschlossen, wenn sie bei zwanzig noch immer nicht redet, ist sie selbst schuld, und ich geh in den Laden.

Aber genau als ich bei neunzehn war, hat sie hochgeguckt.

»Würdest du das machen?«, hat sie gefragt und hat sich mit dem Ärmel den Rotz abgewischt.

Ich hab *Mist!* gedacht, aber nun konnte ich ja schlecht Nein sagen.

»Also was?«, hab ich gefragt. Nicht sehr freundlich. Ich hab gehofft, das schreckt sie ab.

»Verstecken?«, hat sie geflüstert, und auf einmal war da ein Glitzern in ihren Augen, ich schwör. »Kannst du mich verstecken?«

»Was?«, hab ich gefragt. Das wurde hier ja immer merkwürdiger.

Aber sie ist schon aufgestanden und hat sich den Hintern abgeklopft. »Wenn sie fertig sind mit ihrem Sekt, dann suchen die doch nach mir!«, hat sie gesagt. »Aber wenn du ein Versteck weißt ... Die sind bloß leider gut im Suchen!«

»Du kannst mit hochkommen!«, hab ich gesagt. »Zu uns.«

Warum hab ich das gesagt, kann mir das mal einer erklären? Ich kannte sie doch gar nicht! Und ich hatte auch keine Ahnung, von welchem Sekt sie geredet hat und wer sie überhaupt war; und natürlich hatte sie mir einen Fünfziger geschenkt und die Reste von ihren Chips, aber deswegen nimmt man jemanden doch noch lange nicht mit zu sich nach Hause und versteckt ihn! Mit Mitleid hatte das jedenfalls bestimmt schon lange nichts mehr zu tun, eher mit Neugierde. Neugierde ist ein schlimmes Laster, sagt Oma, aber an diesem Tag hab ich eben nicht auf sie gehört; nicht auf das, was sie zum Mitleid gesagt hat, und auch nicht auf das zur Neugierde.

»Ich muss vorher nur noch schnell Chips kaufen«, hab ich gesagt. »Und Äpfel.«

Aber da hat das Mädchen ganz energisch den Kopf geschüttelt. Überhaupt hab ich mich gewundert, dass sie plötzlich gar nicht mehr so kläglich war.

»Dafür haben wir keine Zeit mehr!«, hat sie gerufen. »Ist es weit?«

Ich hab mich gefragt, ob ich sie jetzt einfach so bestimmen lassen sollte. Es reicht mir ja schon, dass Ebru immer bestimmen will. Aber wenn es wirklich so eilig war mit dem Verstecken, dann blieb mir wohl nichts anderes übrig. Obwohl ich wenigstens gerne gewusst hätte, wer ihr auf den Fersen war. Wenn es solche waren wie die Kumpels von Chucky aus der Neunten, zum Beispiel, dann hätte sie doch bestimmt nicht so ruhig vor Aldi gehockt.

Als wir in die Straße eingebogen sind, wo auf dem Schotterplatz die dünne Frau mit dem Spaten rumgespielt hatte, hat das Mädchen mich an der Schulter gepackt.

»Doch nicht da lang!«, hat sie gezischt. Ich konnte grade noch sehen, dass die Fernsehleute ihre Kabel aufgerollt und den Kram in ihren Wagen gepackt haben. Der Mantel-Mann und die dünne Frau haben aber immer noch dagestanden mit Gläsern in der Hand, und die Lederjacken-Kerle sind mit den Daumen im Gürtel auf ihren Fußballen auf und ab gewippt. Für die vielen Zuschauer gab es Wegwerfbecher, da war bestimmt auch

Sekt drin, weil die alle so vergnügt geguckt und so laut geredet haben. Aber war es nicht schrecklich, dass sie mit ihren Wegwerfbechern schon wieder das Klima kaputt gemacht haben? Das war mir früher nie so aufgefallen. Aber jetzt grade hatte ich keine Zeit, was dagegen zu tun. Ich durfte ja nicht mal an ihnen vorbeigehen.

»Gibt es keinen anderen Weg?«, hat das Mädchen gezischt.

Den gab es natürlich, hinten durch die Kleingärten und die Autobahnbaustelle, der war nur ein winziges bisschen weiter und natürlich verboten.

Aber darum konnten wir uns leider nicht kümmern. Und dann haben wir auch schon in unserem Fahrstuhl gestanden.

»Puuuh!«, hat das Mädchen gesagt und mit seinem tränenverschmierten Gesicht plötzlich gelacht. Irgendwie war es ja schon erstaunlich, wie schnell bei ihr die Stimmung umschlagen konnte. »Die werden einen Schrecken kriegen!«

Wir sind ausgestiegen, und ich hab den Schlüssel aus der Hosentasche gefummelt. »Da, komm rein!«, hab ich gesagt und ich war froh, dass Oma und ich vorhin extra für Frau Wiegehals aufgeräumt hatten. Sonst wäre es mir vielleicht ein bisschen peinlich gewesen.

Aber trotzdem ist das Mädchen einen Schritt hinter der Wohnungstür mit einem Ruck stehen geblieben. »Ja, hallo!«, hat sie gesagt und sich ganz verblüfft umgeguckt. »Hier wohnst du?«

»Hätte ich sonst den Schlüssel?«, hab ich gefragt und sie ins Wohnzimmer gewinkt. Es hat immer noch ziemlich übel gerochen, ich wollte schließlich die Balkontür nicht aufmachen, als ich einkaufen war. Obwohl, im elften Stock kann ja eigentlich nicht so viel passieren.

»Es ist ganz reizend!«, hat sie erschrocken gesagt, und ich hab gedacht, dass sie jetzt eine aus dem Fernsehen nachmacht, aber es nicht so gut hinkriegt. »Ich heiße übrigens Fee.«

Zum Glück hab ich da grade die Balkontür aufgerissen, mit dem Rücken zu ihr, da konnte sie nicht sehen, wie baff ich war. Fee! Was für ein Name, oder?

Erst mal natürlich sowieso. Kein Mensch, den ich kenne, heißt Fee. Und wenn eine mindestens drei Kleidergrößen zu dick ist, dann passt das ja wohl gar nicht. Aber bei ihrer Geburt konnten ihre Eltern natürlich noch nicht wissen, dass sie sich später dauernd Chips reinschieben würde. Und wenn sie an ihrer Schule vielleicht nicht so streng waren wie an meiner und wenn sie deshalb da morgens auch keine Äpfel essen musste, dann konnte das ja nur nach hinten losgehen.

Vom Balkon ist ordentlich Luft ins Wohnzimmer geströmt, das war ein gutes Gefühl. »Ich heiß Jamie-Lee!«, hab ich gesagt und aufs Sofa gezeigt. »Jetzt erzähl mal!«

»Jamie-Lee?«, hat sie gefragt und die Augen zusammengekniffen. Wieso sich eine, die Fee heißt, über so einen vollkommen normalen Namen wundern konnte, hab ich nicht begriffen.

»Warum du dich verstecken willst!«, hab ich gesagt. Eigentlich hätte ich auch noch gerne gewusst, warum sie so einfach Geldscheine verschenkt.

Da hat sie sich aufs Sofa plumpsen lassen, das ist fast unter ihr zusammengekracht. Mama wiegt ja nicht so viel, weil sie eigentlich nie was isst, darum war das Sofa so ein Feen-Gewicht gar nicht gewöhnt.

»Sie wollen mich abschieben!«, hat Fee gesagt. »In den Schwarzwald! Dafür hat die Arschgeige gesorgt, weil ich sie stör!« Dann hat sie mit den Zähnen geknirscht. Also, fast. »Und weil ich ihr peinlich bin! Ich bin ein fettes Kind!«

»Charlene Klotzki ist fetter!«, hab ich gesagt. Natürlich nur, um sie zu trösten. »Die wiegt mindestens drei Zentner!«

Aber Charlene Klotzki hieß natürlich auch nicht Fee.

»Papusch wollte ja zuerst auch nicht!«, hat Fee gesagt, und ich musste ein bisschen nachdenken, bis ich verstanden hab, dass das bestimmt ihr Vater war. »Aber gegen die Arschgeige hat er keine Chance! Sie hat gesagt, es geht gar nicht ums Aussehen, so ein Gewicht ist einfach ungesund, und wenn jetzt nicht ganz schnell etwas passiert, dann kriege ich verfrüht einen Herzinfarkt und Kalk in den Adern und alle möglichen schrecklichen Krankheiten, und dann sterbe ich jung!«

»Echt?«, hab ich gefragt. Charlene Klotzki hatte dann ja bestimmt nicht mehr viel Zeit auf dieser Erde. »Und im Schwarzwald wird man dünn?«

Ich hatte natürlich keine Ahnung, was ein Schwarzwald war, aber es klang ein bisschen gruselig und nach Märchen, wie unsere Klassenlehrerin sie uns in der Zweiten vorgelesen hat, und als ob die Arschgeige Fee zu den Hexen schicken wollte. (Erstens: Fee ist ja auch ein Name, der zu Märchen passt. Zweitens: Ich weiß, dass man Arschgeige nicht sagt. Aber Fee hatte ja damit angefangen.) Obwohl, vom Knusperhäuschen wird man natürlich auch nicht direkt schlank. Jedenfalls hab ich langsam angefangen zu verstehen, warum sie sich verstecken wollte.

»Da gibt es dieses Ernährungsinternat!«, hat Fee gesagt. »Also, das ist nicht nur eine Kur, wo man mal eben kurz abnimmt, die Arschgeige hat gesagt, das hab ich bei meinen Essgewohnheiten und meiner mangelnden Disziplin dann ja doch in einem Monat alles wieder drauf! Aber in dem Internat bleibt man bis zum Abitur und ernährt sich gesund, und dann bin ich wenigstens bis achtzehn schlank, und danach kann man sowieso nichts mehr machen.«

»Wow!«, hab ich gesagt. Nicht wegen dem Essen, wegen dem Abitur. Das wollten Baron Chuck und ich früher auch immer machen, dann kann man sogar Arzt werden, aber das ist so schwierig, und man muss so viel lernen, dass ich es jetzt doch lieber lasse. Chucky sowieso.

»Das findest du doch auch grässlich, oder?«, hat Fee gefragt. »Ich soll schon morgen fahren! Die Arschgeige bringt mich. Du bist jetzt meine letzte Chance!«

Ich hab sie angestarrt. »Ja, aber wie lange willst du dich denn vor der verstecken?«, hab ich gefragt. Ich bin ein praktischer Mensch. Ein Fuffi war ja schön und gut, aber wenn eine viel isst, ist der schnell aufgebraucht.

Fee hat die Achseln gezuckt. »Keine Ahnung!«, hat sie gesagt. »Aber erst mal kriegen sie einen Höllenschreck, wenn ich weg bin, geschieht ihnen recht! Und bestimmt gibt Papusch der mageren Arschgeige die Schuld, weil sie nicht auf mich aufgepasst hat, und dann lässt er sich vielleicht wieder scheiden! Wir müssen einfach abwarten.« Und sie hat sich in unser Sofa gekuschelt, als ob sie hier zu Hause wäre. Mit der offenen Balkontür hat es ja auch nicht mehr so gerochen.

Da hab ich es endlich kapiert. »Ist die dünne Frau deine Mutter?«, hab ich gefragt. »Etwa? Die mit dem Spaten?«

Fee hat kurz die Stirn gerunzelt, dann hat sie den Kopf geschüttelt. »Stiefmutter!«, hat sie gesagt. »Meine Eltern sind geschieden. Mein Vater hat sie noch nicht lange, also, die Arschgeige, aber wir haben uns gleich nicht gemocht!« Sie hat auf den Eimer neben dem Sofa geguckt. »Der stinkt!«, hat sie gesagt.

Aber ich fand nicht, dass sie ein Recht hatte, sich zu beschweren. Sie hat ein Versteck gesucht und ich hab ihr eins verschafft. Da konnte sie nicht wählerisch sein.

»Ist dein Vater Sportler?«, hab ich gefragt. »Ein Mäzen?«

Sie hat mich angestarrt. »Wie kommst du denn darauf?«, hat sie gefragt. »Seit er die Arschgeige hat, kommt dreimal die Woche ein Fitness-Coach zu ihm zum Abnehmen, aber Papusch könnte nicht mal einmal um den Sportplatz laufen! Mäzen heißt das, weil er immerzu Geld gibt für so Sachen wie ein neues Jugendzentrum und Sporthallen und irgendwas in der Oper. Die Arschgeige sagt, das soll er mal langsam ein bisschen eindampfen, die Zeiten sind schlecht.«

Da hab ich begriffen, dass ein Mäzen ein Mensch ist, der von seinem Geld was abgibt für gute Taten, obwohl ich nicht versteh, warum der das macht. Es ist immer klüger, sein bisschen Kohle zusammenzuhalten, sagt Oma. Also, da wäre sie sicher mit der Arschgeige einer Meinung gewesen.

Und grade als ich Fee das erklären wollte, hab ich den Schlüssel in der Wohnungstür gehört, und dann ist sie auch schon aufgeflogen.

»Ich bin das!«, hat Baron Chuck gerufen. »Eh, Jamie-Lee, gibt's zu futtern?«

Ich weiß nicht, warum Chucky immer glaubt, dass ich mich um das Essen kümmern soll.

6. Baron Chuck hilft mit beim Frauentausch

Natürlich wusste Chucky, dass es nur was zu futtern gab, wenn ich was gekauft hatte. Vielleicht war er unterwegs Oma begegnet, und die hatte ihm von dem Zehner erzählt.

In der Wohnzimmertür ist Chucky mit genauso einem Ruck stehen geblieben wie Fee eben grade in der Wohnungstür.

»Eh?«, hat er gesagt. »*Frauentausch*, oder was?«

Ich hab zuerst nicht verstanden, was er meint, *Frauentausch* ist ja so eine Sendung, wo eine Mutter in die Wohnung von einer anderen Mutter zieht, und die andere Mutter zieht in ihre. Und dann müssen sie da bei den fremden Kindern putzen und die erziehen und alles, und meistens ist die eine Mutter nett und die andere Mutter blöd, aber saufen tun die nie. Oma guckt das manchmal, wenn sie abends bleibt.

»Hallo!«, hat Fee gesagt und sich aufrecht hingesetzt. »Ich bin Fee!«

»Oho, wow!«, hat Chucky gesagt und sie so von oben bis unten angeguckt, wie Jungs das tun. Unsere Klassenlehrerin sagt, sie sollen das nicht, aber Oma sagt, sobald die Kerle das bei ihr nicht mehr machen, erschießt sie sich. »Eine gute Fee oder eine böse Fee? Und Mama hast du weggezaubert, oder wie?«

Da hab ich natürlich begriffen, was er mit *Frauentausch* gemeint hat. Wo vorher Mama gelegen hatte, hockte jetzt ja Fee.

»Äh, wie bitte?«, hat Fee gesagt. »Weggezaubert? Wen?«

»Nee, nee, Oma und ich haben 112 gerufen!«, hab ich schnell gesagt. »Oma muss nach Polen, sie hat einen neuen Freund. Der will sie seinen Eltern zeigen!«

»Na, hoffentlich wird denen bei Pink nicht übel!«, hat Chucky gesagt. »Und die Typen haben sie mitgenommen? Wollte sie denn?«

Es war ja klar, dass er jetzt wieder von Mama geredet hat, und ich hab den Kopf geschüttelt. Ich fand nicht, dass diese fremde Fee jetzt all unsere Familiengeheimnisse erfahren musste.

»Nee, hat aber geklappt!«, hab ich darum nur gesagt. »Und Fee muss sich grade dringend verstecken, ich dachte, sie kann bei uns. Sie soll abgeschoben werden.«

»Mann, Jamie!«, hat Chucky gerufen. »Weißt du, dass du da *richtig* Ärger kriegen kannst? Mit der Polizei?«

Mit Abschiebungen kennt Chucky sich natürlich aus, ich aber auch. Das passiert ja immer mal, dass einer, den man kennt, wieder zurückmuss in sein anderes Land, und wenn der nicht will, dann kommt die Polizei und holt ihn ab. Aber bei Fee war das ja anders.

»Doch nicht so!«, hab ich gesagt. »Internat! Damit sie dünner wird!«

Chucky hat Fee wieder so rauf und runter angeguckt. »Mhm«, hat er gesagt. »Na, dünner kann sie bei uns auch ganz schnell werden. Oder hast du was zu futtern im Schrank?«

Ich hab den Kopf geschüttelt.

»Zu rauchen?«, hat Chucky gefragt.

Er hat aber natürlich gewusst, dass ich da auch den Kopf schütteln würde. Er hat also geseufzt.

»Und wie bist du an die gekommen?«, hat er gefragt. Er hat natürlich Fee gemeint.

»Ihr Vater ist ein Mäzen!«, hab ich gesagt. Ich hatte keine Ahnung, ob Chucky das Wort schon mal gehört hatte, er hat aber jedenfalls nicht »Hä?« gesagt. »Und der hat das Geld gegeben für ein Jugendzentrum auf dem Schotterplatz, und da hat ihre Stiefmutter den ersten Spatenstich getan …«

»Erst eine Fee und dann eine böse Stiefmutter!«, hat Chucky gesagt. »Jede Wette, als Nächstes kommen die sieben Zwerge?«

»Blödmann!«, hab ich gesagt, aber da hat Fee sich plötzlich eingemischt. Sie hat Chucky so angeguckt, dass ich um eine Million gewettet hätte, dass sie ihn gut fand. Sie ist sogar ein bisschen rot geworden. Aber ich hab natürlich keine Million, darum wird das nichts mit der Wette.

»Und wer bist *du*?«, hat sie gefragt. Inzwischen war sie so rot wie ein rohes Rindersteak. (Das hat Oma mal für uns gebraten, als im Supermarkt der Strom ausgefallen war, und sie haben alles aus den Kühltruhen zum halben Preis verkauft.)

»Baron Chuck!«, hat Chucky gesagt und ihr so zugezwinkert, wie Männer das bei Frauen in Filmen machen. Ich weiß schon, was meine Klassenlehrerin dazu sagen würde. »Angenehm!«

»Baron?«, hat Fee gefragt. Ich weiß nicht, was noch dunkler rot ist als ein rohes Rindersteak. »Bist du ein ...?«

Da bin ich schnell dazwischengegangen. Ich hab ihr erklärt, dass Chuckys Name nichts zu tun hat mit Grafen und Prinzen und solchen Sachen; Mama fand das damals einfach nur cool, *Baron*, sie war ja erst sechzehn. Und der Mann auf dem Amt hat es erlaubt. Er hat erklärt, er erlaubt inzwischen so ungefähr alle Namen, nur wenn sie das nächste Kind Kaiser Wilhelm nennen will oder Prinzessin Victoria, geht er dazwischen. Aber damals hat Mama ja noch geglaubt, dass es nie ein zweites Kind geben würde.

»Ach so!«, hat Fee gesagt. »Das ist nur ein Name.« Aber rot war sie immer noch.

»Ich hatte nach deiner Stiefmutter gefragt!«, hat Chuck gesagt. »Märchenfee.«

»Sie wollte nicht, dass ich neben ihr stehe!«, hat Fee geflüstert. »Meine Stiefmutter! Weil ich …« Dann hat sie vielleicht erst gemerkt, dass es ihr eigentlich gar nicht recht ist, dass Baron Chuck das erfährt. Dabei hat der schließlich Augen.

»Weil sie ein dickes Kind ist!«, hab ich also gesagt. »Das ist ihrer Stiefmutter peinlich!«

»Peinlich? Arschgeige!«, hat Chucky geschnaubt. Wirklich wahr! War das nicht krass? Als ob er gewusst hätte, wie Fee ihre Stiefmutter nennt! Er hat die aber natürlich einfach nur gemein gefunden. »Mütter müssen auch dicke Kinder mögen! Und du bist ja außerdem gar nicht *so* dick, gute Fee!«

Ich glaube, so was Nettes hatte vielleicht vorher noch kein Junge zu Fee gesagt. Manchmal ist Baron Chuck wirklich sehr okay. Er hält sich auch nicht an das, was Oma über das Mitleid redet.

»Nee, guck doch mal, so dick ist sie gar nicht!«, hab ich darum schnell auch noch gesagt. »Nicht wie Charlene Klotzki! Aber diese Stiefmutter, die ist so dürr, da musst du dir Mühe geben, wenn du die überhaupt sehen willst, da guckst du immer vorbei! Und ihre Bodyguards …«

»Bodyguards?«, hat Chucky gebrüllt. Ich meine wirklich: *gebrüllt.* Das haben sie noch zwei Etagen unter uns gehört.

»Auf mich konnten die doch nicht auch noch aufpassen«, hat Fee gesagt. »Weil ich hinten gestanden hab, und im Hinterkopf haben sie ja keine Augen. Und sie haben vorne auf die Arschgeige aufgepasst. Da hab ich meine Chance genutzt und bin abgehauen.«

»Krass!«, hat Chucky gemurmelt. »Wie viele?«

»Wie viele was?«, hat Fee gefragt.

»Bodyguards!« Chucky hat das Wort ausgesprochen, als ob er es streichelt.

»Drei«, hat Fee gesagt.

»Drei?«, hat Chucky wieder gebrüllt. »Schlechte Arbeit, Mann! Sauschlechte Arbeit! Da hätte doch wenigstens *einer* davon auf dich aufpassen können! Zwei für deine Stiefmutter, einer für dich.« Er hat fachmännisch genickt. »Werd ich vielleicht auch«, hat er gesagt. »Bodyguard.«

Ich hab ihm nicht vorgeschlagen, dass er dann ja jetzt erst mal Bodyguard für Fee sein könnte. Bestimmt will Chucky Geld dafür, und Fee hatte nur die beiden Scheine, und einen davon hatte sie mir außerdem geschenkt.

»Also, wer geht Essen kaufen?«, hab ich gefragt und den Fünfziger aus der Tasche gezogen. »Spendiert Fee uns!«

Chucky hat so schnell danach geschnappt, ich hatte keine Chance.

»Also eine echt gute Fee!«, hat er gesagt. »Döner? Döner für alle? Und Cola?«

»Cola light«, hat Fee geflüstert.

»Liebe gute Fee, das hast du gar nicht nötig!«, hat Chucky gesagt. »Aber klar, dein Wunsch sei mir Befehl!«

Dann war er schon wieder draußen.

7. Was machen Leute, die drei Bodyguards haben, wenn ein Kind von ihnen verschwindet?

Dann haben wir uns ein echtes Festessen genehmigt. Ich hab sogar den Eimer vorher noch aufs Klo getragen, damit es im Wohnzimmer ein bisschen appetitlicher sein sollte, und dann haben ich und Fee den ganzen Müll vom Tisch geräumt, den ich und Oma vor Frau Wiegehals nicht mehr geschafft hatten, und dann hat Fee sogar noch den Ficus von der Fensterbank auf den Tisch gestellt. Der Ficus war eine Pflanze, die ich über die letzten Sommerferien aus der Schule mit nach Hause genommen hatte, um sie zu gießen, und dann war es leider ein bisschen schiefgegangen. Weil er nicht mehr ganz so toll aussah, hatte ich den Ficus nach den Ferien lieber nicht wieder zurück in unsere Klasse gebracht.

»Was soll denn das Gestrüpp da?«, hat Chucky gefragt, als er zurückgekommen ist, und einmal mit dem Arm drübergefegt. Da sind ungefähr tausend trockene Blätter auf den Wohnzimmertisch gefallen. Die Fensterbank lag ja auch schon ganz voll.

»Blumenschmuck hebt jede Tafel!«, hat Fee gesagt. Aber sie hat doch ein bisschen nachdenklich auf den Ficus geguckt.

»Haut rein, Mädels, haut rein!«, hat Chucky gesagt. Er hatte die ganzen fünfzig Euro aufgebraucht, weil er für jeden einen Super-Döner spezial gekauft hatte und die großen Pommes mit Mayo und Ketchup und für mich Cola und für Fee Cola light und für sich zwei Bier. Und dann hatte er gleich noch fünf Schachteln Zigaretten mitgenommen. »Na, schmeckt das geil?«

Fee hat von uns allen am schnellsten gegessen. Am glücklichsten ausgesehen hat sie auch. »Das ist ja so lecker!«, hat sie gesagt.

Ich hab Chucky angeguckt. Kein Mensch sagt *lecker*, aber okay. Und außerdem klang es, als ob sie noch nicht so oft Döner gegessen hätte.

»Hat das viele Kalorien?«

Chucky hat den Kopf geschüttelt. »Praktisch gar keine!«, hat er gesagt. »Lass es dir schmecken! Jeden Tag ein Döner und du bist bald so dürr wie das Gestrüpp auf dem Tisch!« Dann hat er gepustet, und schon sind dem Ficus auch noch die letzten Blätter von den Zweigen gefallen. Da haben sie wenigstens die Schrammen und den

Klebedreck verdeckt. Zum Abwischen waren wir vor dem Essen nicht mehr gekommen.

»Kinder!«, hat Chucky dann gesagt, nachdem er dreimal richtig laut gerülpst hatte. Er kann immer rülpsen, wenn er das will, nicht nur nach dem Essen, und es klingt wirklich großartig. Wie ein Donner. »Und nun zu den ernsten Dingen! Auf dem Schotterplatz war keiner mehr, als ich da vorbei bin, aber ich stell jetzt mal eine Frage: Was machen Leute, die drei Bodyguards haben, wenn ein Kind von ihnen verschwindet? Dreimal dürft ihr.«

»Sie gehen zur Polizei!«, hab ich gesagt. Ich hatte vorher noch nicht richtig darüber nachgedacht, aber irgendwie war es mir trotzdem die ganze Zeit klar gewesen. Die würden ja bestimmt nicht erst mal nur im Wohnzimmer vor der Glotze sitzen und Soaps gucken und mit den Fingern auf die Tischplatte trommeln und einfach warten, bis ihr dickes Kind endlich wieder nach Hause kommt, wie normale Leute das sonst vielleicht machen würden. (Also, nicht Mama, natürlich. Mama hat noch nie auf mich gewartet, die weiß ja nicht mal, ob ich überhaupt da bin oder weg.) Solche Eltern wie die von Ella zum Beispiel. Oder von Jakob Friedemann. Vielleicht sogar von Charlene Klotzki. Die würden wahrscheinlich erst mal ein paar Stunden warten, sie glauben ja einfach nur, dass ihr Kind sich vertrödelt hat, und werden wütend.

Aber reiche Leute glauben das nicht.

»Bingo!«, hat Chucky gesagt. »Du wirst noch mal was Berühmtes, Jamie-Lee, wenn du so schlau bleibst. Leute mit drei Bodyguards warten *keine einzige Stunde*, bevor sie die Polizei rufen, wenn ihr Kind verschwindet, das garantiere ich euch. Weil, wozu haben sie die Bodyguards? Na?«

»Dass sie nicht erschossen werden?«, hab ich gefragt.

»Pech, du wirst doch nicht berühmt!«, hat Chucky gesagt. »Du guckst zu viele schlechte Filme!«

Was gar nicht stimmt. Ich guck eigentlich gar keine Filme. Ich guck lieber so was wie *Frauentausch* oder wo Leute auswandern oder ein neues Haus kriegen, oder einer räumt für sie auf, also was mit echten Menschen. Aber irgendwie denkt doch jeder, Bodyguards sind gegen Erschießen da.

»Damit die Arschgeige und mich keiner entführt natürlich!«, hat Fee gesagt. »Und Lösegeld verlangt. Papusch sagt, lieber vorsichtig sein.«

»Echt jetzt?«, hab ich gefragt. Das war ja nun der Hammer. »Kann man für dich Lösegeld kriegen?«

Fee hat mich angestarrt. »Klar!«, hat sie gesagt.

»Hast du gedacht, weil diese Scheißstiefmutter sie zu dick findet, wollen die sie nicht zurück?«, hat Chucky gefragt. »Nee, für unsere Fee hier müssen sie sogar extra viel zahlen! Kilopreis!« Dann hat er vielleicht gesehen, wie Fee zusammengezuckt ist. »Sorry, tut mir leid, blöder Witz!«, hat er gesagt. »Jedenfalls geh ich jede Wette ein, dass längst die Polizei nach ihr sucht. Und darum sitzen wir jetzt in der Dingsbums.« Er hat auf seine Uhr geguckt.

Das mit der Dingsbums hab ich sofort verstanden. (Das richtige Wort schreibe ich nicht. Es fängt mit *Sch* an.) Weil, natürlich hat Fee sich eigentlich selbst entführt, aber wir waren trotzdem ihre Komplizen. Und wenn die Polizei sie finden würde und Chucky und ich würden denen erklären, dass wir ja gar kein Lösegeld wollen, dann würden die uns das garantiert nicht glauben und denken, dass wir nur noch nicht unser Erpresserschreiben losgeschickt haben. Weil wir zu blöde sind zum Schreiben oder was, so was denken die doch logisch von uns. Und wie sollten wir dann beweisen, dass wir Fee nur aus lauter Mitleid und Freundlichkeit und für drei Super-Döner spezial versteckt hatten? (Gut, und für fünf Schachteln Zigaretten.) Bei der Tochter von einem Mäzen glaubt einem das doch kein Mensch. Ich hab mich auf einmal sehr geärgert, dass ich nicht auf Omas Warnung wegen dem Mitleid gehört hatte.

Chucky hat die ganze Zeit am Fernseher rumgemacht. (Die Fernbedienung ist irgendwie verschwunden. Darum müssen wir immer am Apparat schalten, an so einer Leiste, das ist echt kompliziert.) Das finde ich gut an Chucky, dass er nicht erst lange grübelt und nachdenkt, sondern gleich was Praktisches tut.

»So!«, hat er gesagt. »Pssst jetzt mal! Da kommen die Nachrichten!«

Es waren aber nicht die großen Nachrichten, wo sie immer über Politik reden und über Erdbeben und eine Sache, die Börse heißt, und am Schluss noch über Fußball und Wetter; sondern die kleinen Nachrichten am Nachmittag. Ich hab da schon mal unsere Autobahnbaustelle gesehen, das war komisch. Weil ich die ja in echt kenne, und jetzt war sie im Fernsehen.

Also *die* Nachrichten waren das. Und natürlich hatte Chucky mit seiner Warnung recht gehabt.

Zuerst haben sie was gezeigt über den Hafen und Kreuzfahrtschiffe und über das Rathaus. Ich wollte schon zu Chucky sagen *Mach aus!*, da war auf dem Bildschirm plötzlich unser Schotterplatz. Und der Mann im Mantel und die dünne Frau waren auch da, und sie hat lächelnd den Spaten in den Boden gestochen, und dann haben sie mit Sekt angestoßen (die anderen Leute hatten wirklich Wegwerfbecher, es war eine Schande). Chucky hat lauter gedreht.

Jetzt kam nämlich wieder das Gesicht von dem Nachrichtensprecher. »... dramatisches Ende!«, hat er gesagt. »Seit der Spatenstich-Zeremonie ist Fee Ranzmeier, die elfjährige Tochter des Milliardärs Alfons Ranzmeier, spurlos verschwunden. Eine Entführung kann nicht mehr ausgeschlossen werden, obwohl bisher keine Lösegeldforderung bei der Familie eingegangen ist. Die Polizei bittet um Ihre Mithilfe: Wer einen Hinweis auf den Aufenthaltsort des Mädchens geben kann, möchte sich bitte bei der nächsten Polizeiwache oder telefonisch unter der unten eingeblendeten Nummer melden. – Und nun sagt Ihnen Manz Sturmvogel, mit welchem Wetter wir morgen rechnen dürfen.«

»Mann!«, hat Chucky gesagt und Manz Sturmvogel weggeschaltet.

Fee hat sich die Hände vor das Gesicht geschlagen. Bestimmt, weil sie zum Schluss auch ein Foto von *ihr* gezeigt haben, über den ganzen Bildschirm, und darauf sah sie wirklich aus wie ein ziemlich dickes Kind. Ich möchte auch nicht, dass solche hässlichen Fotos von mir im Fernsehen gezeigt werden. Ins Fernsehen will man doch, damit alle einen toll finden.

»Hab ich's euch gesagt?«, hat Chucky gerufen und den Apparat ausgeschaltet. Er hat auf sein Handy geguckt. »Mist, kein Guthaben mehr!«

»Du willst doch wohl nicht die Nummer da anrufen?«, hab ich ungläubig gefragt. »Und sie verpetzen?«

Fee hat ihn angestarrt.

»Was sonst?«, hat Chucky gefragt. »Ich mach das jetzt oder du, oder unsere gute Fee hier macht das selbst! Du musst Bescheid sagen, dass du nicht entführt bist, gute Fee, sonst kommen heute Nacht die Reiter des Königs in unsere armselige Hütte, und wir kriegen richtig Ärger! Also, falls ihre Pferde in den Fahrstuhl passen.«

»Nein, bitte!«, hat Fee geflüstert.

Aber Chucky hat ganz streng den Kopf geschüttelt. »Gibt schon genug Kram, wegen dem ich Ärger kriegen kann!«, hat er gesagt. Ich glaube, er hat Schwänzen gemeint und Werbekugelschreiber bei der Tankstelle klauen und solche Sachen. »Da brauch ich nicht auch noch Ärger wegen was, was ich gar nicht gemacht hab!«

»Du hast mich doch wirklich nicht entführt!«, hat Fee gesagt. »Bitte, Baron Chuck! Das kann ich doch bezeugen! Dann kannst du doch auch gar keinen Ärger kriegen!«

Aber Chucky hat den Kopf geschüttelt. »Glaub mir, Märchenfee, *wir* kriegen immer Ärger!«, hat er gesagt. »Kannst du nicht wissen, klar, aber wir hier kriegen immer Ärger!«

»Quatsch!«, hab ich gesagt. »Sei doch nicht so blöde, Chucky! Fee will doch nur kurz hierbleiben, damit ihr Vater sich ordentlich Sorgen macht und sauer auf die Arschgeige ist, weil die nicht auf seine Tochter aufgepasst hat! Und damit er sie dann nicht in diesen Schwarzwald schickt, wenn sie zurückkommt, weil er so überglücklich ist, dass er sie wiederhat! Morgen ruft sie selbst zu Hause an, machst du doch, Fee?«

Fee hat genickt. »Aber noch nicht heute!«, hat sie gesagt. Vielleicht hat sie auch gedacht, dass es sich jetzt wenigstens lohnen muss, dass das grässliche Foto von ihr im Fernsehen war und alle Leute es gesehen haben und denken: *Was für ein dickes Kind!*.

»Siehst du!«, hab ich zu Chucky gesagt.

Chucky hat Fee ärgerlich angeguckt. »Okay, sie hat uns die Döner bezahlt!«, hat er gesagt. (Nichts von seinen Zigaretten natürlich. Sonst klaut er die immer.) »Da will ich sie also mal nicht in die Pfanne hauen! Aber wenn dein Handy eingeschaltet ist, kleine Fee, dann finden die dich sowieso, kannst du gar nichts machen! Dann sind wir dran!«

Fee hat den Kopf geschüttelt. »Das ist bei der Arschgeige in der Tasche«, hat sie gesagt. Sehr zufrieden.

Chucky hat immer noch keine Ruhe gegeben. »Wenigstens was!«, hat er gesagt. »Aber euch ist klar, wer da deswegen jetzt auf jeden Fall *richtig* Ärger kriegt, oder? Die Bodyguards, aber hallo! Ist das gerecht? Eh, Fee, sag mal, ist das gerecht?«

»Du hast selbst gesagt, das war sauschlechte Arbeit!«, hab ich gezischt. Da hat Chucky endlich den Mund gehalten. Er hat irgendwas gemurmelt und sich ein Päckchen von den Zigaretten eingesteckt, und dann ist er gegangen. Er trifft sich immer mit seinen Kumpels an der U-Bahn-Haltestelle, da stehen sie rum und rauchen.

»Geht der jetzt zur Polizei?«, hat Fee geflüstert, als sie die Wohnungstür gehört hat.

Ich hab den Kopf geschüttelt.

»Auf Baron Chuck kann man sich verlassen«, hab ich gesagt.

8. Rapunzelhaare können auch ein Problem sein

Dann wussten Fee und ich nicht mehr so richtig, was wir machen sollten. Ich hab ja sonst nie jemanden zu Besuch, da kannte ich mich nicht so aus. Wir haben den Müll vom Essen in die Küche gebracht (wegen den Styroporpackungen von den Dönern bin ich jetzt vielleicht auch an drei Millimetern Überschwemmung schuld, das war mir ein bisschen peinlich; aber ich konnte leider mit dem Weltretten erst am nächsten Tag anfangen), und dann haben wir den Fernseher wieder angeschaltet, aber es war so anstrengend, wenn wir ohne Fernbedienung zappen wollten, und irgendwie gab es auch nirgendwo was Richtiges. Ich hab sogar den Ton ausgestellt.

Und Computer hatten wir auch nur den alten in

Chuckys und meinem Zimmer, aber erstens wollte ich Fee da wirklich nicht so gerne reinlassen (ich erklär jetzt mal nicht, warum, aber das kann sich bestimmt jeder denken), und zweitens war der so schrottig langsam, dass man graue Haare gekriegt hat, bevor er endlich mal die richtigen Seiten aufgerufen hat. Ich weiß nicht, warum mir das peinlich war.

»Und deine Mutter«, hat Fee plötzlich gefragt. Na, das wäre ja auch ein Wunder gewesen, wenn das jetzt nicht irgendwann gekommen wäre. »Was du da vorhin gesagt hast. Kommt die bald? Wo ist die denn?«

Da war ja klar, dass sie vorhin nichts begriffen hatte, zum Glück. Ich fand nicht, dass man daran was ändern musste.

»Nachtschicht!«, hab ich gesagt. Das hat Ebrus großer Bruder manchmal, bei der Post. Da sortiert er Briefe.

»Echt?«, hat Fee gefragt. »Und die geht schon nachmittags los?«

»Bei der Post schon«, hab ich gesagt. Ich hatte keine Ahnung, wann bei der Post irgendwas losging.

»Die Arme!«, hat Fee gesagt. Und das hat ja nun wieder gestimmt, natürlich nicht so, wie sie gemeint hat. »Aber so sieht sie mich wenigstens nicht, oder? Erwachsene sind da manchmal komisch!«

Was ja richtig war. Oma zum Beispiel hätte nie erlaubt, dass wir Fee bei uns verstecken. Die hätte sofort die Polizei angerufen, wenn ihr Akku noch voll genug gewesen wäre. Und hinterher hätte sie dann so ganz freundlich zu Fees Vater gesagt, dass er es ja eigentlich nur ihr zu verdanken hat, wenn er seine Tochter zurückkriegt, und dann hätte sie gewartet, wie viel er springen lässt. Vornehme Menschen verstehen solche Andeutungen, und bestimmt ist ein Mäzen dafür vornehm genug.

»Mach lauter!«, hat Fee plötzlich gekreischt. Ich hab mich blitzschnell umgedreht, und da war im Fernsehen tatsächlich schon wieder ein Bild von ihr! Ein anderes diesmal, aber das war sogar noch schlimmer als das letzte. Auf diesem hatte Fee ein pinkes Kleid an, und Pink ist ja vielleicht *ladylike,* aber es ist nicht gut für dicke Kinder. Ich hab gestaunt, dass sie trotzdem »Mach lauter!« und nicht ganz hysterisch »Mach aus!« geschrien hat.

Ich hab auf die Lautstärke-Taste gedrückt, und da konnten wir den Sprecher also verstehen. »... noch nicht gemeldet!«, hat der grade gesagt. »Es ist daher nach wie vor durchaus möglich, dass die elfjährige Fee Ranzmeier einfach nur von zu Hause weggelaufen und nicht entführt worden ist. Bei ihrem Verschwinden trug sie ...«

»Na, danke!«, hab ich gesagt. Ich hab überlegt, ob ich auch ins Fernsehen kommen würde, wenn ich mal vier oder was Stunden von zu Hause verschwunden bin.

»Pssst!«, hat Fee gerufen und sich ganz weit vorgebeugt, zum Fernseher hin.

»... auffallend lockige, taillenlange blonde Haare!«, hat der Sprecher gesagt.

Ich hab Fee angesehen. Das hat gestimmt. Als ich wieder auf den Bildschirm geguckt habe, hat da aber schon Manz Sturmvogel vor seiner Wetterkarte gestanden.

»Ja, Mist!«, hat Fee gerufen. »Jetzt erkennt mich doch gleich jeder!«

»Wie, jeder?«, hab ich gesagt. »Wer soll dich denn hier sehen?« Dann ist mir eingefallen, dass sie natürlich denkt, dass Mama irgendwann nach Hause kommt. »Mama schläft nachher bei ihrem Typen!« So ist das bei den anderen Müttern ja oft.

Fee hat mich angeguckt, als ob sie mich nicht richtig versteht. »Aber draußen?«, hat sie dann gesagt. »Oder wenn sonst mal einer vorbeikommt?«

Ich hab die Augen zusammengekniffen. »Bei uns kommt heute Abend keiner mehr vorbei!«, hab ich gesagt. »Und morgen früh rufst du ja sowieso deinen Vater an, und dann ...«

Fee hat auf den Boden geguckt. »Nee, Jamie-Lee!«, hat sie gesagt. »Das ist doch zu kurz! Das hab ich nur wegen deinem Bruder gesagt! Morgen hat Papusch sich doch noch längst nicht genug Sorgen gemacht! Wenn er noch nicht mal ein Erpresserschreiben kriegt! Morgen schickt der mich dann bestimmt erst recht in den Schwarzwald! Ich muss länger verschwunden sein!«

»Was?«, hab ich gesagt, echt verblüfft. Ich hab sie nicht gefragt, woher wir denn wohl bitte schön das Geld kriegen sollten, um sie so lange durchzufüttern. Aber einen Zehner hatte sie natürlich noch, den hatte ich ja vor Aldi selbst gesehen.

Außerdem konnte ich sie irgendwie verstehen. Und ich war vielleicht auch ein bisschen stolz, dass sie es bei uns so gut fand, dass sie noch bleiben wollte. Wo sie doch ein Milliardärskind war, das ist noch mehr als Millionär. Jedenfalls hab ich da meinen zweiten großen Fehler gemacht.

»Ich geb dir von meinen Klamotten, dann erkennt dich keiner!«, hab ich gesagt. Danach hätte ich mir am liebsten auf den Mund geschlagen. Da hätte sie ja nie reingepasst.

Sie hat aber getan, als ob sie das gar nicht merkt. »Und die Haare?«, hat sie gesagt. »Gibst du mir da auch neue?«

Natürlich hatte sie recht. Solche langen blonden Haare fallen schon auf. Vor allem, wenn sie auch noch lockig sind.

»Musst du eben abschneiden!«, hab ich gesagt.

Fee hat mich angestarrt. »Bist du wahnsinnig?«, hat sie gerufen. »Die werden doch nie wieder so lang!«

Da konnte ich sie leider schon wieder verstehen. Wenn man ein dickes Kind ist, mit dem die Stiefmutter vor Peinlichkeit nicht gesehen werden will, und die langen blonden Locken sind so ungefähr das einzig Schöne an einem, dann will man die natürlich nicht abschneiden.

Aber alles auf der Welt kann man nicht haben, sich unsichtbar machen und auch noch goldene Rapunzelhaare. (*Rapunzel* war auch eins von den Märchen in der zweiten Klasse, die unsere Klassenlehrerin vorgelesen hat, die Haare von der waren aber bestimmt noch länger.)

»Tja, dann kannst du eben so lange nicht rausgehen!«, hab ich gesagt. »Pech für dich. Aber auch nicht auf unseren Balkon, da sehen die dich sonst von der Bushaltestelle!«

Ich hab mir vorgestellt, wie sie ihre Rapunzelhaare über unsere Balkonbrüstung hängen lässt, und dann klettert daran von unten von der Bushaltestelle ihr Prinz zu ihr hoch in unsere ungeputzte Wohnung. Aber erstens hätten ihre Haare gar nicht bis zur Straße runtergereicht, höchstens bis runter zum Zehnten; darum hätte der Prinz ihre Locken noch nicht mal zu packen gekriegt, wenn er aufs Dach vom Buswartehäuschen gestiegen wäre. Und außerdem haben dicke Kinder keinen Prinzen.

Aber Fee hat schon in ihrer Geldbörse gewühlt. Oma sagt immer, die Reichen glauben wohl, dass man alles mit Geld regeln kann. Damit hatte sie recht, wie man gleich sehen wird.

Jetzt hatte Fee nämlich ihren Zehner endlich gefunden. »Färben!«, hat sie triumphierend gesagt und damit vor meiner Nase rumgewedelt. »Nachtschwarz! Dann seh ich nicht mehr so ganz aus wie ein Mädchen mit hüftlangen blonden Locken, oder?«

Irgendwie war das natürlich genial, färben ging ja logisch auch, und ihre Haare waren gerettet. Falls später doch noch mal ein Prinz zum Klettern kommen würde. Und von dem Zehner blieb dann sicher noch genug übrig, um uns drei Tiefkühlpizzas zu kaufen. Und eine große Cola. Äpfel für die Schule hatte ich noch zwei.

»Aber auswaschbar!«, hat Fee gesagt. »Ich will nicht bis ans Ende meiner Tage schwarze Haare haben!«

»Auch noch Ansprüche stellen!«, hab ich gesagt. Das sagt Oma immer zu Chucky. Aber ich war mit dem Geld schon an der Wohnungstür. Ich hätte gerne gewusst, ob Oma schon losgefahren war und wie es ihr in Polen gefiel.

9. Man sagt nicht »Penner«, darum lade ich mir einen Obdachlosen ein

Dann kam leider mein dritter Fehler. (Oder hab ich falsch gezählt?) Nicht gleich. Zuerst hab ich alles richtig gemacht.

Ich bin wieder über die Kreuzung gegangen und an der kleinen alten Kirche vorbei und am Döner-Imbiss und am Kost-nix!-Laden, und hinter dem Schotterplatz hab ich bei Aldi nach Färbemittel gesucht. Sie hatten verschiedene Sorten, aber ich wollte schwarz, da war das leicht. Nicht so leicht war, dass es auswaschbar sein sollte, das stand nirgendwo drauf; aber dann hab ich eine Verkäuferin gefragt, als endlich mal eine aus dem Lager gekommen ist, und die hat gesagt, es heißt *non-permanent*. Keine Ahnung, warum sie es nicht normal draufschreiben können.

An der Kasse ist es schnell gegangen, ich hatte noch die Pizzas, zwei große Cola und vier eingeschweißte Würstchen mitgenommen (die mit Käse drin) und einen Beutel mit Schokoriegeln. Darum musste ich leider auch Omas Zehner anbrechen, von dem war hinterher kaum noch was übrig.

Auf dem Weg hab ich die Folie von den Würstchen schon mal aufgemacht. Vielleicht hat Kröger deshalb geknurrt? Bestimmt kann man Käsewürstchen meilenweit riechen, wenn man ein Jagdleopard ist. Dass er ein Jagdleopard war, hab ich zu Anfang aber noch nicht gewusst.

Jedenfalls hat vor der Kirche wieder einer im Eingang gesessen, da sind abends immer welche. Man soll nicht *Penner* sagen, sagt Herr Wagenfels, sondern *Obdachlose*, aber Oma sagt, davon kriegen die auch keine Wohnung. Manche haben eine Decke dabei, und manche liegen auf einer Pappe. Im Winter, wenn es richtig kalt wird, gehen sie woandershin, wo es vielleicht wärmer ist.

Dieser hat ein aufgeschlagenes Buch in der Hand gehabt und gelesen. Das tun viele von denen, im Kostnix!-Laden kriegt man die Bücher ja umsonst. Es ist bestimmt langweilig, wenn man den ganzen Tag und die ganze Nacht immer nur so auf der Straße rumsitzt, da kann ich schon verstehen, dass die lesen. Die haben ja oft kein Handy für Spiele, da könnten sie außerdem nirgendwo den Akku aufladen, weil sie keine Wohnung haben. Also, für solche sind Bücher praktisch.

Es gab also eigentlich keinen Grund, stehen zu bleiben,

und das hab ich auch nicht getan. Ich war sogar schon ein paar Schritte an der Kirche vorbei, als ich das komische Geräusch gehört hab.

Viele von denen haben ja einen Hund dabei, das kenne ich schon. Aber dieses Geräusch war irgendwie anders. Darum bin ich doch stehen geblieben. Und ich hab genauer hingeguckt. Und da hab ich den Schwanz gesehen. Irgendein Tier hat hinter dem Mann im Kircheneingang gelegen.

Jagdleoparden haben einen ziemlich langen, gepunkteten Schwanz. Also eher nicht wie solche Schwänze von einem Hund. Mehr wie ein dickes Seil, aber ohne Bommel hintendran. Wenn man den Schwanz von einem Jagdleoparden sieht, dann weiß man vielleicht nicht gleich, dass es ein Jagdleopard ist, es könnte trotzdem ein besonderer Hund sein.

Darum war ich leider schon wieder neugierig, wirklich, an diesem Tag hab ich überhaupt nicht auf Oma gehört. Ich hab versucht, um den Mann rumzugucken, was eigentlich nicht so schwierig war, weil er ziemlich mager war. Nicht ganz so mager wie die Arschgeige, aber doch ziemlich. Es hat trotzdem nicht gereicht.

»Was ist das?«, hab ich gefragt. »Das Tier?«

Manchmal, wenn Oma versucht, mich zu erziehen (aber das ist nicht oft), sagt sie so Sachen, wie man sich benehmen muss, wenn man vielleicht mal im Frisiersalon arbeiten will oder bei der Fitness oder was anderes Gutes und Vornehmes. Also nicht nur Regale einräumen bei Aldi. Bevor man jemand Fremdes anspricht, muss man »Entschuldigen Sie bitte!«, sagen. Aber das ist mir leider zu spät eingefallen. Jetzt hat der gepunktete Schwanz nämlich immer so auf den Boden geklopft.

»Still, Kröger!«, hat der Mann gemurmelt und umgeblättert. Als seine Hand wieder frei war, hat er hinter sich gegriffen, wo das Tier lag, und es getätschelt. Mir hat er keine Antwort gegeben. Vielleicht war er schwerhörig, jedenfalls war er schon alt.

»Entschuldigen Sie bitte?«, hab ich also noch mal ziemlich viel lauter gesagt. Jetzt hat er mich gehört und von seinem Buch aufgesehen.

»Ja, bitte?«, hat er gesagt. »Kann ich dir helfen?«

Das wollte ich ja nicht so direkt.

»Was ist das?«, hab ich also wieder gefragt. Fast hätte man glauben können, der Mann hatte sein Tier absichtlich versteckt. Sonst haben die Obdachlosen (jetzt hab ich das höfliche Wort geschrieben) ihre Hunde ja immer mehr so *vor* sich liegen.

»Keine Angst!«, hat der Mann gesagt und versucht, den gepunkteten Schwanz nach hinten wegzuschieben. Das hat dem Tier aber nicht gefallen. »Kröger beißt nicht!«

»Nee, klar!«, hab ich gesagt. Deswegen hatte ich ja auch gar nicht gefragt. Ich hab doch keine Angst vor Hunden! Ich wollte nur wissen, wozu der gepunktete Schwanz gehörte. »Was ist der für eine Rasse?«

Da hab ich echt noch an so was gedacht wie Pitbull (so einen hat einer von Chuckys Kumpels an der U-Bahn-

Haltestelle) oder Dobermann oder Dogge oder Golden Retriever (die sind nett).

Der Mann hat sich umgeguckt, ob uns auch keiner belauscht, aber es waren nicht so viele Leute unterwegs, und bei der Kirche sowieso nicht.

»Jagdleopard!«, hat er leise gesagt. »Leider geht es ihm nicht so gut.«

»Nee?«, hab ich gesagt. Da hatte ich Kröger immer noch nicht gesehen, und ich dumme Kuh hab gedacht, *Jagdleopard* ist einfach nur eine seltene Hunderasse, die so heißt, weil sie einen Schwanz hat wie ein Leopard. Kann doch alles sein.

»Ich mache mir wirklich Sorgen!«, hat der Mann gesagt. »Er braucht Ruhe! Aber morgen früh müssen wir hier natürlich wieder weg, und den ganzen Tag in Bewegung, das ist ganz schlecht für seine alten Beine!«

Ich hab mich hingehockt und versucht, hinter ihm den Hund zu entdecken. »Gebrochen?«, hab ich gefragt.

Der Mann hat den Kopf geschüttelt. »Einfach das Alter!«, hat er gesagt. »Arthrose, vermute ich. Jedenfalls hat er Schmerzen beim Laufen. Armer, alter Kerl.«

Da hat mir der Hund leidgetan, obwohl ich ihn ja noch gar nicht kannte. Nur seinen Schwanz.

Darum hab ich also meinen dritten Fehler an diesem Tag gemacht. (Wenn ich mich nicht verzählt habe.) Es war wieder ein Mitleidsfehler, vielleicht.

»Also, für ein paar Tage können Sie gerne mit zu uns kommen«, hab ich gesagt. »Dass er sich ausruhen kann!«

Warum hab ich das gesagt? Kein Mensch nimmt doch einfach einen Obdachlosen mit Hund mit zu sich nach Hause, nur weil der Hund sich ausruhen muss! Wie blöde war das denn von mir? Wir hatten doch schon Fee auf dem Hals! Aber irgendwie war es so ein tolles Gefühl, dass uns jetzt die Wohnung ganz allein gehört hat, Baron Chuck und mir, und dass wir machen konnten, was wir wollten. Nicht mal Oma in ihrem Polen konnte sich ja einmischen, und aufgeräumt war auch ein bisschen.

Vielleicht hatte mein Fehler aber auch mit Herrn Wagenfels zu tun, der hat mal so eine Geschichte erzählt, dass man die Hungrigen speisen soll (kann sein, er gibt uns deshalb immer von seinen Apfelschnitzen ab) und den Obdachlosen Obdach geben. So was klingt immer so schön und altmodisch und wie in einer Geschichte. Deshalb glaube ich eigentlich auch nicht, dass das der *ehrliche* Grund war, weshalb ich meinen dritten Fehler gemacht habe. Es war mehr aus Neugierde auf den Hund. Außerdem hat unsere Wohnung ja zwei Zimmer (und auch noch eine Küche und ein Bad), da hat also gut noch einer reingepasst.

»Zu euch?«, hat der Mann gefragt. »Und was sagen deine Eltern dazu?« Er hatte aber schon sein Buch zugeschlagen.

»Och, die!«, hab ich gesagt. »Die machen grade eine Weltreise. Also, Amerika und alle solchen Länder.«

Das fand ich besser als die Geschichte mit 112. Und wo mein Vater ist, wusste Mama ja schon nicht, als sie mich gekriegt hat.

»Ja, wenn du meinst?«, hat der Mann ein bisschen unsicher gesagt. »Aber du bist doch nicht allein in eurem Haus, oder? Dann kann ich nämlich nicht mitkommen. Ganz allein mit einem kleinen Mädchen …«

Klein, also wirklich. »Es ist eine *Wohnung*!«, hab ich gesagt. (Wo hat er hier denn bitte schön *solche* Häuser gesehen? Ein ganzes Hochhaus gehört ja wohl nie einer Familie allein.) »Und Fee ist auch noch da. Und Baron Chuck.«

»Ah, sogar ein Baron«, hat der Mann gesagt. »Ja, wenn du meinst, die haben keine Angst vor Kröger?« Dann war er schon auf den Beinen.

Und Kröger auch.

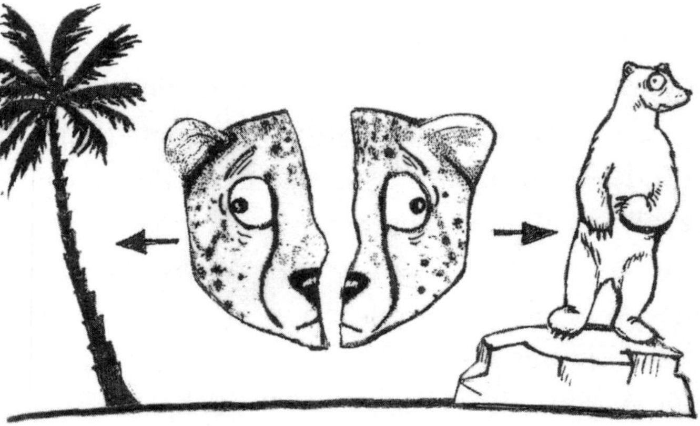

10. Es ist nicht einfach, wenn ein Jagdleopard nicht in den Fahrstuhl will

Und da war ich mir plötzlich gar nicht mehr so sicher, dass die alle keine Angst vor Kröger hatten. Oder dass *ich* keine Angst vor ihm hatte.

Oh, du mein Schreck! Der Mann hatte ja nie behauptet, dass sein Tier ein Hund war. Und ein Hund war das auch so was von nicht! Eher eine Katze. Eine riesengroße Katze, die jetzt ein bisschen schlotterig versucht hat, auf ihre langen Beine zu kommen. Eben ein Jagdleopard.

»Na komm, Kröger!«, hat der Mann gesagt und geduldig gewartet. »Ich weiß ja, dass es schwer ist! Aber gleich hast du deine Ruhe.«

Der Jagdleopard hat seinen Kopf an dem Mann geschubbert, als wenn er sagen wollte, schon alles okay.

Dann hat er auch zu mir hingeguckt. Aber nicht, als ob er mich fressen wollte, zum Glück. Mehr so nachdenklich.

»Ich hoffe, es ist nicht allzu weit!«, hat der Mann gesagt. »Ich würde dein freundliches Angebot auch niemals annehmen, wenn es Kröger nicht so erbärmlich ginge. Und wenn sie nicht ...«

Er war still.

»Ja?«, hab ich gefragt.

Aber der Mann hat den Kopf geschüttelt, als ob er grade gemerkt hätte, dass er schon fast zu viel gesagt hatte.

»Schaffst du das, Kröger?«, hat er gefragt.

Ich weiß nicht, wer schon mal einen Jagdleoparden gesehen hat. Also, nicht unbedingt live. Meinetwegen auch nur im Fernsehen, in so einer Zoosendung zum Beispiel. So groß wie ein Löwe ist er nicht, mehr wie eine Dogge (also viel größer als ein Pitbull). Aber aussehen tut er wirklich ein bisschen wie ein Leopard, also, wie so ein gepunkteter Tiger. Und er riecht auch so, nach Wildnis und gefährlichem Tier. Zum Glück hat Geruch ja in unserer Wohnung nichts ausgemacht.

»Und der beißt echt nicht?«, hab ich gefragt. Vorsichtshalber hab ich immer ein paar Schritte Abstand gehalten.

»Wenn du ihn nicht zuerst beißt«, hat der Mann gesagt und ein bisschen meckerig gelacht. »Ja, prima, Kröger, gut machst du das!«

Der Jagdleopard hat wirklich schrecklich gehumpelt. Man konnte richtig sehen, dass ihm jeder Schritt wehgetan hat.

»Woher haben Sie den?«, hab ich gefragt.

Aber da war sofort klar, dass der Mann das nicht erzählen wollte. Oder vielleicht war er wirklich schwerhörig. Geantwortet hat er jedenfalls nicht.

»Und warum heißt er Kröger?«, hab ich gefragt. Die Ampel an der Kreuzung war rot, und mit einem humpelnden Jagdleoparden ist es ja zu riskant, dann trotzdem rüberzugehen.

Kröger fand ich einen komischen Namen für ein wildes Tier, das klingt irgendwie mehr deutsch. Also, wenn Ebru Kröger heißen würde, zum Beispiel, dann würde ich das auch komisch finden. Aber nicht halb so komisch wie bei einem Tier aus Afrika. Ebru *ist* schließlich auch irgendwie deutsch.

Da hab ich gemerkt, dass der Mann doch nicht schwerhörig war. Oder jedenfalls nicht so ganz doll, nicht wie taub.

»Er heißt nach einer berühmten Figur aus der Literatur!«, hat er gesagt. (Literatur ist so was wie Bücher, wenn man vornehm drüber redet.) »*Tonio Kröger.* Begreifst du? Zerrissen zwischen zwei Welten. Das künstlerisch-südländische *Tonio* hier – das bürgerlich-nordische *Kröger* dort.«

Die Ampel ist auf Grün gesprungen, und ich hab gehofft, dass Kröger es auf die andere Seite schafft, bevor sie wieder rot wird.

»Aha!«, hab ich gesagt. Es sah nicht so aus, als ob es klappen würde. An dieser Stelle sind es ja sechs Spuren.

»Genau wie unser Kröger hier!«, hat der Mann gesagt. »Die Weite Afrikas im Blut, und doch zahm wie eine Hauskatze. Zerrissen zwischen zwei Welten.«

Ob das jetzt so ganz gepasst hat, weiß ich nicht, *künstlerisch*-südländisch war sein Jagdleopard ja nicht direkt. (Südländisch schon.) Und »zerrissen zwischen zwei Welten« ist, finde ich, eigentlich mehr wie bei *Frauentausch*. Da müssen die Mütter auch immer so tun, als ob sie zu der neuen Familie gehören und die liebhaben, aber in Wirklichkeit gehören sie immer noch zu ihrer alten und mögen die auch viel lieber.

»Aha, darum!«, hab ich also gesagt. Ein Autofahrer hat gehupt, und ich hab ihm den Finger gezeigt. Der hat doch wohl gesehen, dass Kröger nicht schneller konnte. »Da sind wir!«

Hinter dem Buswartehäuschen ist ja gleich unser Eingang.

»Hier?«, hat der Mann zweifelnd gefragt. »Ja, glaubst du denn …«

Da hatte ich die Haustür aber schon aufgedrückt. »Elfter Stock!«, hab ich gesagt. »Aber der Fahrstuhl geht heute!«

Der Mann hat seinen Jagdleoparden angeguckt, dann hat er genickt. »Viel weiter schafft Kröger es auch nicht mehr!«, hat er gesagt. »Also, wenn du wirklich meinst?«

Die Tür vom Fahrstuhl hat geplingt, dann ist sie aufgegangen.

»Hereinspaziert!«, hab ich gesagt. Ich hab mir vorgestellt, was Fee für Augen machen würde. Normalerweise kommt man ja nicht mit einem afrikanischen Tier zurück nach Hause, wenn man nur mal schnell Haarfärbemittel kaufen geht.

Es war aber gleich klar, dass Kröger nicht einsteigen wollte. Er hat so ein komisches Geräusch tief unten im Hals gemacht, und dann hat er versucht, sich wieder umzudrehen und vom Acker zu machen. Der Mann hat seine Leine ganz fest gehalten.

»Das geht gegen seinen Instinkt!«, hat er gesagt. »So ein enger Käfig, das ist in seinen Augen eine Falle!«

»Von mir aus kann er die elf Stockwerke auch gerne zu Fuß hochgehen!«, hab ich gesagt. Das musste Kröger ja selber wissen. Es war doch klar, dass er da keine Chance hatte.

»Nun komm, Kröger, mein Guter!«, hat der Mann gesagt und seinen Jagdleoparden am Hals gekrault. »Niemand will dir was tun!«

Und dann war ich es, der die Lösung eingefallen ist! Ich bin in den Fahrstuhl gestiegen und hab eins von den Würstchen mit Käse aus der Folie genommen. »Komm her, Kröger!«, hab ich gesagt und es ihm hingehalten. Aber als er den Kopf so vorgestreckt hat, hab ich das Würstchen blitzschnell zurückgezogen. Er musste schon einsteigen, wenn er da rankommen wollte.

Und das wollte er. Vielleicht war sein Hunger ja größer als seine Angst, kann doch sein. Jedenfalls hat er zuerst einen vorsichtigen Schritt in den Fahrstuhl gemacht, und ich habe auf die Elf gedrückt, und er hat noch einen vorsichtigen Schritt in den Fahrstuhl gemacht, und dann ist auch der Mann gekommen und hat Krögers Hinterteil so ein bisschen geschoben, und dann sind schon die Türen zugegangen. Wieder mit einem »Pling!«.

Als der Fahrstuhl nach oben angeruckelt ist, hat Kröger kurz ganz laut geschnaubt, aber ich hab ihm schnell das Würstchen direkt vor die Nase gehalten. Da war er abgelenkt.

»Du kannst gut mit Tieren!«, hat der Mann gesagt. »Aber für die Zukunft merke dir eins: Betritt nie vor einem wilden, gefährlichen Tier einen geschlossenen Raum, aus dem es keinen zweiten Ausgang gibt! Das könnte schiefgehen. Alte Dompteursregel.«

»Kröger ist doch nicht wild und gefährlich!«, hab ich gesagt. (Sogar Oma ist da ja wilder.) »Noch ein Würstchen, Kröger?«

Da hat Kröger nicht Nein gesagt.

»Nein, heutzutage ist er das nicht mehr!«, hat der Mann gesagt und geseufzt. Dann waren wir schon im Elften.

11. Herr Wildeck staunt, und Fee staunt auch

Als ich die Wohnungstür aufgeschlossen habe, hab ich gleich den Fernseher gehört.

»Ich bin wieder da!«, hab ich gerufen. Allein in einer fremden Wohnung ist es ja bestimmt ein bisschen gruselig, und wenn man dann noch den Schlüssel im Schloss hört, fängt man vielleicht glatt an zu schlottern. Darum wollte ich Fee vorwarnen.

Kröger hat neugierig den Kopf gereckt, als ob er überlegt hat, wo er jetzt wohl gelandet ist. Bestimmt hat er auch geschnuppert, bei uns gibt es ja ordentlich was zu schnuppern. (Das war jetzt wieder ein Scherz. Den Eimer hatte ich ja ins Bad gebracht.)

»Er kann sich im Wohnzimmer hinlegen«, hab ich

zu dem Mann gesagt. Unser Flur ist nicht so breit, und wenn da neben dem Schuhschrank noch ein Jagdleopard liegt, kommt man schlecht vorbei, wenn man in die Küche will.

Fee hat immer noch auf dem Sofa gelegen und auf den Bildschirm geguckt. »Sie haben es schon wieder gebracht!«, hat sie gesagt. »Hat alles geklappt?«

Ich hab die Packung hochgehalten. »Nachtschwarz!«, hab ich gesagt.

Aber der kleine Schrei, den Fee ausgestoßen hat, war natürlich nicht wegen dem Färbemittel in meiner Hand. Sie hat ganz starr an mir vorbei Richtung Tür geguckt.

»Hilfe!«, hat sie geflüstert. »Jamie-Lee! Nicht bewegen! Ein Tiger!«

Das war aber mal ein richtig gutes Gefühl! Es passiert mir leider nicht so oft, dass ich ganz cool bleiben kann, wenn andere eine Mörderangst haben. Und sogar ein Milliardärskind!

»Keine Sorge, das ist nur Kröger«, hab ich so ganz lässig gesagt und mich umgedreht. Inzwischen war auch der Mann ins Zimmer gekommen. »Und das ist Herr ...«

Da ist mir erst aufgefallen, dass ich nicht mal seinen Namen wusste.

»Wildeck!«, hat der Mann gesagt und getan, als ob er seinen Hut zieht. »Keine Angst, mein Kind! Kröger tut dir nichts!«

(Als er »mein Kind« zu Fee gesagt hat, ist mir noch ein

Grund eingefallen, warum ich ihn so einfach mitgenommen hatte. Er hat mich an Herrn Wagenfels erinnert.)

Das hat Kröger auch gleich bewiesen. Er hat sich neben der Glasvitrine, in der eigentlich schöne und vornehme und teure Sachen stehen sollten, damit alle Gäste gleich sehen können, dass man die hat, einfach so auf den Boden plumpsen lassen, dass die Scheiben gescheppert haben. (Was aber nicht schlimm war. Bei uns liegt in der Vitrine sowieso nur der ganze Kram, den ich irgendwohin packen muss, wenn ich mal aufräume.) Da hat Fee wohl begriffen, dass er nicht gleich einen Angriff startet.

»Oh, wow!«, hat sie gesagt.

»Und übrigens ist er kein Tiger!«, hab ich gesagt. »Tiger haben Streifen. Die mit den Punkten sind Leoparden.«

»Kröger ist ein Jagdleopard«, hat Herr Wildeck gesagt. Ich hatte mir seinen Namen gemerkt.

»Nee, klar, weiß ich doch«, hat Fee gesagt. »Das war nur der Schreck eben! Und der ist zahm?«

»Wie ein Lamm«, hat Herr Wildeck gesagt. »Es gibt sogar Lämmer, die sind wilder. Ich freue mich, dich kennenzulernen. Du bist die Schwester meiner neuen kleinen Freundin hier?«

Fee hat mir einen warnenden Blick zugeworfen, und ich hab plötzlich begriffen, dass es vielleicht doch nicht ganz so schlau gewesen war, Kröger und seinen Menschen zu uns einzuladen. Wenn Herr Wildeck nun mitkriegte, wer Fee war? Wenn er zum Beispiel im Fernsehen die Suchmeldung sehen würde? Ich bin zum Apparat gesprintet und hab ihn ausgeschaltet.

»Aus meiner Klasse ist sie!«, hab ich dann gesagt. »Sie darf mich über Nacht besuchen, weil doch meine Eltern in Amerika sind. Damit ich nicht so alleine bin.« So ist das doch bei anderen Kindern, stell ich mir vor.

»Aha«, hat Herr Wildeck gesagt. Er fand das wohl ganz normal, na bitte.

»Darf ich ihn streicheln?«, hat Fee gefragt. »Den Leoparden? Findet er das gut oder schlecht?«

»Das sagt er dann schon!«, hat Herr Wildeck gesagt und wieder dieses meckerige Lachen gelacht. Wir haben im Wohnzimmer ja auch noch einen Sessel, da hat er sich reinplumpsen lassen wie Kröger vorher auf den Boden. Dann hat er sich im Zimmer umgeguckt und seine Stirn ein bisschen gerunzelt. Keine Ahnung, warum.

»Und deine Eltern sind in Amerika?«, hat er gefragt. »Was machen sie denn da?«

»Urlaub!«, hab ich gesagt. Das machen Leute doch. Nicht aus meiner Klasse, aber sonst.

»Aha«, hat Herr Wildeck gesagt. Es ist unhöflich, sich bei fremden Leuten so genau umzugucken, das sagt Oma immer, wenn Frau Wiegehals zu uns kommt, aber vielleicht wusste er das nicht. »Und dich lassen sie dann so ganz alleine? Wie alt bist du denn?«

Ich fand, dass ihn das gar nichts anging. Wenn er weiter so neugierig war, musste ich ihn vielleicht wieder rausschmeißen. Obwohl mir das für Kröger natürlich leidgetan hätte.

»Baron Chuck ist ja auch noch hier!«, hab ich gesagt. »Der ist fünfzehn! Und Oma ist in Polen.«

»Ach, natürlich«, hat Herr Wildeck gesagt. »Der junge Adlige.« Aber misstrauisch umgeguckt hat er sich immer noch weiter.

»Gib mal das Mittel!«, hat Fee gesagt. Es war schon gleich neun, da musste sie natürlich langsam mal anfangen mit dem Färben.

Sie hat sich neben Kröger auf den Boden gekniet und ihn gekrault wie eine Katze. Ich fand es gar nicht gut, dass Kröger seinen Kopf so an ihrem Arm geschubbert hat, als ob es ihm gefiel. Schließlich hatte *ich* ihn gerettet, nicht Fee.

»Ja, leg los!«, hab ich gesagt und ihr die Packung gegeben. »Badezimmer ist hinten im Flur.«

Fee ist aufgestanden, und Kröger hat ihr nachgeguckt. Leider überhaupt nicht so, als ob er sie fressen wollte.

»Fühlen Sie sich wie zu Hause!«, hab ich zu Herrn Wildeck gesagt. Höfliche Menschen sagen das so, das weiß ich von Oma. Sie sagt es zu Frau Wiegehals. Da meint sie es aber nicht wirklich. Ich hab es auch nicht wirklich gemeint.

Im Badezimmer hat Fee sich umgeguckt. Richtig glücklich hat sie nicht ausgesehen.

»Habt ihr Handtücher?«, hat sie gefragt. Wenigstens hat sie nicht gesagt: »Na, hier könnte aber auch mal wieder geputzt werden«, das hätte sie auch mal wagen sollen! Außerdem hab ich das jetzt schon selbst gesehen. Aber ich kann ja wohl nicht jeden Tag unsere Wohnung putzen. Oder jeden Monat. Ich konnte ja nicht wissen, dass Fee kommen würde und Herr Wildeck.

»Unter dem Waschbecken!«, hab ich gesagt. Natürlich haben wir Handtücher. Es waren auch genug gewaschene da, Chucky und ich brauchen nicht so oft ein neues, und wann Mama zuletzt geduscht hat, hab ich keine Ahnung. Darum lag auf dem Regal noch ein ziemlicher Stapel.

»Ah, klasse!«, hat Fee gesagt. Aber als sie eins in die Hand genommen hat, hat sie nicht ausgesehen, als ob sie das ehrlich meint. Es war ein Micky-Maus-Handtuch, das ich mal zu Weihnachten gekriegt habe, als ich klein war.

Dann haben wir losgelegt.

12. Wilde Tiere, die Pizza fressen

Wer schon mal Haare gefärbt hat, der weiß, dass man die Handtücher hinterher wegschmeißen kann. Ich hatte das vorher nicht gewusst. Um das Micky-Maus-Handtuch tat es mir ein bisschen leid.

»Na?«, hat Fee gesagt, als wir den Matsch aus ihren Haaren gespült haben. Sie sah aus wie ein neuer Mensch.

»So erkennt dich keiner!«, hab ich gesagt. Ich war ganz begeistert.

Aber Fee hat nach einem kurzen Blick in den Spiegel die Stirn gerunzelt. »Da sieht doch jeder, dass es nicht echt ist!«, hat sie gesagt. Als ob ich was dafürkonnte.

Plötzlich hat Herr Wildeck im Türrahmen gestanden. Er hat sich höflich ein bisschen verbeugt.

»Tut mir leid, dass ich stören muss!«, hat er gesagt. »Oh, warst du nicht eben noch blond?«

Fee hat die Achseln gezuckt.

»Ich störe nicht gerne«, hat Herr Wildeck gesagt. »Aber …«

Das war ja nun doch ein bisschen peinlich. Alte Männer müssen dauernd pinkeln, das weiß jeder, und nun hatten wir schon fast eine Stunde lang das Klo blockiert.

»Nee, kein Problem, Sie können rein!«, hab ich gesagt und Fee immer so zugeblinzelt. Sie konnte den Blick aber nicht von ihrem Spiegelbild abwenden. »Wir sind hier fertig!«

»Irgendwie scheiße!«, hat sie gesagt. (Ich schreibe solche Wörter nicht gerne. Es ist nur, weil es einen ja erstaunen kann, dass ein Milliardärskind sie auch kennt.) »Hoffentlich wäscht sich das wirklich wieder raus!«

»Fee!«, hab ich gezischt. »Komm endlich! Herr Wildeck muss mal!«

Herr Wildeck hat sein meckeriges Lachen gelacht. »Ja, der Zugang zum WC wäre demnächst natürlich auch nicht schlecht!«, hat er gesagt. »Aber deshalb störe ich euch eigentlich nicht! Es ist mir sehr unangenehm, aber Kröger braucht dringend etwas zu fressen.«

Dann hat er sich aber doch an uns vorbeigeschlängelt und uns einen Blick zugeworfen. Den haben wir verstanden und sind auf den Flur gegangen. Da war Herr Wildeck im Badezimmer allein.

Als er wieder rausgekommen ist, hat er geseufzt.

»Und?«, hat er gefragt und seinen Knopf zugemacht. »Glaubt ihr, ihr könnt helfen? Wie ich schon gesagt habe, es ist mir äußerst unangenehm, euch nun auch noch um die Verköstigung meines Tieres zu bitten, wo ihr mir bereits so freundlich Aufnahme gewährt. Aber Kröger ist ein Jagdleopard, wenn auch ein zahmer, und wenn er zu lange ohne Fressen ist …«

»Dann frisst er uns?«, hat Fee gerufen. Es hat eher begeistert geklungen als ängstlich. Keine Ahnung, warum sie so gerne gefressen werden wollte. Vielleicht dachte sie, dass die Arschgeige dann aber *richtig* Ärger kriegen würde.

»Man kann nicht ausschließen, dass er unruhig wird«, hat Herr Wildeck gesagt.

Neben der Vitrine lag Kröger und sah nicht so aus, als ob er uns demnächst alle fressen wollte. Aber ich bin da keine Expertin.

»Er hatte doch schon die Käsewürstchen!«, hab ich gesagt.

Herr Wildeck hat genickt. »Wie gesagt, es ist mir sehr unangenehm«, hat er gesagt. »Aber wenn du vielleicht sonst noch irgendetwas …? Kröger ist nicht anspruchsvoll.«

Anspruchsvoll sind wir bei uns auch nicht, genau deshalb war unser Kühlschrank ja auch leer. Bis auf irgend so ein verschrumpeltes Teil mit Pelz im Gemüsefach, keine Ahnung, was das mal gewesen war.

Und die drei Tiefkühlpizzas natürlich.

»Mag er Pizza?«, hab ich gefragt.

Herr Wildeck hat gelächelt. »Er ist kein Freund von Peperoni«, hat er gesagt.

Aber die war sowieso auf keiner drauf, ich hatte nur Margherita (das ist die mit Käse und Tomaten) und Hawaii (mit Schinken und Ananas und Käse) und für Chucky die mit dem ausländischen Namen, der wie ein Auto klingt, Quattro irgendwas. »Welche?«, hab ich gefragt.

Herr Wildeck hat jetzt wirklich verlegen ausgesehen. »Gerne alle drei«, hat er gesagt. »Kröger hatte schon lange nichts Richtiges mehr zwischen den Zähnen.«

Ich hab Fee einen besorgten Blick zugeworfen, weil ja nun meine finanzielle Planung total über den Haufen geworfen war. Chucky hätte vorhin nicht so leichtfertig den ganzen Fünfziger für ein Luxusmenü (und seine Zigaretten!) rausschleudern sollen. Wenn Kröger unsere Pizzas fraß, hatten wir für die nächsten Tage kein Geld und nichts zu essen.

»Ich tu sie in den Herd«, hab ich trotzdem gesagt.

Man hätte ja glauben können, dass ich nach dem Super-Döner spezial nicht so schnell wieder hungrig werden würde, aber den hatte ich schließlich schon am Nachmittag gegessen. Und wenn es aus unserem Backofen nach Pizza duftet, kriege ich eigentlich immer Hunger.

Am schlimmsten war es, als wir die fertigen Pizzas zum Abkühlen auf den Balkon gestellt haben. (Herr Wildeck hat gesagt, dass Kröger sich auf keinen Fall daran verbrennen darf.) Der Himmel war schon ziemlich dunkel, und unten sind viel weniger Autos vorbeigefahren als am Tag, und die Pizzas haben alle drei ganz wunderbar nach Käse geduftet.

»Will jemand einen Apfel?«, hab ich gefragt, als ich danach alle drei Pizzas auf den kleinen Läufer an der Balkontür gelegt habe. (Es ist eine Moschee drauf. Ebru hat ihn mir mal aus der Türkei mitgebracht.) Morgen früh in der Schule musste ich mir dann eben eine Ausrede einfallen lassen, warum ich nichts zu essen dabeihatte. Oder vielleicht würde Ebru mir auch was von ihrem Pausenbrot abgeben.

In dem Augenblick hab ich den Schlüssel im Schloss gehört. Ich hab gleich gewusst, dass die Kumpels an der U-Bahn nicht nur Chuckys bezahlte Zigaretten geraucht hatten. Manchmal hat auch einer von denen was anderes zu rauchen dabei, dann reißt Chucky hinterher immer alle Schranktüren auf und brüllt, ob es verdammt in dieser Wohnung nichts zu fressen gibt; und manchmal hat einer eine Flasche, obwohl Ebru sagt, in ihrer Religion dürfen sie keinen Alkohol. Aber die Jungs an der U-Bahn machen es trotzdem.

Weil Chucky nicht als Erstes zum Kühlschrank gestürzt ist, hab ich geglaubt, dass es an diesem Abend eine Flasche gewesen war. Wenn es wirklich nur eine gewesen war, war das bei den vielen Kumpels vielleicht nicht so schlimm.

»Eh, was ist das denn, eh?«, hat Chucky gesagt, als er den Kopf durch die Wohnzimmertür gesteckt hat. »Hat die Fee jetzt aus ihrem Wald auch noch einen Zauberer angeschleppt?«

Es *war* eine Flasche gewesen, eindeutig.

»Chucky, das ist …«, hab ich gesagt.

Kröger hatte er wohl noch gar nicht gesehen. Der lag ja neben der Vitrine hinter dem Sessel. Der gepunktete Schwanz hat natürlich rausgeguckt, aber ich glaube, wenn man sich einen geballert hat (auch nur ein bisschen), dann kriegt man nicht mehr alles mit. Das ist bei Mama ja auch so.

»Wildeck!«, hat Herr Wildeck gesagt und sich höflich aus seinem Sessel gefaltet.

Chucky hat ihn angestarrt. Eigentlich hätte er jetzt ja »Baron Chuck« sagen müssen oder »Baron Chuck Wagner«, so macht man das. Aber entweder Chucky wusste das sowieso nicht, oder der Fusel in seinen Adern hat ihn seine Manieren vergessen lassen.

»Das ist Baron Chuck!«, hab ich also für ihn gesagt. Einer musste hier ja höflich sein.

Herr Wildeck hat Chucky angestarrt, dann hat er wieder so meckerig gelacht. »Ich hab es immer geahnt, der deutsche Adel geht vor die Hunde!«, hat er gesagt.

In diesem Moment hab ich gehört, wie Kröger über die Pizzas hergefallen ist.

Jagdleoparden essen ja nicht mit Messer und Gabel, und vielleicht glauben sie auch, sie müssen an ihr Fressen richtig mit Hauruck rangehen, weil sie in der Steppe, oder wo sie sonst so jagen, immer nur rohes Fleisch zwischen die Zähne kriegen und Knochen. Deswegen legen sie ordentlich los, und eine Pizza ist dafür ein bisschen labberig. Jedenfalls sind hinter dem Sessel plötzlich Teile von der Kruste rausgeflogen gekommen und ein Fetzen Käse mit Tomate dran.

»Eh?«, hat Chucky gerufen. »Da ist ja wohl nicht noch einer!«

»Mein Jagdleopard!«, hat Herr Wildeck gesagt und wieder eine leichte Verbeugung gemacht. »Die junge Dame hier war so freundlich ...«

Mit der »jungen Dame« hat er mich gemeint.

Man kann sagen, was man will, ängstlich ist Chucky nicht. Mit einem Satz war er an der Vitrine.

»Jagdleopard, Mann, hast du einen an der Klatsche?«, hat er gesagt und Herrn Wildeck einen Vogel gezeigt. »Das ist ein Gepard!«

Dann hat er sich ganz unängstlich über Kröger gebeugt, aber dem hat das nicht gefallen, er hat gefaucht. Vielleicht hat er geglaubt, dass Chucky ihm seine Pizza wegnehmen wollte.

»Ganz recht, mein Junge«, hat Herr Wildeck höflich geantwortet. Er saß schon wieder in seinem Sessel. »Gepard oder Jagdleopard, das ist ein und dasselbe.«

Fee hatte die ganze Zeit sehnsüchtig auf Krögers Pizzas gestarrt, aber jetzt war sie abgelenkt. »Ich hab gleich gedacht, für einen echten Leoparden sieht der falsch aus!«, hat sie vorwurfsvoll gesagt. »Warum haben Sie denn dann gesagt, das ist einer?«

Herr Wildeck hat gelächelt. Doch, echt, ein bisschen hat er wie Herr Wagenfels ausgesehen.

»Nun, das ist eine zweite, ebenso gültige Bezeichnung«, hat er gesagt. »Und die einzig früher gebräuchliche. Im Mittelalter und auch noch in den Jahrhunderten danach hat man an den europäischen Höfen Jagdleoparden zur Jagd abgerichtet. Sie haben dann die Aufgabe übernommen, die heute ein Jagdhund erfüllt. Aber diese Zeiten sind vorbei. Verweht mit dem Glanz des Adels!« Und er hat Chucky angeguckt und wieder gelacht.

»Echt jetzt?«, hab ich gefragt. »Und die haben die Beute dann nicht gefressen?«

»Siehst du doch!«, hat Chucky gesagt, und jetzt hat er schief gegrinst. »Wenn man ihnen Pizza gegeben hat!«

»Ein Jagdleopard«, hat Fee geflüstert. »Jetzt finde ich das noch schöner.«

Chucky hat sich in den Türrahmen gelehnt. »Sagen wir mal so!«, hat er gesagt. »Ich hab nichts gesagt, als meine Schwester heute Nachmittag mit einer Fee angetanzt gekommen ist, alles gut. Aber jetzt auch noch wilde Tiere, die Pizza fressen – ich hab hier schließlich die Verantwortung, okay? Ich will wissen, was der hier macht.«

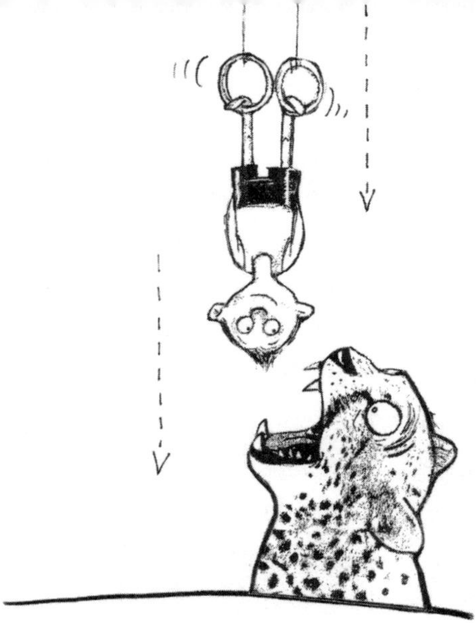

13. Die traurige Geschichte von einem alten Jagdleoparden

Da ist mir erst aufgefallen, dass ich das eigentlich auch nicht wusste. Ich meine, ich hatte Herrn Wildeck und seinem Jagdleoparden erlaubt, sich bei uns in der Wohnung auszuruhen, weil es Krögers Beinen schlecht ging; aber ich hatte keine Ahnung, wieso Herr Wildeck überhaupt mit einem kranken Jagdleoparden unterwegs war. Normal ist das ja irgendwie nicht.

Da war ich ganz stolz auf Chucky, dass er seiner Verantwortung als Hausherr gerecht geworden ist. (So sagt man das in vornehm, *Hausherr* und *Verantwortung gerecht werden*.) Oma hätte uns ja nie allein gelassen und wäre nach Polen gefahren, wenn sie nicht gewusst hätte, dass auf Chucky Verlass ist.

»Also?«, hat Chucky gefragt. Immer noch im Türrahmen. Jetzt hat er ein bisschen gefährlich ausgesehen, ungefähr wie Fees Bodyguards auf dem Schotterplatz vorhin. Mit Daumen in den Gürtelschlaufen und den Füßen auseinander und so auf den Fußballen gewippt.

Herr Wildeck hat ihn unruhig angeguckt. »Ja, das ist so eine Geschichte«, hat er gemurmelt und Kröger einen schnellen Blick zugeworfen. Der hatte jetzt auch die Krustenreste aufgefuttert, die er vorher weggeschleudert hatte, und das Stück Käse mit Tomaten. Ich hatte gar nicht gewusst, dass wilden Tieren Pizza so gut schmeckt. »Ich muss aber darum bitten, dass ihr nicht ...« Herr Wildeck hat geseufzt.

Chucky hat die Augen zusammengekniffen. Ich konnte verstehen, dass Herr Wildeck ihn ein bisschen gruselig fand.

»Wenn ihr bitte alle drei schwören könntet, dass ihr nicht die Polizei benachrichtigt?«

Ich hab ihn angestarrt, und Fee hat ihn angestarrt. »Dann dürfen Sie aber auch nicht ... Au!«, hat Fee gebrüllt. Das »Au!« war, weil ich ihr auf den Fuß getreten habe, mit Wucht. Wie konnte sie so blöde sein? Natürlich wollte sie sagen: »Wenn Sie uns auch nicht verraten«, aber Herr Wildeck hatte doch keine Ahnung, dass er das konnte! Der dachte doch, dass Fee eine aus meiner Klasse war!

»Seh ich aus wie einer, der bei den Bullen petzt?«, hat Chucky gefragt. Da muss ich nun echt sagen: nicht wirklich.

Das fand wohl auch Herr Wildeck.

»Ihr kennt den kleinen Zirkus Palazotti?«, hat er gefragt.

Fee hat den Kopf geschüttelt, und ich hab den Kopf geschüttelt, und Chucky hat »Seh ich aus, als ob ich vier Jahre alt bin?« gefragt.

Herr Wildeck hat geseufzt. »Eben das ist das Elend der kleinen Zirkusunternehmen!«, hat er gesagt. »Die Menschen sehen fern, sie spielen am Computer, und wenn alles gut geht, besuchen sie ab und zu ein Kino oder sogar ein Theater. Aber einen Zirkus? Wisst ihr, wie sehr ein Zirkus heute kämpfen muss, um zu überleben?«

Wir haben alle den Kopf geschüttelt.

»Ich bin mit dem Zirkus gereist«, hat Herr Wildeck gesagt. »Palazotti. In den kleinen Städten, die kein Kino haben und kein Theater, sind unsere Bänke manchmal noch fast voll. Aber es ist ein Leben von einem Tag zum anderen. Von der Hand in den Mund.« Bei »Mund« hat sein Magen geknurrt. »Und ein Jagdleopard ist kostspielig! Andererseits war Kröger die Attraktion des kleinen Zirkus. Der fünfjährige Sohn des Direktors ist mit ihm aufgetreten, die Zuschauer waren stumm vor Staunen. Wenn Kröger vorher gefressen hatte, konnte der Kleine ihm seinen Kopf ins Maul stecken.«

»Oh!«, hat Fee geflüstert.

»Hinterher durften die Kinder Kröger für zwei Euro streicheln«, hat Herr Wildeck gesagt. »Natürlich war das gegen seine Würde. Aber es gab immer eine lange

Schlange, und ich habe gesagt: ›Kröger, sie defilieren an dir vorbei wie an einem General oder einem König bei der Parade. So musst du das betrachten.‹ Und Kröger hat mitgemacht. Er hat nicht einmal gegähnt, und die Eltern haben ihre Kinder fotografiert mit der Hand auf dem Kopf des Jagdleoparden.«

»Okay!«, hat Chucky gesagt und ist weiter auf den Ballen auf und ab gewippt. »Und wenn das so klasse war, warum konnte das nicht ewig weitergehen?«

Herr Wildeck hat geseufzt. »Kröger ist alt«, hat er gesagt. »Wie alt, weiß niemand genau, er ist durch viele Hände gegangen. Aber eines Tages war nicht mehr zu übersehen, dass es ihm schlechter ging. Dass er schwächer wurde. Auch seine Beine haben ihn geschmerzt. Arthrose, versteht ihr? Er konnte nicht mehr so lange stehen, wenn die Kinder für ihr Foto an ihm vorbeidefiliert sind, und Kunststücke konnte er auch keine mehr machen. Der Sohn des Direktors hat die Peitsche geschwungen, aber wir wussten alle, lange würde es nicht mehr gehen. Auf einmal war Kröger nur noch ein Kostenfaktor.«

Herr Wildeck hat sich in seinem Sessel aufgerichtet. »Ein Kostenfaktor!«, hat er gerufen. »Kröger, der edle Jagdleopard, der ihnen jahrelang ihre Börsen gefüllt hatte!« Jetzt hat *er* die Augen zusammengekniffen. »Einschläfern lassen wollten sie ihn! Lässt man einen alten Freund einschläfern, nur weil er einem nicht mehr genug Geld einbringt?«

Ich hab wild den Kopf geschüttelt. Mir sind eine ganze Menge Leute eingefallen, die man sonst längst hätte einschläfern müssen.

»Ich wollte, dass Kröger seine letzten Tage in Würde verbringen kann«, hat Herr Wildeck gesagt. »Das war ich meinem alten Freund schuldig. In der Nacht, bevor sie ihm die Spritze geben wollten, habe ich ihn aus dem Käfig geholt und mich mit ihm auf den Weg gemacht. Das war nicht legal, meine Freunde! Das war gegen das Gesetz! Das war Diebstahl! Wenn ihr so wollt, habe ich Kröger entführt.«

Fee hat einen kleinen Laut ausgestoßen, aber dann hat sie sich die Hand vor den Mund gehalten. Ich wusste, sie hat bestimmt gedacht, jetzt sind sie schon zwei Entführte hier in der Wohnung.

»Der Zirkus muss es natürlich der Polizei melden, wenn ihm ein wildes Tier abhandenkommt!«, hat Herr Wildeck gesagt. »Immerhin könnte ein hungriger Jagdleopard den Menschen gefährlich werden. Selbst Kröger.«

»Dann frisst der kleine Kinder?«, hat Chucky interessiert gefragt.

»Nicht, wenn er es vermeiden kann«, hat Herr Wildeck gesagt. »Aber jedenfalls wäre der Zirkus verpflichtet, unser Verschwinden zu melden.« Er hat geseufzt. »Andererseits könnten sie wegen Nachlässigkeit dann selber Ärger kriegen, also haben sie es vielleicht gelassen. Darum weiß ich nicht: Wird nach uns gesucht? Wird nicht nach uns gesucht? Ich müsste eine Zeitung sehen. Oder Fernsehen.«

Ich hab mich ganz schnell mit dem Rücken vor unseren Fernseher gestellt. Wenn er den anmachte, würde er ja sofort wissen, was mit Fee los war. »Geht nicht!«, hab ich gesagt. »Die Glotze ist kaputt.«

Chucky hat sofort verstanden. »Ich kann im Internet nachgucken!«, hat er gesagt und sein Handy rausgezogen. »Augenblick!«

Übrigens hat er jetzt gar nicht mehr bedrohlich ausgesehen. Eher so, als ob er Kröger und Herrn Wildeck helfen wollte. Ich kenne doch Chucky.

Hinter dem Sessel hat Kröger geschnarcht wie Mama manchmal auf dem Sofa, wenn sie total abgefüllt ist. Das war Kröger aber ja nicht.

Fee hat sich über ihn gebeugt. »Das Problem ist nur«, hat sie nachdenklich gesagt, »auch wenn nicht direkt nach Kröger gesucht wird, fällt er ja auf.«

Herr Wildeck hat genickt.

»Also, wenn den jemand auf der Straße sieht, ruft er vielleicht sowieso die Polizei«, hat Fee gesagt. »Weil die denken, der ist gefährlich.« Ich dachte, sie schlägt jetzt vor, dass wir Kröger auch das Fell färben, damit er aussieht wie eine komische Art von Dogge. Aber für Färbemittel für so ein großes Tier hätte das bisschen Restgeld von Oma nicht mehr gereicht.

Herr Wildeck hat gelächelt. »Das genau ist meine Sorge, mein Kind«, hat er gesagt.

»Und darum muss er in alle Ewigkeit hier oben bleiben!«, hat Fee gesagt. »So ist das.«

Chucky hat von seinem Handy aufgeguckt. »Ich hab nach *Gepard* gesucht und nach *Jagdleopard* und nach *Palazotti*«, hat er gesagt. »Nichts.«

Herr Wildeck hat tief ausgeatmet. »Das ist eine Erleichterung«, hat er gesagt. »Aber natürlich: Auf der Straße werde ich mit Kröger immer auffallen. Und öffentliche Verkehrsmittel sind sogar gänzlich tabu.«

»Ja, gänzlich«, hab ich gemurmelt. Worauf hatte ich mich da bloß eingelassen? Jetzt hatte ich eine verschwundene Milliardärstochter im Wohnzimmer hocken, nach der überall gesucht wurde, und einen kranken Jagdleoparden, nach dem nicht gesucht wurde, der aber ständig Hunger hatte und die Wohnung nicht mehr verlassen durfte; und in der Geldbörse hatte ich fast nix mehr. Ich finde Abenteuer gut, aber mit einem Hunni wäre es mir besser gegangen.

»Ach, lasst Papa mal machen!«, hat Chucky gesagt.

Ich war mir aber nicht sicher, ob er das ernst gemeint hat oder ob es nur der Fusel war, der aus ihm gesprochen hat.

14. Wir tun was, um die Welt zu retten, aber leider ist das verboten

Fee hat Chucky einen schnellen Blick zugeworfen. Vielleicht war sie enttäuscht, dass er nichts zu ihren gefärbten Haaren gesagt hatte. Aber ich finde es eigentlich ganz logisch, dass einem erst mal ein Jagdleopard auffällt, wenn man den plötzlich im Wohnzimmer trifft. Gefärbtes Haar gibt es ja öfter als Jagdleoparden.

»Aber morgen hat er doch wieder Hunger, oder?«, hat Fee gesagt. Sie ist knallrot geworden. Entweder wegen Chucky oder weil sie verlegen war, dass sie jetzt so ein heikles Thema angesprochen hat. »Und wir alle auch.«

Herrn Wildecks Magen hat zustimmend geknurrt.

»Ich hab jetzt schon!«, hab ich gesagt.

»Und wir haben noch – wie viel Euro haben wir noch?«,

hat Fee gefragt. Für eine, die sonst bestimmt immer genug Kohle in der Tasche hat und nicht darüber nachdenken muss, fand ich das eine kluge Frage.

»Ein paar Cent!«, hab ich gemurmelt. »Der Rest von Omas Geld!«

»Die Dame in Polen«, hat Herr Wildeck gesagt.

Chucky hat die ganze Zeit so gelächelt. »Tja, Leute, von mir könnt ihr was lernen!«, hat er gesagt. Es klang ein bisschen angeberisch, darum war es mir peinlich. »Wir holen uns unser Essen für lau! Ohne zu zahlen! Und ohne zu klauen.«

»Das geht ja gar nicht!«, hab ich gesagt. Es war blöde, dass ich nicht einschätzen konnte, wie viel Fusel er getankt hatte. Wenn er *vollkommen* blau war, konnte es natürlich sein, dass er ganz idiotische Vorschläge machte.

»Sagst du, mein Lehrer lügt?«, hat Chucky gerufen. Ich hätte gerne mal gewusst, wann er zuletzt seinen Lehrer gesehen hatte. »Beim Supermarkt haben sie einen riesigen Container, da schmeißen sie alles rein, was abgelaufen ist!«

»Abgelaufen?«, hab ich gefragt.

»Verfallsdatum!«, hat Fee gesagt.

»Das meiste ist noch total gut!«, hat Chucky gesagt. »Der hat in Geku einen Film gezeigt …«

Mit *der* hat er natürlich nicht den Container gemeint, sondern seinen Lehrer. Ich glaube, Chucky ist so selten in der Schule, dass er nicht mal den Namen von dem weiß.

»Das ist richtig, mein Junge«, hat Herr Wildeck gesagt.

»… und sich aufgepustet!«, hat Chucky gerufen. »Verschwendung von Resoßen irgendwas …«

»Ressourcen«, hat Herr Wildeck gesagt.

»… und dass wir lernen müssen …«

Jetzt hab ich nicht mehr zugehört. Wahrscheinlich war Chuckys Lehrer so ähnlich wie Herr Wagenfels und wollte, dass man die Welt rettet und gut mit ihr umgeht und nichts wegschmeißt, was sie einem geschenkt hat. Ich hab einen Schrecken gekriegt, weil mir plötzlich eingefallen ist, dass ich seit dem Mittag noch absolut nichts dafür getan hatte. Ich hatte sogar Käsewürstchen in Folie gekauft.

»… holen wir da raus!«, hat Chucky gesagt. »Nur, wo tun wir den Krempel rein?«

Da hab ich begriffen, dass er zu Aldi wollte, Container ausleeren. Konnte sein, ich würde heute doch noch anfangen mit der Weltretterei, wenigstens ein bisschen.

»Das ist eine tolle Idee, Baron Chuck!«, hat Fee gerufen. Sie hat ihn so angehimmelt, als ob er ihr eine Million versprochen hat und nicht ein bisschen abgelaufenes Essen aus einer Mülltonne. Oder vielleicht war sie einfach nur abenteuerlustiger, als ich bisher gedacht hatte.

Aber natürlich war die Idee nicht schlecht. Jedenfalls, solange wir keine bessere hatten.

Chucky hat unter dem Schuhschrank (da tu ich die beim Aufräumen immer hin) drei Plastiktüten rausgezogen und den Staub runtergepustet. »Wer kommt mit?«

Das war ja nun keine Frage. Kröger hat geschlafen und

Herr Wildeck war alt, aber Fee und ich hätten mit unseren knurrenden Mägen sowieso nicht schlafen können.

Zum Glück war der Fahrstuhl immer noch okay. Draußen war es sehr, sehr still. Die Ampel war ausgeschaltet, und wir konnten einfach so über die Straße gehen, rüber zur Kirche und dem Kost-nix!-Laden und zu Aldi. Da standen die Einkaufswagen angekettet, und der Parkplatz war totenleer.

»Wo sind die Container?«, hab ich gefragt.

Und wirklich, das ist doch knauserig! Wenn jemand glaubt, die hätte der Supermarkt einfach so draußen stehen gehabt, damit sich jeder, der keine Angst vor angedetschten Dosen oder einem abgelaufenen Verfallsdatum oder angestoßenen Äpfeln hat, da kostenlos bedienen kann, dann irrt der sich aber gewaltig.

»Wie fies ist das denn?«, hab ich gerufen, als ich den Zaun mit dem Stacheldraht und das Metalltor mit den Zacken drauf gesehen hab. (*Gesehen* hatte ich die natürlich schon immer. Aber *aufgefallen* waren sie mir nicht.) Dahinter stand eine riesengroße Mülltonne auf Rädern, und man konnte richtig sehen, wie oben das Gemüse rausquoll.

»Was hast du denn gedacht?«, hat Chucky gezischt. »Wenn sie die nicht wegschließen, holen sich doch alle Leute ihr Essen nur noch umsonst da raus, und der Laden geht pleite!«

Da hab ich gewusst, dass Chucky wieder nüchtern war. Sonst hätte er doch nicht so was Schlaues sagen können.

»Aber wie kommen wir da rüber?«, hat Fee gefragt. Weil, dafür hatten die Supermarkt-Leute natürlich auch gesorgt. Kein Baum neben dem Tor, auf den man hätte klettern können, und die Gitter mit den Einkaufswagen waren auch zu weit weg.

»Du machst eine Räuberleiter, gute Fee!«, hat Chucky leise gesagt. »Du weißt doch, was das ist? Oder macht ihr das im Märchen nicht?«

Fee hat die Stirn gerunzelt. Ich wollte zuerst sagen, nee, da klettern sie immer an ihren goldenen Haaren rauf und runter, aber die waren jetzt sowieso schwarz, und außerdem fand ich, dass wir uns lieber beeilen sollten.

»Warum ich?«, hat Fee gefragt.

Was ja richtig war. Eigentlich machen immer die Jungs die Räuberleiter, und die Mädchen klettern rauf. Weil die Jungs stärker sind. Und die Mädchen sind zarter.

Chucky hat Fee einen Blick zugeworfen, und ich geh jede Wette ein, dass sie jetzt so rot geworden ist, dass man mit ihr den ganzen Parkplatz hätte beleuchten können.

»Oh!«, hat Fee geflüstert. Ein bisschen hat sie mir leidgetan.

»Mach dir nichts draus!«, hat Chucky gesagt. Dann hat er sich schon an ihren Schultern abgestützt und ist auf ihre gefalteten Hände gestiegen. Von da ist er auf ihre Schultern, weil man sich ja gut an den Metallstäben festhalten konnte, und von da war es nur noch ein Klacks über das Tor. Trotz der Zacken obendrauf.

Auf der anderen Seite ist Chucky runtergesprungen. »Tüten her!«, hat er geflüstert. Wir haben sie ihm durch die Stäbe gereicht.

»Soll ich auch?«, hab ich gefragt.

Chucky hat schon mit einem Wahnsinnstempo Sachen aus dem Container in die Tüten gefüllt. Das meiste war in Plastik eingeschweißter Kram, da musste ich wieder daran denken, wie schlecht das für die Welt war. Aber *ich* hatte das schließlich nicht in den Container geschmissen, also war ich nicht schuld. Da machte es doch wohl nichts aus, wenn wir die Sachen jetzt aßen. Dann hatte die ganze Weltkaputtmacherei wenigstens einen Sinn gehabt.

»Du schiebst Wache, Jamie-Lee!«, hat Chucky gezischt. »Die haben hier jede Wette Security!«

Davon war aber nirgends was zu sehen.

Ein Problem hatten wir erst, als Chucky uns die vollgepackten Tüten über den Zaun reichen wollte.

»Ja, Scheiße!«, hat er gerufen. (Ich schreib das jetzt einfach mal so, weil Chucky das Wort dauernd sagt, ich kann nichts dafür …)

Zwischen die Stäbe durch haben die Tüten jetzt natürlich nicht mehr gepasst, und um sie rüberzuheben, war das Tor zu hoch. Von oben runterspringen kann man ja über so ein Tor, wenn man sich traut, das hatte Chucky ja auf dem Hinweg gemacht, aber wenn es auf der anderen Seite nichts zum Draufklettern gibt, kommt man nicht wieder zurück und ist gear*. (Das Wort schreibe ich jetzt aber nicht. Ich kann doch nicht dauernd solche Wörter schreiben!)

»Ja, Sch*, Sch*, Sch*!«, hat Chucky gerufen und sich so wild umgeguckt. (Das schreibe ich jetzt aber nicht noch mal.) »Und was machen wir jetzt?«

Fee hat ihr Gesicht an die Stäbe gepresst. »Bleib ganz ruhig, Baron Chuck«, hat sie geflüstert. »Kein Grund zur Aufregung! Niemand ist uns auf den Fersen, wir haben alle Zeit der Welt! Guck einfach mal nach, ob du da drüben irgendwas zum Draufsteigen findest!«

Chucky hat geschnauft. »Okay!«, hat er gesagt und die Tüten am Tor stehen lassen. Dann ist er hinter der Riesentonne verschwunden.

Hatte Fee gesagt, dass uns niemand auf den Fersen wäre? Alle Zeit der Welt? Fee hatte einfach bisher noch nicht genug Erfahrung mit dem richtigen Leben gehabt. Glatt geht da nie was, jedenfalls nicht bei uns.

»Chucky!«, hab ich geflüstert.

Hinter uns kam ein Auto auf den Parkplatz gefahren. Es hatte kein Blaulicht auf dem Dach, darum war es schon mal nicht die Polizei. Wenn es nur ein Liebespaar war, das da drin ganz in Ruhe knutschen wollte, dann waren wir vermutlich sicher. Aber als der Wagen so langsam im Schritttempo auf uns zugerollt kam, hab ich gesehen, dass er schwarz-weiß lackiert war. Das sind die Autos von den Sicherheitsdiensten immer. Und Chucky hatte ja gesagt, dass sie hier jede Wette Security hatten.

»Chucky, sie kommen!«

In diesem Augenblick hat Chuck hinter dem Riesencontainer eine ganz normale Mülltonne vorgezerrt. »Na bitte!«, hat er gesagt.

»Chucky!«, hab ich geflüstert.

Da hat er endlich in die richtige Richtung geguckt.

»Oh, du verdammte Kacke!«, hat er gerufen.

Man kann sich gar nicht vorstellen, wie schnell er die Tonne ans Tor gerollt hat, aber man kann sich auch nicht vorstellen, was für einen Krach die Räder dabei in der stillen Nacht auf den Betonplatten gemacht haben. Zum Glück waren die Türen von dem Security-Wagen noch geschlossen, weil der ja immer noch über den Parkplatz gerollt ist. Da haben sie drinnen vielleicht nichts gehört. Und dass sie uns da im Dunkeln schon gesehen hatten, hab ich auch nicht geglaubt. Sonst hätten sie doch längst mehr Gas gegeben. Ein paar Sekunden hatten wir noch.

»Hier!«, hat Chucky gerufen und die erste Tüte über das Tor geschmissen. Fee hat sie tatsächlich aufgefangen.

»Und noch mal!«, hat Chucky gerufen und die zweite Tüte geschmissen. Leider hat sie sich im Fallen ein bisschen gedreht, sodass der ganze Inhalt auf den Asphalt geknallt ist. Joghurtbecher sind aufgeplatzt und Äpfel weggerollt. Da hatten wir leider nur eine Tüte.

Danach hat Chucky versucht, sich selbst von der Tonne über das Tor zu hangeln. Was er dabei geflucht hat, schreibe ich lieber nicht auf, Ehrlichkeit hin oder her.

Ich hab gehört, wie hinter uns der Wagen angehalten

hat. Jemand hat die Tür aufgerissen. »Stehen bleiben!«, hat eine Stimme gebrüllt. Dann haben sie die Scheinwerfer direkt auf uns gerichtet.

Da war das ganze Elend auf dem Boden nun deutlich zu sehen, die geplatzten Joghurtbecher und massenhaft abgelaufene Schokoriegel und eingedellte Dosen und Wurst in Plastik, und alles hat in Bio-Milch 3,5 % geschwommen. Es war eine Wahnsinnsverschwendung.

»Bleiben Sie stehen!«

Ich finde es albern, wenn man mich siezt, weil die Leute es ja meistens nicht ernst meinen bei einem zehnjährigen Kind. Aber vielleicht hatten die Sicherheitsmänner einfach noch nicht erkannt, dass ich ein zehnjähriges Kind war und Fee ein elfjähriges. Wir haben natürlich nicht auf sie gehört. Wir sind losgesprintet in die entgegengesetzte Richtung, und ich muss sagen: Für ein dickes Kind war Fee ziemlich schnell.

Beim Rennen hab ich gedacht, dass die Männer bestimmt eine Pistole haben und dass Chucky immer noch nicht übers Tor ist und dass ich mir in Zukunft unbedingt mal öfter solche Filme angucken werde, damit ich weiß, was man in solchen Augenblicken tun muss. Dann waren wir endlich an der Hecke auf der anderen Seite vom Parkplatz und haben uns durch die Lücke gequetscht, und ich hab gewusst, mit dem Auto konnten die Männer nicht hinterher, da mussten sie einen Riesenbogen fahren, dreimal um die Ecke und verkehrt rum durch eine Einbahnstraße, wenn sie uns hier schnappen wollten. Darum waren wir jetzt sicher, außer sie würden uns zu Fuß weiter verfolgen.

Einen winzigen Augenblick bin ich stehen geblieben; aber da waren wirklich keine Schritte hinter uns. Dazu sind solche zu faul.

»Die kriegen uns nicht!«, hab ich geflüstert. Natürlich sind Fee und ich trotzdem weitergerannt. Vom Parkplatz kamen so Geräusche, aber einen Schuss hab ich nicht gehört. Trotzdem hatte ich auf einmal schreckliche Angst um Chucky.

Erst als wir bei uns im Fahrstuhl waren, hab ich Fee angeguckt. Wenigstens wir beide waren in Sicherheit.

15. Wir sind alle gerettet, aber ohne Fleisch

»Wir sind in Sicherheit, Fee!«, hab ich gesagt. Also, mehr geschnauft. Wenn man rennt, so schnell man kann, dann ist schnaufen normal.

Der Fahrstuhl hat »Pling!« gemacht, und wir sind ausgestiegen. Als wir den Treppenhausflur zu unserer Wohnungstür entlanggegangen sind, ist Fee plötzlich stehen geblieben.

»Glaubst du, die haben mich erkannt?«, hat sie geflüstert. Sie hat richtig panisch geklungen. »Die Security-Leute?«

Ich konnte es nicht fassen. »Hast du keine anderen Sorgen?«, hab ich gezischt. »Die Typen haben vielleicht Chucky, und du machst dir Sorgen um dich?«

»Entschuldige!«, hat Fee geflüstert. Aber sie hat immer noch ausgesehen, als ob das ihre allergrößte Sorge wäre. Größer als die Angst um Chucky.

Durch unsere Wohnungstür konnte man ein lautes Schnarchen hören, fast bis zum Fahrstuhl, da wusste ich, dass Kröger immer noch richtig schön satt war. Dass uns der Krach verraten könnte, hab ich nicht gefürchtet. Von Mama waren die anderen Leute im Elften ja ein ziemliches Geschnarche gewöhnt.

»Wir sind wieder da!«, hab ich leise gerufen, als ich aufgeschlossen hatte. Das Schnarchen klang jetzt richtig teuflisch. Da könnte Mama sich noch was abgucken.

»Und euer junger Königssohn?«, hat Herr Wildeck gefragt und die Augen zusammengekniffen. Aber hinter Fee und mir kam niemand mehr. »Wo habt ihr den gelassen?«

Jetzt hab ich erst so richtig gemerkt, was für eine Mörderangst ich um Chucky hatte. Vielleicht hatten sie ihn nicht erschossen, aber ich weiß nicht, was für eine Strafe darauf steht, wenn man Sachen aus einer Mülltonne klaut. Auf alle Fälle war es ja schon mal Einbruch, weil Chucky über den Zaun geklettert war. Und wenn die Security-Männer Chucky zur Wache brachten und die Polizei die Eltern sprechen wollte (das wollen sie bei so was immer), würden sie merken, dass gar keine Eltern da waren und Mama auf Entzug und Oma in Polen. Dann hatten wir wieder Frau Wiegehals auf dem Hals (haha, Scherz), und vielleicht würde sie uns noch in dieser Nacht in eine Kurzzeitpflegestelle verfrachten.

Fee und ich haben trotzdem die Tüte ausgepackt, und es war echt der Hammer.

Es gab eine Dose Erbsensuppe (leider mit einem Knick drin) und eine Dose Gulaschsuppe (auch mit einem Knick drin) und abgelaufenen, gekräuterten Räucherlachs für 4,50 Euro und noch Alaska-Seelachsfilet tiefgefroren (das war es jetzt nicht mehr) und Schokolade mit Füllung und drei Röllchen mit Tabletten gegen Erkältung.

Aber Herr Wildeck hat nicht sehr glücklich ausgesehen. »Den Lachs empfehle ich zu entsorgen!«, hat er gesagt. »Ist sonst noch Fisch dabei? Da wäre mir die Gefahr einer Fischvergiftung doch zu groß. Das aufgetaute Filet muss auf alle Fälle weg.«

Das fand ich nicht schlimm, Fisch mag ich sowieso nicht so. Ich hätte den Lachs aber gerne mal probiert, um zu gucken, ob er wirklich seinen Preis wert war.

»Und für Kröger ...«, hat Herr Wildeck gemurmelt. »Nun ja, es mag gehen.«

»Der kann die Suppen haben«, hat Fee gesagt. Sie hat einen gierigen Blick auf die Schokolade geworfen.

Herr Wildeck hat gelächelt. »Sehr schön!«, hat er gesagt.

In diesem Augenblick hat jemand einen Schlüssel im Schloss gedreht, und die Wohnungstür ist aufgeflogen. »Tadaaaa!«, hat Chucky gebrüllt. Wenn die Nachbarn nicht von Krögers Schnarchen aufgewacht waren, dann bestimmt jetzt von Chuckys Gebrüll.

»Die sind ja so blind! Die sind ja so blöd!«

Ich hab gleich gesehen, dass er die dritte Tüte nicht bei sich hatte.

»Chucky!«, hab ich gebrüllt.

Ich wollte ihm um den Hals fallen, aber dann hab ich es gelassen. Fee war natürlich rot wie eine Ampel.

»Tja!«, hat Chucky gesagt und wieder die Daumen in seine Gürtelschlaufen gesteckt, um auf den Ballen zu wippen. »Habt ihr geglaubt, Baron Chuck Wagner lässt sich von solchen Idioten schnappen? Baron Chuck Wagner ist *the greatest*!«

Ich hatte gar nicht gewusst, dass Chucky Englisch konnte. Das war nämlich Englisch.

»Ich dachte, die schnappen dich!«, hab ich gesagt. »Die waren doch schon so dicht dran! Und du warst noch nicht über den Zaun!«

»Tja!«, hat Chucky wieder gesagt. Er hat so gegrinst dabei, dass ich begriffen hab, er tat nur so cool. Chucky grinst sonst nicht, der macht immer einen auf gefährlich.

»Sag mal!«, hab ich gesagt.

Chucky hat geschnauft, da konnte man merken, wie doll er gerannt war. »Ich bin aber rüber!«, hat er gesagt. »Über den Zaun! Und die Tüte dabei festgehalten, Mann, da war so viel Fleisch drin! Scheiße!«

»In Folie?«, hab ich gefragt.

Aber Chucky hat nur weitergeschnauft. »Für den da!«, hat Chucky gesagt und auf Kröger gezeigt. »Das wollte ich retten!«

Ich hab versucht, mir vorzustellen, wie Chucky von

der Mülltonne über das Tor geklettert ist, mit einer Tüte im Arm. Es muss total schwierig gewesen sein. Ich hab Chucky ziemlich bewundert.

»Und als diese Bullen für Arme dann gekommen sind«, hat Chucky gesagt, »da hab ich noch kurz eine Sekunde gewartet, bevor ich losgerannt bin. Und als die fast an mir dran waren, *womm!!!!!*, hab ich ihnen die volle Tüte zwischen die Beine gedonnert!«

»Wow!«, hab ich gesagt.

»Da hatte ich erst mal einen Vorsprung«, hat Chucky gesagt. Allmählich hat er nicht mehr so geschnauft. »Mann, die hättet ihr sehen sollen! Der ganze Matsch, der an denen drangeklebt hat! Und der eine hat eine Dose auf den Fuß gekriegt!« Chuck hat mit seiner rechten Faust in seine linke Handfläche geschlagen. »Yes!«, hat er gerufen. »Und ich durch die Hecke! Und hier bin ich!«

»Krass!«, hab ich gesagt.

»Ja, echt krass, Baron Chuck!«, hat Fee gesagt. Sie hat ausgesehen, als ob sie gleich vor Bewunderung in Ohnmacht fällt. Herr Wildeck hat sich geräuspert.

»Ich muss mich wirklich bei euch für alles bedanken, was ihr für Kröger auf euch genommen habt«, hat er gesagt. »Herzlichen Dank! Aber natürlich stellt sich die Frage – bei dem Gefahrenpotenzial, das jetzt offenbar geworden ist! –, ob diese Methode die Methode der Wahl sein und bleiben kann. Ich denke, auf Dauer ist euch allen eine solche Gefährdung nicht zuzumuten.« Und er hat wirklich ganz kummervoll ausgesehen.

Chucky hat nicht widersprochen, was mich ein bisschen gewundert hat. Normalerweise ist er ein Gefahrensucher. Es hat aber nur bewiesen, wie fertig er war. Und was für eine Panik er da eben gehabt hatte. Mir ist klar geworden, dass Chucky nicht noch mal über das Tor klettern würde, wenn es irgendeine andere Möglichkeit gab, an Futter für Kröger zu kommen. Nur wusste ich nicht, wie.

»Dann sollten wir uns jetzt vielleicht alle zur Ruhe begeben, nachdem Kröger seine Suppen geschlürft hat«, hat Herr Wildeck gesagt. »Habt ihr Kinder morgen nicht alle drei Schule?«

Da hab ich schon das nächste Problem auf mich zurollen sehen, aber darüber wollte ich lieber morgen Früh nachdenken.

»Fee und ich nehmen das Kinderzimmer!«, hab ich gesagt. Die Männer konnten sich ja das Wohnzimmer teilen, mit Kröger.

Chuck hat nicht protestiert und sich einfach nur seine Decke aus unserem Zimmer geholt. Fee und ich haben noch jede einen abgelaufenen Schokoriegel gegessen, die mochte Kröger ja vielleicht sowieso nicht so gerne. Und bestimmt waren sie schlecht für seine Zähne, vor allem, wo er schon so alt war.

Wir haben hinterher auch nicht mehr Zähne geputzt. Fee hatte ja keine Bürste dabei.

16. Oma kümmert sich immer um uns, und Fee ist eine gute Schauspielerin

Am nächsten Morgen bin ich davon aufgewacht, dass ein Handy geklingelt hat.

Wir haben bei uns nur Chuckys Handy. Mama braucht keins, weil sie sowieso immer zu Hause ist (und jetzt war sie ja außerdem noch nicht mal das), und irgendwie ist für mich noch keins abgefallen. Als das blöde Teil nicht aufhören wollte zu klingeln, bin ich also dem Geräusch nachgegangen.

Im Wohnzimmer saß Herr Wildeck auf dem Sofa und hat ein bisschen verschreckt ausgesehen. Kröger hat noch verschreckter ausgesehen.

»Das Telefon!«, hat Herr Wildeck gesagt und vor sich auf den Boden gezeigt, wo Chuckys Jacke zusammengekrumpelt lag. Daneben lag Chucky halb unter dem Wohnzimmertisch und hat geschlafen. Seine anderen Sachen hatte er alle noch an.

Ich hab mir blitzschnell die Jacke geschnappt und das Handy gegriffen. Einer von Chuckys Kumpels war es um diese Zeit ja bestimmt nicht, und wenn es das Jugendamt war oder so jemand, wollte ich die besser nicht warten lassen.

»Schatzi!«, hat Omas Stimme so laut gerufen, dass ich dachte, mir fällt gleich das Ohr ab. »Warum hat das denn so lange gedauert?«

»Ich musste erst das Handy suchen!«, hab ich gesagt. Fast hätte ich ihr erzählt, dass Chucky letzte Nacht im Wohnzimmer geschlafen hatte und warum, aber dann hab ich gedacht, dass Schweigen manchmal Gold ist. Oma hätte es vielleicht nicht so toll gefunden, dass wir ein ausgerissenes Milliardärsmädchen bei uns versteckt hatten und einen alten Jagdleoparden.

»Schatzi, es ist so schön hier!«, hat Oma gerufen. »Das kannst du dir gar nicht vorstellen! Alles Wald, und der Ort liegt an einem See! Wie im Film!«

»Krass!«, hab ich gesagt. Mir ist innen drin ganz warm geworden. Es war doch schön, dass Oma trotzdem an uns gedacht hat, obwohl sie es grade so gut hatte. Ich hab immer gewusst, dass Oma gut auf uns aufpasst.

»Schatzi, Handy ist Auslandstarif, das ist schäbig teuer!«, hat sie gesagt. »Darum machen wir gleich wieder Schluss, okay? Ich wollte dich nur wecken, damit du auch bestimmt zur Schule gehst. Und Chuck auch! Sonst habt ihr sofort wieder die Wiegehals auf dem Hals, hörst du? Soll doch niemand merken, dass ihr allein in der Wohnung seid!«

Ich hab einen schnellen Blick auf Kröger geworfen. In der Wohnzimmertür stand außerdem Fee und hat gegähnt. *Allein*, na, ich weiß nicht.

»Alles ganz normal machen wie immer!«, hat Oma gesagt. »Damit euch keiner aufs Dach steigt!«

Normal wie immer war es ja nun ganz bestimmt nicht, wenn Chucky zur Schule ging, aber ich hab trotzdem gewusst, was Oma gemeint hat.

»Schatzi?«, hat Oma gesagt. »Hörst du mich noch? Und geh deine Mutter besuchen auf der Station, die fragen sich doch sonst, warum ihr nicht kommt! Ihr dürft auf keinen Fall auffallen, solange ich noch hier bin!«

»Das tun wir doch auch nicht, Oma!«, hab ich gesagt. Ich hab mich gefragt, wie wir das mit einem hungrigen Jagdleoparden hinkriegen sollten.

»Dann weck jetzt deinen Bruder!«, hat Oma gesagt. »Tschüssi, Schatzi! Küsschen!« Dann war es still.

Herr Wildeck hat nicht mehr so verschreckt ausgesehen. »Das war deine Großmutter?«, hat er gefragt. »Aus Polen?«

Fee hat sich an der Wade gekratzt und immer noch gegähnt.

»Sie kümmert sich um uns«, hab ich gesagt. »Solange meine Eltern auf Weltreise sind.«

Herr Wildeck hat genickt. »Ah ja«, hat er gesagt.

Es war ziemlich schwierig, Chucky aufzuwecken. Wenn er nicht will, will er nicht.

»Machen Sie mal weiter!«, hab ich zu Herrn Wildeck gesagt, als Chucky auch nach hundertmal An-der-Schulter-Ruckeln und In-den-Arm-Kneifen und Ins-Gesicht-Klatschen nur immer so mit den Armen gewedelt und »Verpiss dich!« gemurmelt hat. Ich hab gesehen, dass es schon nach halb acht war, da hatte ich nicht mehr viel Zeit, wenn ich nicht zu spät zur Schule kommen wollte. »Komm, Fee, anziehen!«

Fee ist hinter mir her ins Kinderzimmer geschlurft. »Wie, anziehen?«, hat sie gefragt. Es war klar, dass sie schlechte Laune hatte wegen dem Anruf. Sie hätte gerne noch weitergeschlafen. Das hätte ich auch.

»Ich hab ihm doch gestern erzählt, dass du aus meiner Klasse bist!«, hab ich gezischt. »Wenn ich jetzt zur Schule gehe, musst du also auch zur Schule gehen, ist doch logisch! Was denkt der denn sonst?«

Fee hat mich angestarrt.

»Und was mach ich da?«, hat sie gefragt.

»Du gehst natürlich nicht in echt!«, hab ich gesagt. Ich hab nicht verstanden, wie sie so begriffsstutzig sein konnte. »Du gehst ins Einkaufszentrum oder so. In der Schule fragen die doch sonst gleich, wer du bist!«

Fee hat den Kopf geschüttelt. »Nee!«, hat sie gesagt. »Wenn ich stundenlang draußen rumlaufe, erkennt mich doch garantiert irgendwer!«

»Du hast schwarze Haare!«, hab ich gesagt. Aber so richtig überzeugt war ich auch nicht.

»Ich sag ihm, ich bin krank!«, hat Fee gesagt. »Willst du noch ins Bad?«

»Zähne putzen«, hab ich gesagt.

»Lass mich mal kurz vorher!«, hat Fee gesagt. »Ich geh nur kurz rein und tu so, als ob ich mich übergeben muss.«

Dann war sie schon verschwunden, und dann sind aus dem Badezimmer richtig eklige Kotzgeräusche gekommen.

»Fee!«, hab ich gerufen.

Herr Wildeck ist auch auf den Flur gestolpert.

Fee hat die Badezimmertür aufgerissen und ist ins Kinderzimmer getorkelt. »Das war der Lachs!«, hat sie gestöhnt und sich den Bauch gehalten. Ich muss sagen, eine gute Schauspielerin ist sie.

»Den habt ihr doch weggeworfen!«, hat Herr Wildeck gesagt und sich über sie gebeugt. Fee hatte die Augen zugemacht, aber er hat ein Lid hochgezogen und ihr danach den Puls gefühlt. »Na, so gefährlich sieht es nicht aus! Auch kein kalter Schweiß.«

»Sie hat schon auf dem Weg eine ganze Packung gegessen!«, hab ich gesagt. »Sie wollte mal sehen, wie solche teuren Sachen schmecken.«

»Ah ja«, hat Herr Wildeck gesagt. »Dann will ich mal weiter versuchen, deinen Bruder zu wecken.«

Ich bin ins Bad gestürmt und hab mir die Zähne geputzt.

17. Futter für Kröger und mein vierter Fehler

In der Schule hat Ebru an unserem Tisch gesessen und die Kästchen in ihrem Matheheft mit Filzstift ausgemalt. Sie kann so ganz tolle Muster, am Ende sieht es fast aus wie gekauft. Sie sagt, ihre Tante macht das so, wenn sie Deckchen häkelt.

»Ist dir was eingefallen?«, hat Ebru gefragt. Hinter uns haben Mert, Waldemar und Önder sich schon wieder gebeult. Was die in der Hirnschale haben, würde ich ja gerne mal wissen.

»Wie?«, hab ich gefragt.

»Wegen dem Geld!«, hat Ebru gesagt. »Wegen den Regierungen! Wegen der Welt!«

Da hab ich mich erinnert. Ich hatte gestern nach der

Schule aber wirklich andere Dinge im Kopf gehabt. »Es hat grade nicht so gepasst!«, hab ich gesagt.

Dann ist auch schon unsere Klassenlehrerin reingekommen, und wir haben gefrühstückt. Unsere Klassenlehrerin hat uns dabei eine Geschichte vorgelesen von einem Jungen, der ein schweres Schicksal hat, weil seine Eltern sich scheiden lassen, die hab ich aber nicht so gut gefunden wie die Märchen, die sie uns in der Zweiten immer vorgelesen hat. Es war alles so normal, normale Menschen und eine normale Welt, da brauch ich keine Geschichte, das hab ich jeden Tag selber. Ich mag Geschichten mit Prinzessinnen und wilden Biestern und Zauberern und Feen. (Auch wenn ich ja jetzt zu Hause selber eine habe. Haha, Scherz!)

Danach war es ein ganz normaler Vormittag, ich hatte leider die Hausaufgaben in Deutsch nicht, aber vielleicht wäre es sowieso aufgefallen, wenn ich die gehabt hätte; und in Mathe hatte ich keine Ahnung, wovon die Rede war, aber das war ja auch nichts Besonderes, und Ebru hat mir zweimal vorgesagt.

Nach der Vierten hab ich gedacht, dass es jetzt Zeit ist, zu Mama ins Krankenhaus zu gehen. Ich wollte Fee und Kröger und Herrn Wildeck nicht so lange allein lassen. Wenn ich erst nach der Schule zu Mama ging, konnte in der Zwischenzeit zu Hause alles Mögliche passieren.

»Tschüssi, Ebru, ich muss los!«, hab ich gesagt. »Wenn einer fragt, sagst du, ich musste kotzen, ich hab gestern Lachs gegessen!«

»Ich sag, du musstest dich *übergeben*!«, hat Ebru streng gesagt.

Ich hab genickt. »Und wenn keiner fragt, sagst du nichts!«, hab ich gesagt. »Dann gibt's hinterher auch keine Erklärerei.«

Ebru hat mich so schief angesehen. »Ist irgendwas?«, hat sie gefragt.

Das konnte ich ihr ja nun leider nicht erzählen, das mit Mama *brauchte* sie nicht zu wissen, und das mit Fee und Kröger *durfte* sie nicht wissen.

»Nö, nur keinen Bock mehr!«, hab ich gesagt.

Das hat sie natürlich geglaubt.

Ich konnte mich noch ganz gut erinnern, wie wir Mama beim letzten Entzug besucht hatten, ich und Oma, obwohl das schon so lange her ist. Ich wusste nicht mehr, wie die U-Bahn-Linie heißt; und wie die Station heißt, auch nicht, aber ich hab auf der Fahrt aus dem Fenster geguckt, da hab ich alles wiedererkannt. (An der Station waren so Muster auf den Kacheln.) Kontrolleur ist zum Glück keiner gekommen, ich hatte doch keine Fahrkarte, und niemand von den Fahrgästen hat sich nach mir umgedreht. Kinder mit Ranzen fahren ja oft U-Bahn, das sind meistens vornehme Kinder, die Pech haben, dass ihre vornehme Schule weit weg liegt. Ich hab versucht, auch vornehm auszusehen.

Von der U-Bahn-Haltestelle waren es nur ein paar Schritte, dann war man schon in dem Park, in dem das Krankenhaus lag. Es war riesengroß, und man konnte sich glatt verlaufen, aber ich wusste noch, wie das Haus aussah, in dem sie den Leuten abgewöhnen, sich zu betrinken; nämlich weiß mit alten roten Steinen um die Fenster rum und irgendwie wie ein Schloss. Aber innen drin war es nicht wie ein Schloss, sondern mehr so modern. Ich bin mit dem Fahrstuhl nach oben gefahren, und da war eine Glastür, und man musste klingeln. Man kann da nicht einfach rein oder raus, das wäre ja noch schöner. Dann müsste es nicht »die Geschlossene« heißen, und Mama wäre schon längst beim nächsten Aldi gewesen und hätte sich eine Flasche gekauft. (Oder geklaut. Ich glaube, Geld hatte sie keins dabei.)

Die Schwester, die mir aufgemacht hat, hat ein bisschen gehetzt ausgesehen. »Dritte Tür hinten rechts!«, hat sie gerufen, als ich erklärt hatte, zu wem ich wollte. »Ich deck grade den Tisch!«

Überall sind Leute rumgelaufen, manche haben beim Tischdecken geholfen, und ein dünner Mann hat sogar gelacht. Krank haben sie alle nicht richtig ausgesehen, das war das Gute, da musste ich nicht traurig werden.

Mama hat in ihrem Zimmer auf dem Bett gesessen und vor sich hin gemurmelt. Mit rechts hat sie an der Bettdecke rumgezupft, ich glaube aber, sie hat es nicht mal gemerkt.

»Hallo, Mama!«, hab ich gesagt.

Als sie hochgeguckt hat, hab ich einen Schrecken gekriegt, aber mehr einen guten Schrecken. Mama hat ganz anders ausgesehen als zu Hause, fast wie eine andere Frau. Ihr Gesicht war irgendwie runder und als ob sie über Nacht jünger geworden wäre. Ich hab sie fast nicht erkannt.

»Jamie-Lee!«, hat Mama gesagt und ist aufgesprungen. Dann hat sie sich wieder zurückfallen lassen.

»Ihr Scheißkerle!«, hat sie gerufen. »Wie konntet ihr das machen!«

Ich bin an der Tür stehen geblieben. Ich hatte ja keine Ahnung, was Mama tun würde.

»Ich werd wahnsinnig hier!«, hat sie gerufen. »Und raus lassen sie mich auch nicht!«

»Bald aber doch, Mama!«, hab ich gesagt. »Und wenn du dann nicht mehr so viel Schnaps brauchst, wird es auch billiger! Dann kannst du dir zu Hause Klamotten bestellen, im Online-Shop!«

Da hatte sie immer gejammert, dass sie das nicht konnte, weil wir kein Geld hatten.

Mama hat mich angestarrt. »Ach, Scheiße!«, hat sie gesagt. »Ich glaub nicht, dass das klappt. Die machen mich hier trocken, und wenn ich draußen bin …« Sie hat sich aufs Kissen fallen lassen. »Scheiße, Scheiße, Scheiße!«, hat sie gesagt.

»Du kriegst das hin, Mama!«, hab ich gesagt. Immer noch von der Tür aus. Ich war mir nicht sicher, ob ich es geglaubt hab. Eher nicht. Ich hab das mehr für sie gesagt.

»Und wenn ich sag, ich will noch eine Tablette …«, hat Mama gerufen. »Die sind so geizig in diesem Knast! Mir reichen ihre Scheißtabletten nicht!«

»Du kriegst das hin, Mama!«, hab ich wieder gesagt, weil mir nichts Besseres eingefallen ist.

Mama hat wieder angefangen zu murmeln. Ich hab gewusst, dass ich sie nur nerve, und außerdem ist sie sauer auf mich, weil ich 112 gerufen habe. Aber ich musste ja auch nicht mehr länger bleiben, die Schwester hatte mich schließlich gesehen, da konnte sich keiner wundern, weil die Kinder ihre Mutter nicht besuchten, und deswegen nachher womöglich noch das Amt anrufen.

Darum hab ich gedacht, es ist klug, wenn ich mich vorsichtshalber von der Schwester verabschiede, dann hat sie mich beim Weggehen *noch mal* gesehen. Und da hab ich leider meinen vierten Fehler gemacht. (Ich glaube, es war der vierte. Ich hab nicht genau gezählt.)

Die Schwester war im Essraum grade fertig mit Tischdecken. Es standen große Schüsseln mit Salat da und Körbe mit Brötchen und Brot und natürlich Glaskrüge mit Wasser. (Na, das wäre ja auch noch schöner gewesen, wenn sie den Leuten da was anderes zu trinken gegeben hätten.) Und auf so einem Tablettwagen standen Schüsseln mit Fleisch in Soße und Kartoffeln und Rosenkohl. Rosenkohl mag ich nicht, aber als ich das Fleisch gesehen hab, hat mein Magen angefangen zu knurren. Eigentlich war der Super-Döner spezial gestern Nachmittag ja das Letzte gewesen, was ich gegessen hatte. Der abgelaufene Schokoriegel vor dem Schlafengehen und der Apfel in der Schule zählten nicht.

»Tschüs, ich geh jetzt!«, hab ich also zu der Schwester

gesagt und hab gewinkt. Sie ist grade zu ihrem Glaskasten im Flur gegangen, aber sie hat mich jetzt doch angelächelt.

»Schön, dass du da warst!«, hat sie gesagt. »Das hilft deiner Mama bestimmt! Die macht sich ja sicher Sorgen, wie es dir ohne sie geht, da war das jetzt bestimmt beruhigend für sie!«

Ich hab zurückgelächelt, aber dass Mama sich Sorgen um uns macht, hab ich im Leben nicht geglaubt. Man soll aber nicht so viel widersprechen, Krankenschwestern erst recht nicht.

»Ich komm bald wieder!«, hab ich gesagt. Die Schwester hat in dem Glaskasten auf einen Knopf gedrückt, da hat es so geklingelt, das war der Essensgong. Dann hat sie sich nach unten gebeugt und in dem Zettelchaos auf ihrem Tisch nach irgendwas gesucht.

Und plötzlich wusste ich, dass ich es nicht mehr länger aushalten würde ohne was im Magen. Der hat inzwischen so geknurrt, dass die Patienten deswegen vielleicht nicht mal den Gong hören konnten. Außerdem hatte Kröger bei uns zu Hause doch bestimmt auch längst wieder Hunger! Und dass Chucky noch mal mit uns über das Tor klettern würde, hab ich nicht geglaubt.

So schnell kann man einen schrecklichen Fehler begehen.

Ich bin zurück in den Essraum geflitzt und hab schon auf dem Weg meinen Ranzen aufgemacht. Dann hab ich den Brötchenkorb reingekippt, mitten auf mein Mathebuch, und dann hab ich die Platte mit dem Fleisch in Soße genommen und es mit der Hand einfach auch reingewischt. (Die Handkante hab ich abgeleckt. Es war Sahnesoße.) Es war mir ganz egal, dass mein Mathebuch hinterher bestimmt nicht mehr schön aussah. Wenn meine Klassenlehrerin irgendwann fragen würde, was um Himmels willen denn da mit meinen Büchern und Heften passiert war (das musste sie ja), dann würde ich die Geschichte mit dem Lachs erzählen, und dass ich auf dem Weg nach Hause in den Ranzen gek* hatte. (Ich will das Wort nicht noch mal schreiben. Ebru hat recht, richtig schön ist es nicht.)

Aber ist das nicht gemein? Hätte jetzt nicht mal *einmal* was klappen können? Chucky hat recht, immer geht alles schief, jedenfalls bei uns. Man muss eigentlich gar nicht erst irgendwas versuchen.

»Was machst du denn da?«, hat der dünne Mann gesagt, der vorhin gelacht hatte, und mich dabei an der Schulter gepackt. Bestimmt war er schon länger auf der Station, dass er nicht mehr dauernd an die Flasche denken musste. Da konnte er natürlich vergnügt sein. Oder Leute ausspionieren, mein Pech.

Ich hab gar nicht erst geantwortet. Er hat doch wohl selber gesehen, was ich gemacht habe.

»Was soll das denn?«

Und natürlich war plötzlich die Schwester auch wieder da und die anderen Leute (nicht Mama), und die Schwester hat mir meinen Ranzen aus den Händen gerissen.

»Ja, um Himmels willen!«, hat sie gesagt. Wenn jetzt jemand glaubt, dass sie mich angebrüllt hätte oder was, dann hat der keine Ahnung von Krankenschwestern. »Hast du solchen Hunger?«

Ich hab genickt.

»Es tut mir leid, Ihnen kann ich das jetzt wohl sowieso nicht mehr anbieten!«, hat die Schwester nach einem Blick in meinen Ranzen zu den Patienten gesagt. »Aber ich ruf an, ob wir noch Fleisch nachkriegen können. Und erst mal gibt's ja genug Salat und Gemüse!«

Auch die Patienten haben nicht böse geguckt. Eine Frau in einem ganz teuren Kleid (ich erkenn so was!) hat mir sogar über den Kopf gestreichelt.

Die Schwester ist dann mit mir in den Waschraum gegangen und hat einen Haufen Papier aus dem Handtuchspender gezogen. Dann hat sie das Fleisch darin eingewickelt und sogar noch versucht, meinen Ranzen sauber zu machen. (Ohne Erfolg.) Die Brötchen hat sie mir in eine Plastiktüte geschüttet.

»So!«, hat sie gesagt. »Aber das bleibt unter uns, hörst du? Verpetz mich nicht!«

Ich hab drei Schwurfinger hochgehoben. Was sie wohl dachte. Solange sie mich nicht verpetzt hat, war ihr Geheimnis bei mir sicher.

Als sie in ihrem Glaskasten den Summer für die Tür zum Treppenhaus gedrückt hat, war ich plötzlich ganz fröhlich. Ich hatte die Fleischstücke nicht gezählt, aber für Kröger würde es bestimmt erst mal reichen. Ich wusste nicht, ob er Fleisch in Soße mochte, aber da sollte er sich mal nicht so anstellen. Und für uns Menschen gab es dann eben die Brötchen aus dem Brötchenkorb. Ich hab gedacht, wie schön es war, dass Oma sich immer so gut um uns kümmert und mich noch extra am Handy daran erinnert hatte, dass ich zu Mama ins Krankenhaus gehen musste.

Übrigens hat mich auf der Rückfahrt wieder kein Kontrolleur erwischt. Aber ein Hund hat immer so an meinem Ranzen geschnuppert, dass es seinem Frauchen ganz peinlich war. Leider konnte ich ihm nichts abgeben.

18. Zu Hause ist Zitronenduft

Als ich zu Hause im Elften aus dem Fahrstuhl gestiegen bin, hab ich schon auf dem Flur Geräusche aus unserer Wohnung gehört. Zum Glück keine gefährlichen Geräusche, also nicht, als ob Kröger sich grade eine leckere Mahlzeit »dickes Kind« genehmigt (haha, Scherz!), es klang eher so, als ob der Fernseher an war. Was ja wohl nicht sein konnte. Schließlich durfte Herr Wildeck doch nicht rauskriegen, wer Fee war; und wo es keine Fernbedienung gab, hatte sie ja auch eine gute Chance, dass er den Apparat gar nicht erst angeschaltet kriegte. Alte Leute sind technisch nicht so fit.

Aber sobald ich die Wohnungstür aufgeschlossen hatte, konnte es keinen Zweifel mehr geben.

»Oh, bist du zurück, mein Kind!«, hat Herr Wildeck gesagt und ist aus dem Wohnzimmer gekommen. (Von da kam auch der Fernsehlärm.) »Und, war alles gut in der Schule?«

Ich hab genickt. Ich musste mich nicht mal umgucken, um zu begreifen, warum sich unsere Wohnung auf einmal ganz fremd angefühlt hat. Ich brauchte nur zu riechen.

Unser Putzmittel hat so einen Zitronenduft, damit hab ich manchmal im Bad gewischt, nur weil das so schön riecht. Oma ist auch mal zum Putzen gekommen, da hatte sie sich grade von ihrem vorletzten Freund getrennt und brauchte was um die Ohren, hat sie gesagt. Man kann sich nicht vorstellen, wie das hinterher bei uns geduftet hat. Ich glaube, die Menschen putzen auch wegen dem Geruch.

»Was sagst du?«, hat Fee gerufen. Sie ist mit einem nassen Küchenhandtuch aus dem Bad gekommen, und ihre schwarzen Haare waren ganz verschwitzt. »Unsere Hilfe kriegt zwölf Euro die Stunde! Was zahlst du uns?«

»Geht es dir besser?«, hab ich gefragt und die Stirn gerunzelt. Schließlich hatten wir am Morgen behauptet, dass sie nur deshalb nicht mit mir zur Schule gegangen war, weil sie von dem teuren Lachs ko* musste. Aber irgendwie war es auch logisch, dass sie dann hinterher das Bad geputzt hat. (Obwohl, in Wirklichkeit hatte sie ja gar nicht geko*.)

»Komm mal mit ins Wohnzimmer, mein Kind«, hat

Herr Wildeck gesagt. »Ich glaube, wir müssen uns unterhalten.«

Der Fernseher war tatsächlich eingeschaltet, und die Balkontür stand offen, und das Zimmer hat ausgesehen wie in einer Soap, also, alles so ganz wunderschön, und geduftet hat es auch. In einer Soap hätte aber vielleicht kein Jagdleopard hinter dem Sessel gelegen.

Das tat er jetzt allerdings auch nicht mehr. Man konnte sehen, wie schwer es Kröger gefallen ist, aufzustehen, aber ich hab natürlich gewusst, wo er hinwollte. Da bin ich lieber gleich zu ihm gegangen.

»Kröger, ich hab dir was mitgebracht!«, hab ich gesagt. Natürlich konnte ich das Fleisch wegen der Soße nicht so einfach auf Ebrus Urlaubs-Läufer schütten, aber in der Vitrine stand die wunderschöne Obstschüssel, die Oma mal aus dem Kost-nix!-Laden mitgebracht hatte, mit Gold dran und allem, da hab ich das Fleisch reingekippt. An manchen Stücken klebten noch kleine Reste Handtuchpapier.

Ich hab gehofft, dass Herr Wildeck jetzt ein bisschen abgelenkt war und auch dankbar. Wenn Erwachsene sagen: »Ich glaube, wir müssen uns unterhalten«, bedeutet es meistens nichts Gutes. Jedenfalls in der Schule nicht, wenn meine Klassenlehrerin das zu Mert und den anderen Jungs sagt.

Herr Wildeck hat gelächelt. »Ach, wie wunderbar!«, hat er gesagt. »Reste aus der Schulkantine?«

Was der sich so vorstellt. Ich hab genickt.

»Jamie-Lee!«, hat er gesagt. »Du siehst ja, was deine Freundin und ich hier heute Morgen getan haben.« Also kannte er meinen Namen doch. »Und dabei haben wir hinter dem Kleiderschrank das hier gefunden.«

Kröger hat so laut geschmatzt, dass man das Klirren der Flaschen in der Plastiktüte kaum hören konnte. »Dazwischen lag übrigens auch die Fernbedienung.«

»Ohne Batteriefachdeckel!«, hat Fee vorwurfsvoll gesagt. »Wir mussten in dem ganzen Backskram da drin nach den Batterien suchen!« Die sollte sich mal nicht so anstellen.

»Woher kommt das alles?«, hat Herr Wildeck gefragt. »Wer hat all diese leeren Flaschen hinter dem Kleiderschrank versteckt? Alles allerbilligster Fusel. Und ich gehe mal davon aus, dass *du* den nicht getrunken hast, und dein großer Bruder ist jedenfalls im Augenblick auch noch nicht so weit.«

Was hat der sich denn rausgenommen? Wir haben ihm bei uns mit seinem wilden Tier Obdach gegeben wie die guten Menschen im Märchen, und dann wollte er mit mir ein Verhör durchziehen? Ich finde, so was gehört sich nicht.

»Was es mit deiner Freundin hier auf sich hat, das weiß ich inzwischen auch!«, hat Herr Wildeck gesagt. »Nachdem ich die Batterien wieder eingesetzt hatte, war der Fernseher ja kein Problem mehr. Aber über deine Freundin sprechen wir später. Jetzt möchte ich wissen, was es mit den Flaschen …«

»Geht Sie das was an?«, hab ich gefragt. »Geht Sie das was an?«

Herr Wildeck hat geseufzt. »Da hast du natürlich recht!«, hat er gesagt. »Aber trotzdem. Wir haben heute Vormittag festgestellt, dein anderer Gast und ich, dass wir beide ganz unterschiedliche Informationen über den Aufenthaltsort deiner Eltern haben. Unserer Fee hier hast du erzählt, deine Mutter arbeitet nachts bei der Post und übernachtet danach bei ihrem Freund ...«

»Na und?«, hab ich gerufen.

»Und mir hast du erzählt, deine Eltern machen eine Weltreise«, hat Herr Wildeck gesagt. »Und weißt du was, Jamie-Lee? Ich glaube, nichts davon ist die Wahrheit.«

»Na und?«, hab ich wieder gerufen. Ich weiß schon, warum ich immer versuche, möglichst wenig zu lügen. Nicht nur wegen Herrn Wagenfels und wegen dem, was der über seinen Gott und die Lügerei sagt. Auch, weil man so unglaublich doll aufpassen muss, dass man sich alles merkt, was man erzählt hat, damit man die Sachen hinterher nicht durcheinanderkriegt.

»Ach, was sind wir hier für ein Haufen, was?«, hat Herr Wildeck gesagt und gelächelt. »Ich mach mir doch einfach nur Sorgen, Jamie-Lee! Was ist mit deinen Eltern passiert? Und die Geschichte mit deiner Oma ...!«

»Die ist in echt in Polen«, hab ich gesagt und aufgeatmet. »Und die kümmert sich auch in echt! Haben Sie doch mitgekriegt heute Morgen!«

Aber dann hab ich gedacht, dass ich ihm jetzt eigentlich

auch alles erzählen kann. Schließlich wollte er nicht, dass *ihm* die Polizei auf die Schliche kommt, und Fee wollte nicht, dass *ihr* die Polizei auf die Schliche kommt, und ich wollte nicht, dass *uns* das Amt auf die Schliche kommt. Da haben wir doch gut zusammengepasst. Die beiden würden Chucky und mich schon nicht verpetzen.

Also hab ich alles erzählt. Von Mama und von 112 und dass Chucky und ich gut selber auf uns aufpassen konnten.

Herrn Wildecks Gesicht ist immer finsterer geworden. »Mein Gott, Kind!«, hat er gesagt. »Das hättest du mir doch früher erzählen müssen!«

Ich hab keineswegs gefunden, dass ich das musste.

»Verstehst du denn nicht? Jederzeit kann das Jugendamt hier auftauchen, um nach euch zu sehen, und wenn sie dann Kröger und mich entdecken …«

»Oder mich!«, hat Fee vorwurfsvoll gerufen. Wirklich, die hatte Sorgen.

»Da kommt ja keiner!«, hab ich gesagt. »Ich bin doch vorhin in der Schule gewesen, und Mama hab ich auch extra noch besucht! Da ruft keiner an! Frau Wiegehals glaubt doch, Oma passt auf uns auf. Die hat sowieso viel zu viel zu tun, die freut sich, wenn bei uns alles okay ist!«

»Ja?«, hat Herr Wildeck gesagt. So ganz überzeugt hat er nicht ausgesehen.

Zum Glück mussten wir nicht weiter darüber reden, weil in diesem Moment die Wohnungstür gegen die Flurwand gedonnert ist, da war schon klar, dass Chucky nach Hause gekommen war.

19. Wozu ein Dichter an der Schule gut sein kann

»Tadaaa!«, hat Chucky gerufen. Genau wie gestern Abend. Dazu hat er ein Schlüsselbund vor unseren Augen hin und her geschwenkt.

Darauf hab ich aber gar nicht geachtet. Ich hab auf meine Uhr geguckt und gestaunt, dass Chucky so lange in der Schule geblieben war; und ich hab ein bisschen Angst gehabt, dass das vielleicht auffälliger war, als wenn er, wie sonst vorher, abgehauen wäre (oder gar nicht hingegangen).

»Wow! Haben wir seit Neuestem eine Putz-Fee, oder hat der Tiger das hier alles sauber geleckt?«

»Chucky!«, hab ich gesagt. »Idiot!«

Aber Chucky war total aufgekratzt. Ich hab trotzdem

nicht geglaubt, dass er sich einen geballert hatte, morgens tun die Jungs das eigentlich nicht. Und er hatte ja auch seine bezahlten Zigaretten. Darum musste irgendwas richtig Heftiges passiert sein.

»Braucht irgendwer eine Karre?«, hat Chucky gesagt. Dann hat er sich im Wohnzimmer in den Sessel geschmissen. Kröger hat kurz hochgeguckt, aber dann hat er seinen Kopf wieder auf die Pfoten fallen lassen. Er hat sehr satt und zufrieden ausgesehen. Also hatte ihn die Soße am Fleisch nicht gestört.

»Karre?«, hat Fee gefragt. Sie hat so an ihren verschwitzten Haaren rumgezupselt, dass ich gewusst hab, sie denkt grade: *Oh Gott, wie seh ich aus!*

»Leute!«, hat Chucky gesagt. »Das ist ja wohl das Krasseste! Das ist ja wohl so krass!«

Herr Wildeck hat jetzt wirklich beunruhigt ausgesehen. »Was ist so – krass?«, hat er gefragt.

»Oh, puuuh!«, hat Chucky gesagt. »Leute! Ich fass es nicht!«

Dabei hat er die ganze Zeit mit dem Schlüsselbund gewedelt.

»Vielleicht beruhigst du dich jetzt erst mal und erzählst uns, was passiert ist«, hat Herr Wildeck gesagt. »In ganzen Sätzen.«

Chucky hat die Augen zusammengekniffen. »Okay, okay!«, hat er gesagt. »Also, ich bin ja heute Morgen in die Schule, okay? Wegen dem Amt. Und dann sagt die so …«

»Die?«, hat Herr Wildeck gefragt.

Chucky hat abgewinkt. »Die Deutschfrau!«, hat er gesagt. »Sagt die so: ›Jungs und Mädels, heute haben wir etwas Besonderes für euch. Wir haben ja grade das Buch *Pipapo* gelesen ...‹«

»Das Buch *Pipapo*?«, hat Fee verblüfft gefragt.

»Weiß ich, wie das heißt?«, hat Chucky gesagt. »Also, ›Das haben wir gelesen, und heute kommt der Autor zu uns, um uns zu erzählen ...‹«

»Der Autor?«, hat Fee mit glänzenden Augen gefragt.

Aber Chucky hat den Kopf geschüttelt. »Nee, nee, keine Aufregung, hab ich zuerst auch gedacht, *Auto*!«, hat er gesagt. »Ich hab gedacht, die sagt *Auto*, aber sie hat *Autor* gesagt, das ist so was wie ein Dichter, okay? Der Bücher schreibt.«

»Sieh mal an«, hat Herr Wildeck gesagt. Ich weiß nicht, ob er das Wort nicht kannte oder ob er darüber gestaunt hat, dass ein Dichter an eine Schule wie die von Chucky kommt. Da hab ich schon gleich einen Hals gekriegt.

»Also, der kommt, okay?«, hat Chucky ungeduldig gesagt. »Und wir sollten das vorbereiten, also so auf Zettel schreiben, was wir den fragen wollen und so, zu seinem Buch und so, dass das nicht so peinlich wird nachher. Hab ich gedacht, kann ich ja noch bleiben, hatte ich doch noch nie gesehen gehabt, so einen Dichter!«

»Oh, klasse, Baron Chuck!«, hat Fee gesagt. Sie war ganz begeistert. Vielleicht hat sie gedacht, Chucky steht jetzt so ganz edel auf Literatur. (Das ist das vornehme

Wort für Bücher, hatte ich ja schon erklärt.) Aber ich kenn meinen Bruder und hab die Schlüssel in seiner Hand gesehen, und mir hat gleich nichts Gutes geschwant.

»Also, wir alle in die Sporthalle, da saßen schon die Siebten und die Achten, okay, und die Deutschfrau hat so gesagt: ›Kein Kaugummi jetzt und Zigaretten weg und einen guten Eindruck machen‹ und Kram, und dann ist der reingekommen.«

Das Schlüsselbund hat Chucky auf seinem Zeigefinger am Schlüsselring immer so im Kreis geschleudert. Mir ist ganz übel geworden. Und bestimmt nicht, weil ich erst ein einziges Brötchen aus der Plastiktüte gegessen hatte.

»Also der Schulleiter kommt rein im Jackett und hinter ihm so ein Typ – nee!« Chucky hat auf die Sessellehnen geschlagen. »Denkst du doch, Dichter und alles, hat ein Buch geschrieben, der Typ, lesen wir in der Schule, denkst du doch, coole Klamotten und Kram! Kohle ohne Ende oder was! Und denn schlurft der so rein«, Chucky hat seine Schultern abwechselnd vor- und wieder zurückgeschoben, im Sitzen kann man ja nicht gut zeigen, wie einer schlurft, »Klamotten uralt und von KiK, wenn du mich fragst. Oder Kleiderkammer oder was. Also bestimmt nicht Armani. Also, alle gleich gewusst – nee!«

»Nee was?«, hat Herr Wildeck gefragt und die Brauen hochgezogen.

»Also, was war das denn für ein Typ?«, hat Chucky

gerufen. »Voll peinlicher Typ war das! Die Mädchen gekichert alle, und die Deutschfrau so Blicke, und der Typ denn mit dem Zeigefinger so aufs Mikro …«

»Oh, Mikro!«, hat Fee gesagt. »Davor hab ich immer Angst.«

Alte Angeberin, musste sie gleich wieder zeigen, dass sie ständig in Mikros reden muss. Ich hab das jedenfalls noch nie.

»… *tipp, tipp, tipp.* Und denn so: ›Hallo, ja, ich freu mich, dass ich heute hier bei euch sein kann …‹«

»Gelogen, oder?«, hab ich gesagt.

Chucky hat die Achseln gezuckt. Klar, dass er nicht unterbrochen werden wollte.

»Und denn so: ›Aber das ist ja ganz schön warm bei euch!‹ Und denn zieht der seine Jacke aus, voll altes Teil, abgeschabt und alles, und hält die so in die Luft …«

»… als ob er nicht wüsste, wohin damit!«, hat Fee gesagt.

Chucky hat genickt. »Und denn einfach auf den Boden. *Plopp.* Voll einfach so auf der Bühne so *plopp!* auf den Boden.«

»Der Dichter?«, hab ich gefragt. Ich hatte gedacht, Dichter sind vornehm und benehmen sich vornehm. Aber vielleicht war der ja sowieso ein Betrüger. Wenn der so schäbige Klamotten hatte und sich so unordentlich benommen hat, war der vielleicht gar kein echter Dichter.

»Und die Deutschfrau denn so hin!«, hat Chucky gesagt. »Also, gesprintet! Also nicht: ›Bitte hängen Sie Ihre

Jacke doch an einen Haken!‹, oder so was, also, wenn wir das machen, lässt die immer gleich voll die Sau raus!«

Ich hab mich gefragt, wann Chucky die Deutschfrau zuletzt gesehen hatte, dass er das so genau wusste. Ich hab aber nicht gefragt.

»Und sie denn diese schäbige Jacke so über dem Arm und runter von der Bühne und sich umgeguckt …«

Chucky hat uns angegrinst. »Tadaaa!«, hat er gerufen. »Und wer ist hier genial?«

Wir haben gewartet. Den Gefallen wollte ich ihm ja nun nicht tun, dass ich sage: »Du, Chucky, du bist genial!« Nicht mal Fee wollte das.

»… und wen sieht sie da? Die Deutschfrau?« Er hat die Augen aufgerissen. »Baron Chuck Wagner! Und die denkt doch jede Wette: *Oh, ist der Chuck heute in der Schule. Na, da muss ich ihm mal gleich zeigen, dass ich das gemerkt hab und dass ich das zu schätzen weiß und dass ich ihn wichtig finde …*«

»Denkt die so?«, hab ich gefragt.

Fee hat heftig genickt.

»… und was macht die Tante? Gibt mir die Jacke und flüstert, ich soll sie zum Lehrerzimmer bringen und da an die Garderobe hängen lassen. Und dann schenkt sie mir ihr schönstes Lächeln, und ich lächel genauso schön zurück, und auf der Bühne labert der Typ die ganze Zeit in sein Mikro.«

Chuck war still. Die Schlüssel an seinem Zeigefinger hingen schlaff nach unten.

»Und dann?«, hat Fee vorsichtig gefragt.

»Ja, Mann!«, hat Chucky gerufen. »Was hättest du denn gemacht, gute Fee?«

Da hat er natürlich die Falsche gefragt. Fee hätte die Jacke zum Lehrerzimmer gebracht und einen Lehrer gebeten, sie an die Garderobe zu hängen, und danach hätte sie sich ganz leise wieder in die Sporthalle geschlichen, um kein Wort von dem Dichter zu verpassen.

»Ich also gleich mal getestet, was der so in den Taschen hat, okay? Ist doch nicht verboten!«

Inzwischen haben wir alle auf das Schlüsselbund gestarrt.

»Ja, Mann!«, hat Chucky wieder gerufen. »Wie das bei dem in den Taschen aussah – nee! Ich glaub, der war gar kein Dichter.«

Herr Wildeck hat gestöhnt.

»Vollgerotzte Taschentücher und durchgekaute Kaugummis ...«

»Eingewickelt?«, hab ich gefragt.

Chucky hat genickt. »Und zwei Bustickets und ein leerer Briefumschlag und in der Innentasche die Brieftasche.«

»Chucky!«, hab ich entsetzt gerufen. Wenn man einem Dichter seine Kohle klaut, sucht die Polizei bestimmt besonders doll. Ich wollte nicht, dass Chucky in den Knast kam.

Chucky hat den Kopf geschüttelt. »Bin ich ein Dieb?«, hat er gesagt. »Nee, hab ich schön wieder zurückgesteckt. War sowieso nur Kleingeld drin und Karten.«

Ich hab ausgeatmet.

»Aber die Schlüssel«, hat er gesagt. »Also hab ich gedacht: Kann ich doch gleich mal gucken, was der für einen Wagen fährt! So spannend fand ich das da in der Turnhalle ja nun nicht, dass ich darauf nicht noch ein bisschen verzichten konnte!«

»Und dann hast du ...?«, hat Fee geflüstert.

Chucky hat genickt. »Rausgenommen und Jacke zum Lehrerzimmer und *klopf, klopf,* und denn zu dem Lehrer gesagt: ›Hallo, können Sie die Jacke bitte an die Garderobe hängen? Die gehört unserem Dichter!‹«

»Aber da war der Schlüssel ja gar nicht mehr drin!«, hab ich gesagt.

Herr Wildeck hat die Hände vors Gesicht geschlagen. Kröger hat geschnarcht. Im Fernsehen lief so eine Sendung, wo Leute viel zu viel Geld ausgegeben hatten und die Miete nicht mehr zahlen konnten und aus ihrer Wohnung geschmissen wurden, und ein Mann hat auf einer Tafel zusammengerechnet, was sie Zalando und allen bezahlen mussten, und den Kopf dabei geschüttelt, und es war alles sehr traurig.

»Das war doch der Trick, Mann!«, hat Chucky gesagt. Ich hab mit einem Ruck wieder zugehört. »Dass sie mich nicht verdächtigen! Wenn einer dem was aus der Jackentasche klaut, bringt der dann die Jacke hinterher noch ins Lehrerzimmer? Nee! Da denkt dieser Bücherschreiber doch bestimmt, er hat die Schlüssel einfach verloren!« Er hat triumphierend geguckt. »Bin ich also zum Parkplatz und immer so auf den Autoschlüssel gedrückt, welches Auto da blinkt, und zuerst: Nichts!«

Ich hab den Atem angehalten.

»Der hatte gar keinen Funkschlüssel!«, hat Chucky gesagt. »Hätte man sich bei dem Typ ja denken können! Solchen sind Autos egal.«

»Gott sei Dank!«, hat Herr Wildeck gesagt.

»Wie, *Gott sei Dank*?«, hat Chucky geschnauzt. »Ich den Schlüssel also in die Autotüren gesteckt …«

»Chucky!«, hab ich gerufen.

»… und tadaaa! Voll alte Kiste, war schon klar, aber okay.«

»Und dann?«, hat Herr Wildeck gefragt. »Und dann, was hast du getan, Baron Chuck?«

Chucky hat trotzig geguckt. »Mann, das war doch kein Klauen!«, hat er gerufen. »Voll die alte Schrottkarre, so was klau ich doch nicht! Ich klau Benz oder BMW, Mann! Lamborghini! Das war Ausleihen!«

Herr Wildeck hat genickt. »Mit anderen Worten«, hat er gesagt, »und wenn ich dich nicht falsch verstanden habe: Du hast das Auto mitgenommen? Ausgeliehen? Und jetzt steht es nicht mehr auf eurem Schulparkplatz, sondern irgendwo hier vor dem Haus?«

»Bingo!«, hat Chucky gesagt. »Parkdeck.«

Das ist bei uns nämlich kostenlos, weil sie früher mal geglaubt haben, das Einkaufszentrum gegenüber würde der große Renner werden und die Leute würden von überall mit ihren Autos kommen, um bei uns einzukaufen. Aber bei uns kaufen nur unsere Leute ein, die in den Hochhäusern wohnen; und wenn welche hier wohnen und Autos haben, fahren die aber schneller woandershin einkaufen, als du gucken kannst. Auf dem Parkdeck ist das immer so voller Pfützen, da spielen eigentlich mehr die Kinder Verstecken, und manchmal gehen Liebespaare hin, weil sie da garantiert keiner stört.

Eine Schrottkarre fiel auf dem Parkdeck hundertpro nicht auf. Man konnte nur hoffen, dass das Auto vom Dichter wirklich eine Schrottkarre war.

»Oh, mein Gott!«, hat Herr Wildeck gemurmelt.

20. Fee ist ziemlich viel wert

»Das findet da in echt keiner, Herr Wildeck!«, hab ich also gesagt. »Wieso kannst du überhaupt fahren, Chucky?«

Chucky ist wieder so auf den Ballen auf und ab gewippt, wie er das letzte Nacht auch gemacht hatte und überhaupt immer, wenn er denkt, er ist der Größte; mit Daumen in den Gürtelschlaufen.

»Tja«, hat er gesagt. »Das lernt man!«

Da hab ich lieber nicht weitergefragt. Ich dachte, wenn er jetzt noch eine Geschichte von seinen Kumpels und geknackten Autos erzählt, fällt Herr Wildeck bestimmt in Ohnmacht.

»Junge, das war keine gute Idee!«, hat Herr Wildeck

gesagt. »Allmählich geraten wir in Bedrängnis! Unsere kleine Freundin hier muss versteckt werden, Kröger darf niemand entdecken, und jetzt kommt auch noch das Auto dazu! Und während Fee und Kröger ja vielleicht eine Weile in eurer Wohnung verborgen bleiben können, ist das für das gestohlene Auto, wie dir ja selbst bewusst sein dürfte, schlechterdings nicht möglich.«

»Schlechterdings« war ein gutes Wort. Ich hab mich daran erinnert, dass Herr Wildeck am Abend vorher vor der Kirche ein Buch gelesen hatte. Und als ich noch überlegt hab, ob ich vielleicht auch mal ein Buch lesen soll für eine schöne Sprache, ist plötzlich der Fernseher so laut geworden, dass Kröger auf seinen kaputten Beinen in die Luft gehüpft ist vor Schreck und ich mir schnell die Ohren zugehalten habe.

»Sorry!«, hat Fee gesagt und mit der Fernbedienung auf die Glotze gezielt wie mit einer Pistole. Da war die gleich wieder leiser.

Und ich hab jetzt auch gesehen, warum sie vorher lauter gedrückt hatte, wir alle haben das. Der Sender, den Herr Wildeck am Vormittag angemacht hatte, war keiner, den wir sonst gucken, mehr so ein langweiliger für alte Leute. Aber jetzt am Nachmittag lief da so eine Sendung, wo sie all die spannenden Sachen gezeigt haben, die am Tag vorher passiert waren, Massenkarambolagen auf der Autobahn und Väter, die ihre Frauen erstochen haben, und Prinzessinnen im Bikinihöschen und oben ohne, die es nicht gut fanden, dass die Fotografen ihren

Busen fotografiert hatten, und brennende Häuser und Schauspieler mit kleinen schwarzen Kindern.

Und mitten dazwischen war Fee. (Nicht mitten zwischen den kleinen schwarzen Kindern. Zwischen den spannenden Sachen.) Diesmal war es nicht nur eine kurze Nachricht, dass sie verschwunden war, mit hässlichen Fotos dazu, sondern richtig wie ein kleiner Film. Es gab einen Sprecher, der immer was dazu gesagt hat, darum wusste ich dann, dass das Wahnsinnshaus, das sie gezeigt haben (die Kamera ist immer so in einem Park rumgefahren), das Haus von Fees Vater war; und ich konnte kaum weiter aufpassen, weil ich mich gefragt hab, wie eine, die in so einem Schloss wohnt, so blöde sein kann, bei uns einzuziehen. Da geh ich doch locker eine Weile in einen Schwarzwald, wenn ich dafür hinterher wieder mein Zimmer in so einem Kasten habe! Ich hatte aber ja gleich gemerkt, Fee war komisch. Dann ist im Fernsehen Fee aus einem krassen Auto gestiegen und hat gewinkt, und Chucky hat »Oh, nee, die Karre, oder?« geschrien, und dann gab es einen Film, wo Fee mit einem Mann und einer Frau auf einem Riesen-Segelboot steht und wieder winkt, und weil ich grade das von den Obenohne-Fotos gesagt habe: Fee wollte bestimmt auch nicht, dass alle Leute sie jetzt so gesehen haben, auch wenn es bei ihr ja kein Busen war. Dann hat der Sprecher im Studio noch mal alles erzählt, seit wann sie verschwunden ist und alles, und dazu haben sie wieder ein Foto von Fee eingeblendet, leider das hässliche in Pink.

»Der Vater der elfjährigen Fee Ranzmeier wendet sich mit dieser Bitte an Sie alle«, hat der Sprecher gesagt.

Dann haben sie den Mann vom Boot gezeigt, der saß jetzt im Anzug an einem Schreibtisch und hat in die Kamera gesprochen.

»Liebe Zuschauer, ich bitte Sie alle sehr herzlich, meiner Frau und mir bei der Suche nach unserer Tochter Fee zu helfen. Noch steht nicht fest, ob Fee tatsächlich entführt wurde. Ein Erpresserschreiben ist nicht bei uns eingegangen, sodass wir noch immer hoffen, dass Fee getan hat, was Jugendliche in ihrem Alter manchmal tun: dass sie einfach von zu Hause ausgerissen ist.«

»Warum wohl?«, hat Fee den Fernseher angeschrien. Aber die Sache mit dem Schwarzwald und dem Dünnerwerden hat der Mann natürlich nicht erklärt.

»Meine Frau und ich sind in großer Sorge!«, hat der Mann gesagt. »Die Eltern unter Ihnen werden das nachfühlen können. Für jeden Hinweis, der dazu führt, dass wir Fee wiederbekommen, setzen wir daher eine Belohnung von fünftausend Euro aus. Vielen Dank für Ihre Hilfe.«

»Fünftausend Euro!«, hat Chucky gebrüllt. »Ich glaub, mein Schwein pfeift!«

Vielleicht fand er, dass ein dickes Kind wie Fee nicht so viel wert ist, aber das hab ich nicht nett gefunden. Alle Kinder sind gleich viel wert. Es können nur nicht alle Eltern so viel bezahlen.

Ich hab gedacht, dass der Mann aber eigentlich gar

nicht verzweifelt ausgesehen hatte. Mehr wie einer von den Politikern, die wir immer wegzappen. (Da ist mir leider wieder die Weltrettung eingefallen, aber nicht lange.) Ich hab mir vorgestellt, wie Oma das im Fernsehen gemacht hätte, wenn sie da reingedurft hätte, wenn ich abgehauen wäre. Die hätte aber ordentlich mit den Augen gerollt und die Hände vors Gesicht geschlagen und geheult, das wäre viel echter gewesen bei einem verschwundenen Kind. Da hätten die Leute gleich noch mehr Mitleid gehabt. Da hätten sie vielleicht schon für tausend Euro nach mir gesucht. Tausend Euro hätte Oma aber natürlich auch nicht anbieten können.

»Warum sagt er nicht die Wahrheit?«, hat Fee gerufen. »Warum sagt er nicht, dass sie mich sowieso abschieben wollten? Die sollen sich doch freuen, dass ich weg bin!«

»Fünftausend Euro!«, hat Chucky wieder gesagt und Fee mit so einem Blick gemustert, der mir gar nicht gefallen hat. »Mann, dass der das für dich bezahlen will!«

»Chucky!«, hab ich gesagt.

»Ich sag mal so«, hat Chucky gesagt. »Mir kann das ja gleich sein, was der da an Kohle raushaut. Aber wenn wir fünftausend Euro hätten …«

»Chucky!«, hab ich gerufen.

»… da wüsste ich aber, was ich damit machen würde!«, hat Chucky gerufen. Das Glitzern in seinen Augen hat mir jetzt noch weniger gefallen.

»Das wollen wir alle gar nicht wissen!«, hat Herr Wildeck streng gesagt. »Aber ja, Fee, du solltest wirklich überlegen, ob sich deine Eltern nicht inzwischen genug gesorgt haben.«

»Die Arschgeige sorgt sich bestimmt nicht!«, hat Fee gerufen. »Ihr könnt mich doch nicht verpetzen!«

Einen Augenblick hab ich überlegt, warum eigentlich nicht. Fünftausend Euro hätten wir schließlich gut gebrauchen können. Aber irgendwie macht man es nicht, man hat dann ein schlechtes Gefühl. Kröger würden wir ja auch nicht verpetzen oder Chucky mit seinem Auto. Es war irgendwie so, dass wir jetzt alle zusammengehört haben, und dann sagt man »Einer für alle und alle für einen«.

»Wir könnten auch Futter für Kröger kaufen!«, hat Chucky trotzdem gesagt und Herrn Wildeck fest in die Augen geguckt. »Und Medizin für seine Beine!« Chucky weiß, wie man es machen muss.

Aber Herr Wildeck hat den Kopf geschüttelt. »Wenn du ihnen verrätst, dass Fee hier ist, dauert es nicht lange, bis sie auch Kröger aufgestöbert haben«, hat er gesagt. »Und mach dir nichts vor, mein Junge: Das Auto haben sie dann auch ganz schnell!«

Chucky hat gegrunzt. Ich wusste, dass ich ihn im Auge behalten musste. Fünftausend Euro sind einfach zu viel Kohle.

21. Frau Wiegehals freut sich

Aber bevor ich Chucky dazu noch was sagen konnte, hat das Schicksal uns einen Schubs gegeben.

Und das hat mit einem Klingeln angefangen. Ich hab auf den Summer gedrückt, und in der Sprechanlage hat es kurz geknistert.

»Darf ich hochkommen?«, hat eine Stimme gefragt, die ich sofort erkannt habe.

Was sollte ich sagen? Reinkommen würde sie sowieso, entweder weil wir sie reinließen oder mit 112.

»Klar!«, hab ich gesagt. Den Summer für die Haustür brauchte ich gar nicht mehr zu drücken, die ist immer auf. Irgendwer klemmt da jeden Tag einfach was dazwischen, da kann die Hausverwaltung gar nichts machen.

Warum Frau Wiegehals trotzdem immer schon unten durch die Sprechanlage Bescheid sagt, dass sie kommt, hatte ich keine Ahnung. Vielleicht weil sie es höflich findet, oder es ist eine Vorschrift vom Amt. Bevor sie an der Wohnungstür ist, bleibt dann meistens noch genug Zeit, Krempel aus dem Flur ins Kinderzimmer zu schmeißen oder Mamas Kotze-Eimer wegzubringen.

Das musste ich aber dieses Mal ja nicht.

»Chucky, das ist Frau Wiegehals!«, hab ich gesagt. »Benimm dich!«

Chucky hat mir den Mittelfinger gezeigt, aber ich hab gewusst, der war eigentlich für Frau Wiegehals.

»Frau Wiegehals?«, hat Herr Wildeck gesagt und die Brauen hochgezogen.

»Vom Amt!«, hab ich gesagt.

Herr Wildeck hat einen ganz panischen Blick gekriegt. »Jetzt können wir nur hoffen, dass sie bei euch nicht ein menschliches Bedürfnis befriedigen will!«, hat er gesagt, nachdem er Kröger ins Bad geschleift hatte. Dann hat er die Badezimmertür zugezogen.

Da musste er sich aber keine Sorgen machen. Ein menschliches Bedürfnis wollte Frau Wiegehals bei uns noch nie befriedigen. Weil sie ja wusste, wie unser Flur und unsere Zimmer aussehen, hat es sie bestimmt beim Gedanken an unser Bad gegraust.

Da war es vielleicht gar nicht so gut, dass es heute so frisch nach Zitrone geduftet hat.

»Und ihr geht ins Wohnzimmer!«, hat Herr Wildeck

uns zugezischt, als es noch mal geklingelt hat, und sich sein Jackett übergeworfen. Dann hat er die Wohnungstür aufgemacht. Fee hat so ganz irre immer hin und her geguckt, aber dann hat sie ihm doch gehorcht.

»Oh!«, hat die Stimme von Frau Wiegehals gesagt. Sie hat verblüfft geklungen, ich weiß nicht, ob das wegen Herrn Wildeck war oder weil unser Flur plötzlich so anders ausgesehen hat. Und anders gerochen. »Wiegehals. Das Jugendamt.«

»Kommen Sie doch bitte herein!«, hat Herr Wildeck gesagt und Frau Wiegehals ins Wohnzimmer geführt. (Klar, wenn Kröger im Bad irgendein Geräusch gemacht hätte, hätte sie das im Flur ja sofort gehört.) »Darf ich Ihnen eine Kleinigkeit anbieten?«

Frau Wiegehals hat sich umgeguckt. So hatte sie unser Wohnzimmer natürlich noch nie gesehen. Vielleicht hat es nicht ganz so frisch gerochen wie der Flur, weil zu dem Geruch nach Zitrone ja auch noch der Geruch von Kröger gekommen ist, aber jedenfalls war es ungefähr fast wie das Wohnzimmer in einer Soap. Und auf dem Sofa haben Fee und ich ganz brav nebeneinandergesessen, und Chucky hat an der Balkontür gelehnt und sie angestarrt. Wenigstens hat er ihr nicht den Finger gezeigt.

»Oh, das sieht hier aber …«

»Ein Wasser? Einen Tee?«, hat Herr Wildeck gefragt. Wo es bei uns jetzt so sauber war, hätte sie ja glatt was nehmen können. Sie hat aber nur den Kopf geschüttelt.

»Setzen Sie sich doch bitte! Sie sind die Familienbetreuerin vom Jugendamt?«

Frau Wiegehals hat ihn angeguckt. »Und wer sind Sie?«, hat sie gefragt. Vielleicht findet das Jugendamt es nicht gut, wenn in einer Wohnung, wo die Kinder alleine sind, plötzlich fremde Männer auftauchen. Aber eigentlich hat Frau Wiegehals ja nicht gewusst, dass wir allein waren und Oma in Polen. Ich hab den Fernsehton weggedrückt.

»Wildeck!«, hat Herr Wildeck mit einer kleinen Verbeugung gesagt. »Darf ich Ihnen meine Papiere zeigen? Ich vermute, das ist ein bisschen sensibel, wenn Sie mich hier so allein mit den Kindern vorfinden.«

Na bitte, das hatte ich doch gesagt.

Er hat in seine Jackentasche gegriffen und Frau Wiegehals seinen Ausweis gegeben. »Dr. von Wildeck. Der – Lebensgefährte der Großmutter der Kinder.«

»Oh!«, hat Frau Wiegehals gesagt und zuerst auf den Ausweis und dann auf Herrn Wildeck und dann noch mal auf den Ausweis geguckt. Bestimmt hat sie verglichen, ob er auch wirklich der Mensch auf dem Foto war. »Ja, vielen Dank, Herr Doktor! Und Sie sind …?« Vielleicht hat sie überlegt, wie so eine pinke Oma und so ein höflicher Herr Wildeck zusammenpassen.

»Meine – Partnerin ist grade zum Einkaufen gegangen!«, hat er gesagt. »Es war ja praktisch nichts zu essen in der Wohnung!«

»Ich wusste gar nicht, dass die Frau Wagner …«, hat Frau Wiegehals gesagt. Es war ihr offenbar peinlich.

Herr Wildeck hat jetzt neben der Vitrine gelehnt.

»Es war ihr immer unangenehm«, hat er gesagt und gelächelt. »Da wir ja – es ist eine Beziehung ohne Trauschein, und sie war sich nicht sicher, wie Sie darauf reagieren würden. Es hätte ja sein können, dass Sie aus moralischen Gründen der Meinung gewesen wären, dass Sie ihr die Kinder dann nicht mehr hätten anvertrauen können.«

Ich hab nicht richtig begriffen, was er damit gemeint hat, aber Frau Wiegehals schon. »Oh – nein!«, hat sie gesagt. »Ganz im … Eher im Gegenteil! Ich bin sehr erleichtert …« Sie hat sich wieder umgeguckt. Geschnuppert hat sie auch. »Ich sehe, Sie haben hier erst mal für Ordnung gesorgt.«

Herr Wildeck hat geseufzt. »Muss ich dazu noch etwas sagen?«, hat er gefragt. »Die arme Tochter meiner Partnerin …«

Ich hab mich gefragt, wann es Frau Wiegehals wohl auffallen würde, dass er überhaupt keine Namen genannt hat. Nicht den von Oma und den von Mama auch nicht. Weil er die natürlich nicht wusste. Aber Frau Wiegehals war so glücklich über die schöne neue Sauberkeit, dass ihr das gar nicht aufgefallen ist.

»Ich bin wirklich sehr, sehr erleichtert!«, hat sie gesagt. »Mich hat heute Mittag die Klinik angerufen …«

Ich hab zuerst nicht begriffen, von welcher Klinik sie geredet hat, aber dann hab ich es doch kapiert. Die nette Krankenschwester hatte mich beim Amt verpetzt! Man soll netten Leuten nie trauen, sagt Oma, in Wirklichkeit sind die vielleicht nur heimtückisch.

»... sich kiloweise Fleisch in den Ranzen geschüttet hat!«, hat Frau Wiegehals gesagt. »Natürlich mussten sie mich da benachrichtigen! Aber jetzt sehe ich ja ...«

»Ja, wie ich schon erklärt habe«, hat Herr Wildeck gesagt. »Hier haben wir praktisch gar nichts zu essen vorgefunden! Vermutlich ist Jamie-Lee heute Mittag noch davon ausgegangen, dass sie sich Essen beschaffen muss, wo immer es möglich ist.« Er hat geseufzt. »Meine Lebensgefährtin war erschüttert!«, hat er dann gesagt. »Wissen Sie, die Kinder hatten uns ja immer gesagt, dass alles in Ordnung ist. Natürlich wussten wir, dass ihre Mutter ... Aber wie schlimm es wirklich war: Nein!« Er hat den Kopf geschüttelt. »Die Kinder waren ja oft bei uns, wissen Sie. Und wenn meine Lebensgefährtin hier in die Wohnung gekommen ist, ging es meistens um ihre Tochter. Da hat sie natürlich nicht in die Schränke gesehen.«

»Das verstehe ich«, hat Frau Wiegehals gesagt und ist aufgestanden. »Ja, wie gesagt, ich bin sehr erleichtert!« Das hab ich ihr glatt geglaubt. Sie hatte ja immer so viel zu tun, dass sie bestimmt froh war, wenn wenigstens in einer der Familien, um die sie sich kümmern musste, mal was geklappt hat.

»Und Sie wollen wirklich nicht warten, bis meine Lebensgefährtin wieder zurück ist?«, hat Herr Wildeck gefragt. Das hab ich schon fast dreist gefunden.

Frau Wiegehals hat mich angelächelt. »Dann weiß ich ja jetzt, dass ihr in guten Händen seid!«, hat sie gesagt.

»Klar!«, hab ich gemurmelt. Aber ich hab nicht verstanden, warum sie plötzlich so einen grüblerischen Blick gekriegt hat.

»Und deine Freundin?«, hat sie gefragt, und nun hat sie Fee angelächelt. »Ich frage mich schon die ganze Zeit, woher ich deine Freundin kenne! Betreue ich deine Familie auch? Ich weiß, ich kenne dich, aber es will mir nicht einfallen.«

Hilfe!, hab ich gedacht. Fee neben mir hat sich ganz steif gemacht.

Herr Wildeck hat Frau Wiegehals elegant den Weg zum Flur gezeigt. »Bestimmt haben Sie Katharina hier schon einmal gesehen«, hat er gesagt. Katharina, ja? Der war ja mindestens so ausgebufft wie Chucky. »Eine Klassenkameradin von Jamie-Lee. Kann ich meiner Lebensgefährtin irgendetwas von Ihnen ausrichten?«

In der Wohnzimmertür hat sich Frau Wiegehals noch einmal zu uns umgedreht und die Stirn gekraust. »Irgendwie hab ich das Gefühl …«, hat sie gesagt und Fee nachdenklich angeguckt. Dann hat sie tief eingeatmet. (Das ging bei dem Zitronenduft jetzt ja gut.) »Nein, vielen Dank, Herr Doktor. Ich bin sehr froh, dass hier im Augenblick alles so gut läuft. Grüßen Sie doch bitte Frau Wagner von mir.«

Damit hat sie natürlich Oma gemeint, nicht Mama.

»Das werde ich tun«, hat Herr Wildeck gesagt. Ich hab

ganz fest die Daumen gedrückt, dass Kröger im Bad kein Geräusch machen würde, solange die beiden auf dem Flur standen. Das hat er auch nicht. Das erste Geräusch, das ich danach gehört habe, war die Wohnungstür.

»Puuuuh!«, hab ich gerufen und Fee in die Seite geboxt. »Das war ja krass! Der lügt ja besser als Chucky und ich zusammen! Jetzt sind wir erst mal sicher!«

»Und der gefakte Ausweis, Mann, voll die Härte!«, hat Chucky gesagt. »Aber klar, Zirkus, oder? Ob die mir auch einen Führerschein besorgen können?«

Aber dann haben wir alle das Gesicht von Herrn Wildeck gesehen, als er mit Kröger zurück ins Wohnzimmer gekommen ist.

»Ich fürchte«, hat er gesagt. »Ich fürchte, jetzt muss uns ganz schnell etwas einfallen.«

22. Bei zehntausend Euro wird es gefährlich

»Kinder«, hat Herr Wildeck gesagt. »Das war jetzt gar nicht gut.«

»Gar nicht gut?«, hab ich gefragt. »Das war doch krass! Die Wiegehals ist wetten jetzt total beruhigt, die glaubt garantiert …«

»Sie hat Fee erkannt«, hat Herr Wildeck gesagt. »Und das bedeutet …«

»Sie haben doch gesagt, Fee heißt Katharina!«, hab ich gesagt. »Und dass sie mit mir in einer Klasse ist! Das hat die Ihnen geglaubt!«

Herr Wildeck hat geseufzt und sich nach der Fernbedienung umgesehen. »Fürs Erste«, hat er gesagt und auf den stummen Bildschirm geguckt. Grade kamen die

Nachrichten. Und natürlich auch wieder die pinke Fee. »*Das* da meine ich! Eben hat eure Frau Wiegehals es mir vielleicht geglaubt, aber sobald sie Fee das nächste Mal im Fernsehen sieht …«

»Pssst!«, hat Fee gerufen und ihm die Fernbedienung aus der Hand gerissen. Der Ton hat uns in den Ohren gedröhnt, bevor sie die richtige Lautstärke gefunden hatte. Grade war eine Frau ins Bild gekommen. Sie sah viel aufgeregter aus als der Mann im Anzug vorhin und ziemlich verzweifelt. Und sie war – ich sag mal: rundlich. »Mama!«, hat Fee gerufen.

»Fee, Liebes!«, hat die Frau in die Kamera gesagt. Ihre Stimme hat gezittert. »Wenn du einfach nur von zu Hause weggelaufen bist, dann komm zurück! Wir können über alles reden! Und wenn es wegen des Schwarzwaldes ist …«

»Weswegen denn sonst!«, hat Fee gerufen.

»… dann finden wir auch da sicher eine Lösung! Fee, wenn es nach mir ginge, müsstest du nicht in den Schwarzwald! Wir haben dich lieb, so wie du bist! Immer!«

Dann hat der Fernsehsprecher wieder gesagt, dass es eine Belohnung gibt für Hinweise, die zum Auffinden von Fee führen, und das waren jetzt plötzlich schon zehntausend Euro.

»Ich fass es nicht!«, hat Chucky gebrüllt.

»Das war deine Mutter?«, hab ich gefragt.

Fees Unterlippe hat gezittert, das ist ja immer ein

Zeichen. »Und warum hat sie vorher nichts gemacht?«, hat sie gerufen. »Warum hat sie mich bei der Arschgeige gelassen? Mütter müssen ihre Kinder gegen alles verteidigen, oder nicht?«

Ich hab so wild genickt wie diese chinesischen Winkekatzen mit Motor drin. Ich hab versucht, mich zu erinnern, wann Mama mich mal gegen alles verteidigt hatte, aber dafür haben wir ja Oma, da ist das anders.

»Mann!«, hat Chucky gesagt. »Jetzt sei mal vernünftig, Fee! Ich ruf jetzt an! Deine Mutter hat gesagt, du musst da nicht hin, okay? Wo du nicht hinwillst. Und unser gefälschter Zirkusdoktor hat sowieso Schiss, dass die Wiegehals dich demnächst hier aufstöbert! Dann kassiert nämlich *die* die Belohnung, findest du das gut? Findest du nicht, dass *wir* die kriegen sollten, wo wir dich hier versteckt haben und alles?«

Fee hat die Nase hochgezogen. »Das mit dem Schwarzwald sagt Mama doch nur!«, hat sie gerufen. »Mama ist doch gar nicht da! Die ist in irgendeinem Kloster oder buddhistischen Retreat auf Mallorca oder *Körper-Geist-Wellness mit Zen*, die muss sich doch finden!«

Ich hatte keine Ahnung, was sie gemeint hat. Dass die Mutter *Fee* finden musste, war ja klar, aber *sich selber* finden fand ich komisch. Man hat sich doch immer. Da muss man doch nicht suchen. Aber Fee hat schon weitergeredet.

»Und wenn ich zurück bin, dann ist sie so schnell wieder verschwunden, wie ihr nicht mit den Fingern schnipsen könnt! Dann schicken die Arschgeige und Papa mich doch in dieses Internat, und alles war umsonst!«

»*Umsonst* würde ich das nicht nennen, wenn wir dafür zehntausend Euro abkassieren«, hat Chucky nachdenklich gesagt.

Aber Fee hat wild den Kopf geschüttelt. »Nur zehntausend!«, hat sie gerufen. »Da haben die doch noch nicht richtig Angst, wenn die erst zehntausend Euro anbieten! Ich bin doch nicht nur zehntausend Euro wert!«

Ich hab kurz überlegt, was man für zehntausend Euro alles kriegen kann, da fand ich es schon ein bisschen hochnäsig, dass sie geglaubt hat, sie könnte mehr wert sein. Aber trotzdem konnten wir ja nicht einfach entscheiden, sie zu verpfeifen. Nicht gegen ihren Willen.

»Wenn Fee das nicht will, dann verpetzen wir sie auch nicht!«, hab ich streng gesagt. Ich hab nicht gesagt, vielleicht bietet ihr Vater morgen ja schon zwanzigtausend, wenn er erst mal so richtig Angst kriegt. Oder übermorgen fünfzigtausend. Dann haben wir bis ans Ende unseres Lebens ausgesorgt. Da lohnt es doch, wenn wir noch ein bisschen warten. »Fee ist ihr eigener Mensch!«

Herr Wildeck hat nachdenklich geguckt. »Natürlich, die Möglichkeit, der Polizei einen Hinweis zu geben, bleibt euch ja immer«, hat er gesagt. »Auch in den kommenden Tagen noch. Und dass Fee sich so lange bei euch aufgehalten hat …« Er hat die Achseln gezuckt. »Das muss ja niemand erfahren. Sie müsste dann eben woanders aufgefunden werden. Im Einkaufszentrum zum Beispiel. Und vielleicht erhöht ihr Vater ja die Belohnung sogar noch!«

Hatte ich das nicht gesagt? Wenn jetzt sogar Herr Wildeck der Meinung war! Aber dann hat er wieder geseufzt. »Wenn nur diese Sozialarbeiterin nicht wäre! Warum hast du dich denn nicht versteckt, Kind?«

»Sie haben doch gesagt …!«, hat Fee gerufen.

Das war natürlich wieder mal eins von diesen Missverständnissen gewesen.

»Ich fürchte wirklich …«, hat Herr Wildeck gesagt. »Ich fürchte … Und es stimmt natürlich, wenn sie begreift, wen sie hier gesehen hat, dann kriegt *sie* die Belohnung. Und wir alle ziemlichen Ärger, weil wir Fee versteckt haben.«

»Bitte!«, hat Fee gebettelt. »Die hat mich nicht erkannt! Die sagen im Fernsehen doch immer, das Besondere an mir sind die langen blonden Haare! Und meine sind schließlich schwarz!« Was ja gestimmt hat.

In diesem Augenblick hat es noch mal an der Tür geklingelt. Fee hat sich wieder ganz steif gemacht.

»Ich wusste es!«, hat Herr Wildeck gerufen. »Kröger, ins Badezimmer!« Und er hat den müden alten Jagdleoparden ins Bad geschleift.

Und ich hab auf den Türöffner gedrückt. Aber als es gesummt hat, hab ich plötzlich gedacht, wie bescheuert das war. Wir hätten abhauen sollen! Wenn jetzt Frau Wiegehals kam, um noch mal zu gucken, ob Fee wirklich

Fee war, dann hätten wir lieber durchs hintere Treppenhaus abhauen sollen. Dann hätten wir wenigstens eine Chance gehabt, die Belohnung doch noch zu kassieren. »Herr Wildeck!«, hab ich gezischt. »Nicht ins Bad! Wir müssen …«

»Hallo, Jamie-Lee?«, hat da eine Stimme durch die Sprechanlage gesagt. Es hat geknistert wie blöde, aber ich hab sie trotzdem sofort erkannt. »Ich bring dir die Hausaufgaben!«

Mein Herz hat einen Satz gemacht. Es war einfach nur Ebru.

23. Keine Gefahr

»Sie können Kröger wieder rauslassen, Herr Wildeck!«, hab ich gesagt. »Das ist nur Ebru! Die ist echt in meiner Klasse!«

Aber dann hab ich schon fast geglaubt, dass Ebru es sich vor der Haustür anders überlegt hatte und umgekehrt war, so lange hat es gedauert, bis sie endlich oben an der Wohnungstür geklingelt hat.

»Ich sterbe!«, hat Ebru gesagt und geschnauft wie ein Walross. »Der Mistfahrstuhl! Warum repariert den keiner?«

Da hab ich begriffen, dass unser Fahrstuhl schon wieder kaputt war. Kein Wunder, dass Ebru keine Luft mehr gekriegt hat, nach elf Stockwerken zu Fuß.

»Die kommen irgendwann«, hab ich gesagt. »Aber das kann dauern.« Es war ja nicht das erste Mal.

Dann hab ich Ebru reingelassen. Ich fand es gut, dass grade so ein sauberer Tag bei uns war, aber Ebru ist das nicht mal aufgefallen, jedenfalls hat sie nichts dazu gesagt. Vielleicht hat sie ja gedacht, es sieht bei uns immer so aus (bis auf das eine Mal, als sie aus Versehen da gewesen war), und da war ich froh.

»Hier, wegen Mathe!«, hat Ebru gesagt und im Flur in ihrem Ranzen gekramt. »In Mathe hat sie Hausaufgaben aufgegeben, und weil wir doch die Arbeit schreiben ...«

»Oh, ach ja, danke!«, hab ich gesagt. Die Mathearbeit hatte ich schon ganz vergessen.

Wir haben ein bisschen dumm auf dem Flur rumgestanden, und ich hab die ganze Zeit überlegt, ob ich nun sagen soll: »Komm doch ins Wohnzimmer!«, oder ob ich Ebru dann zu viel erklären muss wegen Fee und wegen Kröger. Da hat Ebru plötzlich einen komischen Laut ausgestoßen.

»Nein!«, hat sie geflüstert.

Da wusste ich es schon, und es war entschieden.

»Ach, das ist nur Kröger«, hab ich gesagt. (Vielleicht war das ein bisschen angeberisch.) »Der tut nichts!«

Dann hab ich mich erst umgedreht, und da stand Kröger tatsächlich so ganz zitterig in der Wohnzimmertür. Er sah aus, als ob er der Meinung war, dass in dieser Wohnung heute aber wirklich zu viel los war.

»Kröger?«, hat Ebru gefragt und kein bisschen beruhigt ausgesehen. »Was ist das für einer?«

»Der heißt nach so einem Mann in einem Buch«, hab ich ganz cool gesagt. »Weil er zerrissen künstlerisch-südländisch ist. Er ist ein Jagdleopard.«

»Oh!«, hat Ebru gesagt. Sie hat keinerlei Anstalten gemacht, Kröger zu streicheln. »Habt ihr den schon lange?«

Es war ja klar, dass auch Herr Wildeck sich irgendwann einmischen würde. »Jamie-Lee, deine Freundin hat sicher noch anderes zu tun«, hat er noch halb im Wohnzimmer gesagt. »Halte sie nicht auf!« Sein Blick war nicht sehr freundlich, und ich hab verstanden, dass Herr Wildeck sich Sorgen gemacht hat, weil Ebru Kröger gesehen hatte, und jetzt würde sie ihn vielleicht verpetzen.

Aber da kennt er Ebru nicht. Ebru verpetzt nicht mal Mert und Waldemar und Önder, wenn sie sich in der Pause im Klassenschrank verstecken, und dabei kann sie die drei nicht ausstehen. Aber ich bin schließlich ihre beste Freundin, da würde sie sich lieber foltern lassen, als mich zu verraten.

»Nee, Ebru hat Zeit!«, hab ich deshalb gesagt. »Hast du doch, Ebru? Die bleibt noch!« Vielleicht wollte ich ein bisschen angeben mit unserer sauberen Wohnung.

Ebru hat genickt. »Guten Tag«, hat sie höflich zu Herrn Wildeck gesagt. Dabei hat sie aber unhöflich über seine Schulter geguckt, und, schon klar!, da stand hinter ihm jetzt auch noch Fee in der Tür. »Ist das Ihre Tochter?«

Herr Wildeck hat sich umgedreht, und als er wieder zu Ebru geguckt hat, hat er den Kopf geschüttelt.

»Jamie-Lee!«, hat er gesagt. »Ich hoffe, du weißt, was du tust!«

Damit hat er natürlich gemeint, dass Ebru nun auch noch Fee gesehen hatte und Kröger und ihn, und damit hatte sie uns alle voll in der Hand. Sie konnte zur Polizei gehen und Fee verraten und die Belohnung kassieren, oder sie konnte uns sogar erpressen, wenn sie wollte. Aber ich hab ja schon gesagt, dass Ebru so was nie machen würde. Nicht bei ihrer besten Freundin. Ebru kann schweigen wie ein Grab.

»Das ist Fee!«, hab ich also zu ihr gesagt. »Hast du nicht im Fernsehen gesehen?«

Ebru hat nachdenklich geguckt und den Kopf geschüttelt. »Nee«, hat sie gesagt.

»Das Milliardärsmädchen!«, hab ich gesagt. »Die sie suchen!«

Ebru hat Fee angestarrt. »Echt?«, hat sie gesagt. »Die ist doch blond!«

Jetzt ist auch noch Chucky von hinten aufgetaucht. »Na bitte!«, hat er gerufen. »Und wenn Ebru unsere Fee nicht erkennt, hat die alte Wiegehals sie doch erst recht nicht erkannt!«

»Genau, keine Sorge, Herr Wildeck!«, hab ich gesagt. »Ebru und ich machen jetzt Hausaufgaben.«

Das hatte ich eigentlich gar nicht vorgehabt (sonst mache ich die ja auch nicht so oft, und Mathe sowieso nicht, weil ich da meistens gar nicht verstehe, was ich machen soll), aber plötzlich ist mir wieder eingefallen, dass ich ja am nächsten Tag leider zur Schule musste, damit meine Klassenlehrerin nicht wegen Schwänzen beim Jugendamt anruft; und wenn ich die Hausaufgaben hatte, war das vielleicht auch nützlich. Dass die Hausaufgaben mir bei der Mathearbeit helfen würden, hab ich aber nicht geglaubt.

Ebru ist hinter mir her ins Kinderzimmer gekommen, aber als sie an der Wohnzimmertür vorbeigegangen ist, hat sie so einen kleinen ängstlichen Bogen gemacht. Wegen Kröger.

Fee war wieder mit Herrn Wildeck vor dem Fernseher verschwunden und Chucky auch, da konnten Ebru und ich eigentlich gleich mit den schwierigen Textaufgaben loslegen. Aber natürlich wollte sie zuerst alles wissen: wer Kröger war und wieso Fee bei uns gewohnt hat und warum sie plötzlich schwarze Haare hatte.

»Mann!«, hat Ebru geflüstert. »Das ist ja wie im Film!«

Da war ich ganz stolz.

»Du musst schwören, dass du niemandem ein Sterbenswörtchen verrätst, Ebru!«, hab ich gesagt. *Sterbenswörtchen* ist ein gutes Wort, da ist *Sterben* gleich mit drin, ich hab das andere aber trotzdem noch mal gesagt. »Und wenn du uns doch verpetzt, sollst du tot umfallen und hin sein!«

Ebru hat ihre Hand zum Schwur gehoben. »Ich verpetz euch nicht!«, hat sie gesagt. »Sonst will ich tot umfallen und hin sein. Oh, der Leopard!«

Kröger war langsam über den Flur ins Kinderzimmer gehumpelt gekommen, und nun hat er an meinem Ranzen geschnuppert. Da sieht man mal, wie schlau er war! Er hatte sich also gemerkt, dass da das Fleisch mit Soße drin gewesen war, aber jetzt gab es im Ranzen ja nur noch Hefte.

»*Jagd*leopard!«, hab ich gesagt. »Und ich glaub, der hat Hunger!«

Ebru hat wieder ein bisschen ängstlich ausgesehen.

»Aber Kinder frisst der erst, wenn er noch viel hungriger ist!«, hab ich gesagt und gehofft, dass es stimmte. Kröger hat sich vor meinem Bett auf den Teppichboden fallen lassen und gegähnt. »Jetzt schläft der erst mal eine Runde!«

Ebru hat ihre Beine hoch aufs Bett gezogen. »Okay«, hat sie gesagt, aber das klang nicht sehr überzeugt. »Wollen wir jetzt Mathe machen?«

Und das haben wir getan.

24. Die Schlinge zieht sich zu, und Herr Wildeck schnarcht

Ich weiß nicht, wer sich Textaufgaben ausgedacht hat, aber ich finde, der muss unbedingt in die Hölle kommen. Ebru hat geredet und geredet, und manchmal hab ich ein bisschen verstanden, was sie erklärt hat, aber meistens hätte sie genauso gut Chinesisch reden können. Oder Türkisch. (Haha, Scherz!)

Und grade als wir die letzte Aufgabe angefangen haben (die war was mit Geld und Kaugummi, ich weiß nicht, wer auf so was kommt), hat plötzlich Fee in der Kinderzimmertür gestanden und ganz panisch ausgesehen. »Jetzt sind wir verloren!«, hat sie geflüstert und die Tür hinter sich zugezogen. Bei dem *Klack!* hat Kröger ganz erschrocken die Augen aufgerissen. Bestimmt war er sauer, dass er in dieser Wohnung nicht mal einen Augenblick in Ruhe schlafen konnte.

»Sie haben das vom Haarfärbemittel gesagt!«

Die Tür ist schon wieder aufgegangen, und jetzt hat Chucky sich neben Ebru auf mein Bett geschmissen. (Ebru ist zur Seite gerückt.) »Meine Fresse!«, hat er gesagt.

Fee hat die Tür wieder mit einem *Klack!* zugezogen, und Kröger hat eindeutig ein bisschen verärgert ausgesehen.

So viele Leute sind in unserem Kinderzimmer, glaube ich, noch nie gewesen. Ich und Chucky und Ebru und Fee und Kröger. Dafür ist es aber nicht gemacht. Dass wir da alle reingepasst haben, war ein totales Wunder.

»*Was* haben sie gesagt?«, hab ich gefragt.

Da hat Fee mit so einer ganz erschrockenen Stimme erklärt, dass sie in den Nachrichten wieder ihr Bild gezeigt haben, und dann hat der Sprecher gesagt, dass eine Befragung in der Umgebung des Ortes, wo sie verschwunden war (das war ja der Schotterplatz), ergeben hat, dass in einem nahe gelegenen Supermarkt ein Mädchen in Fees Alter aufgefallen war, das stundenlang vor dem Regal mit Haarfärbemittel gestanden hatte. Eine Verkäuferin hatte das beobachtet, sie hatte nämlich geglaubt, das Mädchen wollte klauen.

»Ich etwa?«, hab ich ganz empört gefragt. »Meinen die mich?«

Dann hatte das Mädchen aber erklärt, dass es ein *aus-*

waschbares Mittel gesucht hat, und das hatte es dann auch ordnungsgemäß bezahlt.

»Und dann haben sie von mir wieder dieses grässliche Foto gezeigt!«, hat Fee geflüstert. »Aber jetzt mit *schwarzen* Haaren! Und sie haben gesagt, so oder ähnlich könnte ich jetzt aussehen, und wenn jemand …«

»Meine Fresse!«, hat Chucky wieder gesagt. Aber es hat nicht geklungen, als ob er Angst hätte. Mehr so begeistert.

»Und Herr Wildeck?«, hab ich gefragt. »Was sagt der?«

»Der schnarcht!«, hat Chucky gesagt. Er hat mit seinem Handy direkt auf Fee gezielt, die mit einem ganz panischen Gesicht an der Wand gelehnt und versucht hat, nicht auf Kröger zu treten. Krögers Gesicht war fast genauso panisch. »Wildeck hat gelesen, und dann – *boing!* – eingeschlafen!«

Ich hab gedacht, dass ich das verstehen kann. Er hätte lieber fernsehen sollen. Das wäre nicht so langweilig gewesen, da müsste er jetzt vielleicht nicht schnarchen. Aber für uns war es natürlich gut. Sonst hätte Herr Wildeck doch hundertpro schon wieder gejammert, dass Frau Wiegehals sich jetzt bestimmt an Fee erinnert, und dann holt sie sich die Belohnung, und dann fliegen wir alle auf.

So ganz falsch war das ja auch nicht.

»Ich bin gleich wieder zurück!«, hat Chucky gesagt und weiter auf sein Handy geguckt. »Wehe, ihr rührt euch vom Fleck, bevor ich wieder da bin!« Dann ist er aus dem Zimmer gegangen, und gleich danach hab ich die Wohnungstür gehört.

Und ich dumme Pute hab gedacht, irgendwer hätte ihn angesimst, und jetzt wollte er den kurz treffen, das macht er ja immer. Manche Leute sind eben sogar zu blöde, um eins und eins zusammenzuzählen. Zum Beispiel ich. Das ist wirklich peinlich. Aber wenn man den Kopf grade voll hat mit schwierigen Textaufgaben, dann ist da nicht auch noch Platz für andere Gedanken, selbst wenn die eigentlich viel wichtiger sind.

Ich hab doch gesagt, der Textaufgaben-Erfinder soll in der Hölle schmoren.

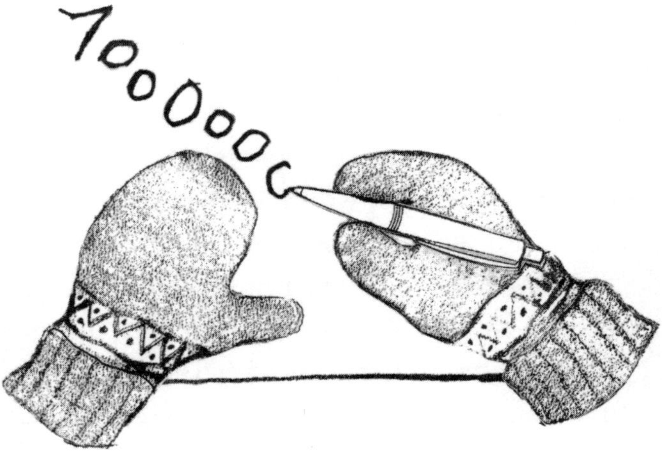

25. So macht man eine echte Entführung

Ebru und ich haben also weiter Mathe gemacht, und Fee hat geheult, und Kröger hat endlich geschnarcht und Herr Wildeck im Wohnzimmer wahrscheinlich auch immer noch.

»Hast du das jetzt verstanden?«, hat Ebru gefragt. Irgendwie fand ich es ein bisschen komisch, dass wir hier so ganz normal für die Arbeit gelernt haben, und dabei war alles eigentlich überhaupt nicht normal. Aber genau darum durfte ich morgen in der Schule ja nicht auffallen.

Und grade als ich mir ganz sicher war, dass ich diese Textaufgaben auch in hundert Jahren nicht kapieren würde und dass wir deshalb genauso gut aufhören konnten damit, ist wieder die Wohnungstür gegangen. Gleich danach hat Chucky im Kinderzimmer gestanden. (Beim Reinkommen war er Kröger leider auf den Schwanz getreten. Da ist Kröger mit einem Schlag wach gewesen.)

»Tadaaa!«, hat Chucky trotzdem wieder gerufen und etwas in der Hand geschwenkt. »Was sagt ihr jetzt?«

Ganz klar wollte er wieder bewundert werden.

Das Etwas war ein Foto, und auf dem war Fee zu sehen mit ihrem panischen Gesicht, und vor ihr lag Kröger auf dem Teppich und hat auch nicht grade begeistert geguckt.

»Kind von Jagdleopard bedroht!«, hat Chucky gesagt. »Oder? Oder? Sieht das nicht so aus, als ob der sie gleich fressen will?«

»Was soll das, Chucky?«, hab ich gefragt. Ich hab mir jetzt echt Sorgen gemacht. Er hatte vorhin also gar nicht auf sein Handy geguckt, weil er eine SMS gekriegt hatte, und er war auch nicht weggegangen, um sich danach mit einem Kumpel zu treffen. In Wirklichkeit hatte er ein Foto von Fee und Kröger gemacht und hatte es im Dromarkt im Einkaufszentrum von der Karte ausgedruckt. »Bist du bescheuert?«

»Wer hier wohl bescheuert ist!«, hat Chucky gesagt. »Tja!« Natürlich ist er jetzt wieder so auf den Ballen gewippt mit den Daumen in den Gürtelschlaufen. Das Foto lag auf dem Bett. Fee hat darauf wirklich so panisch ausgesehen, als hätte Kröger schon an ihren Zehen geknabbert. »Habt ihr das nicht gecheckt? Wenn der Alte das im Fernsehen sieht ...«

»Herr Wildeck?«, hab ich gefragt, und: »... Mit den schwarzen Haaren?«, hat Ebru gefragt. Allmählich hat sie auch alles begriffen.

»... dann sagt der, jetzt haben wir garantiert die Wiegehals im Nacken ...«

Fee hat ihn angestarrt. »... die weiß jetzt endgültig, dass das Mädchen keine Katharina war, und die holt sich dann die Belohnung?«, hat sie gesagt. »Und darum willst *du* sie dir holen, bevor sie das kann? Du willst mich verraten? Und das Foto ist der Beweis, dass du wirklich weißt, wo ich bin?«

Aber irgendwie hab ich gleich eine Ahnung gehabt, dass Chucky das nicht wollte. Es hat nicht gepasst. Warum wäre er dann zu uns zurückgekommen, wo er doch wusste, dass wir dagegen waren? Und warum hatte er das Foto dann nicht gleich vom Handy aus weggeschickt an die Polizei? Dafür konnte es nur einen einzigen Grund geben: Er wollte nicht, dass man das Foto zu ihm zurückverfolgen konnte. Und das machte ja nun gar keinen Sinn, wenn er hinterher sowieso die Belohnung kassieren wollte.

Chucky hat sich an die Stirn getippt. »Zehntausend Euro!«, hat er gesagt. »Du hast doch selbst gesagt, da ist noch mehr drin! Nee, nee, nee, gute Fee, die sollen mal *richtig* für dich blechen!«

Und da hab ich begriffen. Wozu sonst druckt man denn ein Foto so ganz altmodisch aus?

»Wie viel bist du denen wert?«, hat Chucky gefragt.

»Labberige zehntausend bietet dein Vater doch jetzt nur, weil er immer noch glaubt, dass du einfach abgehauen bist.«

»Bin ich ja auch!«, hat Fee gesagt.

»Aber wenn er glaubt, dass du *entführt* worden bist?«, hat Chucky gefragt und nach dem Foto gegriffen. Dann hat er damit in der Luft herumgewedelt. »Bist du dann nicht krass viel mehr wert? Was, glaubst du, würde dein Dad den Entführern für dich zahlen?«

»Da macht Herr Wildeck niemals mit!«, hab ich gesagt.

Chucky hat abgewinkt. »Der kriegt das doch gar nicht mit!«, hat er gesagt. »Wir schreiben jetzt einen Erpresserbrief an Fees Vater und tun das Foto dazu ...«

Auf einmal haben Fees Augen geblitzt. »Dann kriegen die endlich *richtig* Angst!«, hat sie gerufen. »Oh, gut, Baron Chuck! Wenn sie glauben, irgendwer hat mich echt entführt! Und wenn sie mich dann zurückhaben, vergisst vielleicht sogar die Arschgeige den Schwarzwald!«

»Wie viel?«, hat Chucky gefragt. »Hunderttausend?«

»Eine Million mindestens!«, hat Fee empört gesagt. »Glaubst du, ich bin so billig?«

Dann haben wir zu Ebru gesagt, *sie* muss den Brief schreiben, sie hat die schönste Schrift. Es ist natürlich besser, wenn man einen Erpresserbrief aus lauter kleinen Wörtern zusammenklebt, die man aus einer Zeitung ausschneidet, das weiß ich aus dem Fernsehen; aber erstens haben wir keine Zeitung, nur immer Werbeprospekte, und da stehen ja längst nicht alle Wörter drin. Und ich hab außerdem auch nicht geglaubt, dass wir irgendwo Klebe haben, um die Wörter alle auf ein Blatt zu kleben.

Zuerst wollte Ebru nicht. Sie hat gesagt, eine Entführung ist ein Verbrechen, und bei so was macht sie nicht mit. Und sogar, als ich gesagt hab: »Was ist denn das für ein bescheuerter Blödsinn, erst die Welt retten wollen, und dann rettest du noch nicht mal deine Freunde?«, hat sie immer noch den Kopf geschüttelt und dabei auf ihre Füße geguckt.

»Nee«, hat Ebru gemurmelt.

»Aber es ist doch gar kein Verbrechen, Ebru!«, hat Fee gesagt. »Ich entführ mich doch sozusagen selbst! Da hat niemand ein Verbrechen begangen! Das sollen die nur *denken*!«

Ebru hat hochgeguckt. »Ja?«, hat sie gemurmelt.

»Ja!«, hat Chucky gesagt und alle Schubladen von unserer Kommode aufgerissen. »Mist! Gibt es hier keine Handschuhe?«

»Wozu das denn?«, hab ich gefragt. Aber dann wusste ich es schon. Man darf ja keine Fingerabdrücke hinterlassen. Schon gar nicht auf einem Erpresserbrief.

»Da, Fausthandschuhe!«, hat Chucky gesagt und sie Ebru rübergeschmissen. »Kriegst du das hin? Wenn die Schrift ein bisschen krakelig wird, ist das auch gut! Da erkennen sie die nie!«

Dann hätte natürlich eigentlich gar nicht Ebru schreiben müssen mit ihrer schönen Schrift, krakelig kann ich selber. Aber meine Rechtschreibung ist auch nicht so gut.

»Also!«, hat Chucky gesagt. »Schreib mal: *Wir haben Ihre Tochter! Beweis: siehe Foto. Wenn Sie sie wiederhaben wollen …*«

»Nee, *wenn Sie sie jemals lebend wiedersehen wollen*!«, hat Fee gerufen. Sie wollte sich wirklich richtig gerne selbst entführen. »Das klingt gefährlicher!«

»Hast du?«, hat Chucky Ebru gefragt. *»Dann informieren Sie nicht die Polizei! Übergeben Sie das Lösegeld von einer Million Euro …«*

»Wie viele Nullen sind das?«, hat Ebru gefragt.

»Sechs«, hat Chucky gesagt. Ohne zu zögern. Wenn er glaubt, er kriegt Kohle, kennt er sich aus. »Mist! Das müssen wir ja erst noch überlegen! Wo sollen die das Cash überhaupt hinbringen, wo wir nicht erwischt werden, wenn wir es abholen? So eine verd* Sch*!« (Die letzten beiden Wörter schreibe ich jetzt mal nicht, aber ich konnte gut verstehen, dass Chucky sie gesagt hat. Es war ja auch wirklich blöd.)

»Das stimmt!«, hat Fee gesagt. Plötzlich sah sie nicht mehr so begeistert aus. »Wenn die das Lösegeld irgendwohin bringen, wo wir gesagt haben, dann verstecken sie sich doch hinterher selbst da und warten, wer es abholt, und folgen dem …«

»Oder schnappen sich den!«, hat Chucky gesagt. Die beiden haben geklungen wie echte Entführungsexperten. Aber eine Lösung wussten sie trotzdem nicht.

»Und wo soll ich den Zettel überhaupt hinbringen?«, hat Ebru gefragt. »Und das Foto?«

Aber im Augenblick sah es ja grade so aus, als ob sie den Zettel nirgendwohin bringen sollte. Wenn uns nicht noch ganz schnell einfiel, wo das Geld versteckt werden sollte.

Und das tat es nicht. Stattdessen ist die Zimmertür mit so einem Schwung aufgeflogen, dass Kröger wieder mal hochgeschreckt ist.

»Kinder!«, hat Herr Wildeck gerufen. (Er war ja der Einzige, der sich bisher noch nicht ins Kinderzimmer gequetscht hatte.) »Jetzt ist es passiert! Sie zeigen Fee im Fernsehen mit schwarzen Haaren! Jetzt ist es nur noch eine Frage der Zeit, bis eure Jugendamtsbetreuerin das Bild sieht und sich erinnert! Fee, wenn wir alle keinen fürchterlichen Ärger kriegen wollen, musst du dich bei deinen Eltern melden!«

So hatte es ja kommen müssen. Egal, wie langweilig ein Buch ist, irgendwann wacht man danach wieder auf.

Ich hab gesehen, dass Fee überlegt hat, ob sie Herrn Wildeck vielleicht jetzt das von der Entführung erzählen sollte, aber man musste schon ein ziemlicher Idiot sein, um zu glauben, dass er dabei mitmachen würde.

Das hat Ebru auch kapiert. Jedenfalls hat sie blitzschnell nach dem Foto auf der Bettdecke gegriffen. Dann hat sie den Zettel zusammengefaltet und das Foto darin verschwinden lassen, bevor sie beides in ihrer Jackentasche versenkt hat.

Aber Herr Wildeck hat sie angestarrt. »Wozu trägst du denn Handschuhe?«, hat er gefragt. »Im Zimmer? Mitten im Sommer?«

Fee hat ihn so panisch angeguckt wie das Kaninchen die Schlange. Ganz starr.

»Sie hat eine Allergie!«, hab ich darum gesagt. »Hautausschlag! Das ist ihr peinlich! Als ob das jetzt wichtig wäre!« Dabei hab ich versucht, Herrn Wildeck aus dem Kinderzimmer zu drängen. Er ist aber schon von selbst gegangen. Es war ihm bestimmt zu eng.

»Ja, als ob das jetzt wichtig wäre«, hat er gemurmelt. (Da hat er sich enorm getäuscht, das haben wir alle. Aber wir konnten es natürlich noch nicht wissen.) »Natürlich wird die Polizei hier demnächst auftauchen! Es ist besser, wenn eure kleine Freundin sich jetzt ganz schnell selbst bei ihren Eltern meldet. Wenn sie erst mit der Polizei aus der Wohnung geholt werden muss, heißt es womöglich noch, wir hätten sie entführt. Jedenfalls kriegen wir dann alle Ärger, weil wir sie versteckt haben!« Er hat Kröger angeguckt, der mühsam auf den Flur gehumpelt gekommen ist. »Und dich finden sie auch, mein alter Freund!«, hat er gesagt und Kröger ganz leicht die Hand auf den Kopf gelegt. »Und dann …«

In diesem Moment hat es an der Tür geklingelt.

»Mein Gott!«, hat Herr Wildeck gestöhnt. »So schnell!«

Und weil Ebru schon bei uns war und Oma in Polen, ist mir auch niemand anders eingefallen, der bei uns klingeln konnte, als die Polizei oder Frau Wiegehals.

26. Ein erstaunliches Auto und Magen-Darm

»Nicht auf den Knopf drücken!«, hat Chucky gebrüllt. »Sie braucht nicht zu wissen, dass wir hier sind!« Er hat die Wohnungstür aufgemacht. »Alle raus! Über die Feuertreppe!« Dann war er schon auf dem Weg.

Ich hab ihn noch an der Schulter zu fassen gekriegt. »Chucky!«, hab ich gesagt. »Die Haustür unten ist doch offen! Oder irgendwer lässt die Wiegehals trotzdem ins Haus. Und dann kommt sie hoch …«

»Elf Stockwerke!«, hat Chucky gesagt und sich an die Stirn getippt. Den kaputten Fahrstuhl hatte ich ganz vergessen. »Die braucht drei Jahre!« Er hat sich nach Ebru umgeguckt, und dabei hat er die ganze Zeit gehorcht, ob unten die Haustür aufgeht. Wenn sie nicht sowieso nur angelehnt ist, klingeln die Leute, die ins Haus wollen, einfach überall und sagen, sie sind die Post, und dann drückt irgendwer bestimmt den Türsummer. »Ebru, du gehst die normale Treppe runter und hältst die Wiegehals unterwegs auf! Wir gehen durch den Notausgang hinten! Wir hauen mit dem Auto ab!«

»Was?«, hat Ebru gefragt.

»Wenn sie weg ist, kommst du zum Parkdeck!«, hat Chucky gezischt. »Und sagst uns, was sie gemacht hat!«

Unsere Klingel hat immer noch geklingelt, das war schlecht, weil es bedeutet hat, dass Frau Wiegehals nicht aufgeben wollte und noch da war und nicht einfach umgekehrt ist. Also war es ihr wichtig.

»Wieso Parkdeck?«, hat Herr Wildeck gefragt. »Was sollen wir denn ...«

»Wollen Sie, dass die Ihren Tiger finden?«, hat Chucky gesagt. »Viel Glück, Ebru! Bis gleich!«

Dann hat er die Feuerschutztür aufgemacht, und Ebru ist als Einzige in Richtung Fahrstuhl verschwunden, wo die Haupttreppe war. Sie hat sich noch einmal umgedreht und gewinkt. »Handschuhe aus!«, hab ich gezischt. Wenn alles ganz normal wirken sollte, durfte Frau Wiegehals sich nicht über Ebrus Fausthandschuhe wundern.

Im Nottreppenhaus war es eng, und irgendwie hat es auch komisch gerochen.

»Das ist zu viel für Kröger«, hat Herr Wildeck geflüstert, als wir so ungefähr an der Feuerschutztür im Neunten waren. »Er schafft es nicht bis unten.«

Das war die heilige Wahrheit. Kröger hat ausgesehen, als ob er spätestens im Siebten einen Herzschlag kriegen würde.

Aber hatte ich schon mal gesagt, was für einen tollen Bruder ich habe? Eigentlich war Chucky ja als Erster gegangen, aber jetzt ist er noch mal zurückgeflitzt gekommen und hat sich an uns vorbeigequetscht. Dann hat er Kröger hochgehoben, als wäre das nichts.

»Na bitte, geht doch!«, hat er triumphierend gesagt und ist vorsichtig wieder nach unten gegangen. Langsamer diesmal. »Wozu macht man Bodybuilding? Muckis, Leute, Muckis!« Aber ich hab trotzdem gehört, dass er ein bisschen geschnauft hat.

Als wir im zweiten Stock bei der Feuerschutztür für das Parkdeck angekommen waren, hat Chucky Kröger wieder abgesetzt und in seiner Hosentasche gekramt. Dann hat er mit dem Schlüsselbund geklingelt.

»Hereinspaziert!«, hat er gesagt. »War das jetzt gut von mir, dass ich den Schlitten besorgt hab? Oder? Oder?«

Herr Wildeck war ein bisschen aus der Puste, er ist ja schon alt. Er hat sich auf dem fast leeren Parkdeck umgeguckt, wo Chucky stolz auf ein Auto gezeigt hat, bei dem mir der Atem gestockt hat. Und bestimmt nicht, weil es ausgesehen hat wie das Auto von einem Millionär.

Es war ein Lieferwagen, so ein ganz alter, die heißen Bulli. Vorne sind die ganz platt und sonst eigentlich nur wie ein Kasten. Und er war so bunt, wie ich noch nie im Leben ein Auto gesehen habe. Nicht nur vom Rost (davon aber natürlich auch!), sondern weil jemand Blumen draufgemalt hatte und Schlingpflanzen und ein *Peace*-Zeichen (das kenn ich).

»Meine Güte!«, hat Fee geflüstert.

»Tja«, hat Chucky gesagt und gegrinst. Dass er dabei wieder auf den Ballen gewippt ist, brauche ich wohl schon gar nicht mehr zu erzählen. Logisch war er stolz. Dabei hatte ich keine Ahnung, worauf man bei dieser rostigen Karre wohl stolz sein durfte.

»Das ist es?«, hat Herr Wildeck gefragt. Er hat ausgesehen, als ob er es nicht glauben konnte.

»Ich hab doch gesagt, das gehört dem Dichter!«, hat Chucky gesagt. »Die spinnen doch öfter, oder?« Dabei hat er mit der flachen Hand so eine Bewegung vor seinem Gesicht gemacht, als ob er eine Scheibe wischen wollte, das bedeutet ja *ballaballa*.

»Der Geisteszustand des Besitzers interessiert mich jetzt überhaupt nicht«, hat Herr Wildeck gesagt und ist um das Auto herumgegangen. »Mich interessiert, dass wir mit diesem Wagen auffallen wie ein bunter Hund.«

»Ein bunter Jagdleopard?«, hab ich gesagt, aber niemand hat gelacht.

»Das ist doch egal, Herr Wildeck!«, hat Fee gerufen und ist schon auf den Beifahrersitz geklettert. »In dem Auto sucht uns doch keiner, uns suchen sie in der Wohnung! Dass wir das Auto haben, weiß die Polizei doch nicht! Da sind wir sicher!« Sie hat gelächelt. »Kröger auch!«

»Und dass wir in so einer auffälligen Karre abhauen, glaubt erst recht niemand!«, hab ich gesagt. Ich hab zur Tür geguckt, weil ich dachte, langsam könnte Ebru aber auch mal auftauchen. »Nee, Herr Wildeck, da sind wir sicher!«

»Haben wir eine Wahl?«, hat Herr Wildeck gemurmelt und hat mit den Fingerknöcheln gegen die Seiten vom Bus geklopft. Man konnte den Rost richtig rieseln hören. »Du gehst dann bitte nach hinten, Fee, wo man dich von außen nicht sieht. Und Kröger bitte auch. Ja, danke, Baron Chuck, hilf ihm mal hoch.«

Dann wollte er sich auf den Beifahrersitz setzen, den hatte Fee jetzt ja geräumt. Aber Chucky war schon neben ihm.

»Nee, nee, nee, *Sie* fahren!«, hat er gesagt und den Schlüssel ins Zündschloss gesteckt. »Wenn wir nicht auffallen wollen, dann ist das ja wohl das Mindeste!«

Jetzt hat Herr Wildeck gradezu panisch ausgesehen. »Ich bin seit Jahrzehnten nicht ...«, hat er gemurmelt. »Ich hab gar keinen Führerschein mehr.«

»Na und?«, hat Chucky gesagt. »Ich auch nicht!«

Dann haben sie einander angestarrt, aber ich hab schon gewusst, dass Chucky siegen würde. Kann ja sein, dass Herr Wildeck eigentlich klüger ist, aber jetzt hatte trotzdem Chucky recht.

Und bevor die beiden sich noch weiter streiten konnten, kam Ebru die Auffahrt hochgehechelt.

»Sie ist weg!«, hat Ebru gerufen. »Ich hab sie ausgetrickst!« Dann ist sie vor der offenen Hecktür stehen geblieben.

Das hat natürlich eigentlich gar nicht zu Ebru gepasst, weil sie doch immer so schrecklich ehrlich ist und nicht lügen will, aber jetzt hat sie bestimmt begriffen, dass sie heute ausnahmsweise mit der Lügerei eine gute Tat getan hat.

»Sie war schon im Fünften!«, hat Ebru gesagt. »Als ich sie getroffen hab! Und sie hat ganz fürchterlich geschnauft und die Hände auf die Knie gestützt«, Ebru hat es vorgemacht, »und ich wäre fast nicht an ihr vorbeigekommen!«

»Ja?«, hab ich gefragt.

»Und ich hab gesagt: ›Das ist ja so ein Mist mit dem Fahrstuhl, oder? Ich hab mir den Fuß verknackst, und jetzt muss ich trotzdem den ganzen Weg vom Elften zu Fuß runtergehen!‹«

Ich hab nicht gleich begriffen, was das sollte.

»Und sie hat gesagt: ›Vom Elften? (Schnauf, schnauf.) Kommst du etwa grade (schnauf, schnauf) von Leslie Wagner? (Schnauf, schnauf!) Bist du eine Freundin?‹«

Ich hab gekichert.

»Und ich hab gesagt: ›*Jamie-Lee* Wagner, ja genau! Wir haben zusammen gelernt, Katharina und Jamie-Lee und ich! Wir schreiben doch morgen eine Mathearbeit!‹«

»Katharina!«, hab ich gesagt. »Yes!« Ebru ist wirklich schlau.

»Und sie hat gesagt: ›Katharina? (Doppelschnauf.) Ist

die immer noch oben?‹ Und ich hab gesagt: ›Nee, der Freund von Jamie-Lees Oma bringt sie schnell mit Jamie-Lee nach Hause, damit sie keinen Ärger kriegt! Katharina sollte eigentlich schon längst zu Hause sein, aber wir haben nicht auf die Uhr geguckt!‹«

»Und?«, hab ich gefragt. Jetzt kam es drauf an.

»Und sie hat gesagt: ›Kennst du diese Katharina denn?‹ Und ich hab gesagt: ›Wie, ob ich die kenn? Die ist doch in meiner Klasse!‹« Ebru hat ausgesehen, als ob sie glaubt, gleich kriegt sie einen Orden. »Und sie hat gesagt: ›Ach, wirklich? Und die ist jetzt also nicht mehr oben?‹«

Chucky hat ein Kaugummi lang gezogen. »Du bist krass, Ebru, weißt du das?«, hat er gesagt.

»Und ich hab gesagt: ›Nee, die bringen sie doch grade nach Hause, hab ich doch gesagt! Da ist niemand mehr!‹ Und dann hab ich gesagt: ›Ist doch gut, dass Sie mich getroffen haben, oder? Jetzt müssen Sie gar nicht mehr ganz hoch!‹«

»Ja?«, hab ich gefragt.

»Und sie hat gesagt: ›Noch sechs Stockwerke! (Schnauf, schnauf.) Oh, du meine Güte!‹ Und ich hab gesagt: ›Na ja, aber da ist ja sowieso keiner mehr!‹ Und sie hat noch mal gefragt: ›Und diese Katharina ist wirklich in eurer Klasse?‹ Und ich hab gesagt: ›Ich schwöre!‹«

»Mit Schwurfinger?«, hab ich gefragt. Das konnte ich bei Ebru nun doch nicht glauben.

»Sie hat nicht gesehen, dass ich mit der anderen Hand

abgeleitet hab«, hat Ebru gesagt. »Jetzt glaubt sie bestimmt nicht mehr, dass Fee Fee ist.«

Ich bin ihr um den Hals gefallen. »Ebru, du bist so toll!«, hab ich gesagt. »Ebru, ich liebe dich!«

»Ja, okay, küsst euch gerne!«, hat Chucky gesagt. »Aber nicht zu lange, okay? Wir müssen los.«

In diesem Augenblick hat sein Handy geklingelt. Chucky hat aufs Display geguckt. »Oma!«, hat er gesagt.

Ich hab ihm das Handy aus der Hand geschnappt.

»Oma!«, hab ich gesagt. »Ist irgendwas los?«

Oma hat ein bisschen müder geklungen als am Morgen. »Alles gut, Schatzi, alles gut!«, hat sie gesagt. »Und bei euch? Sitzt euch das Amt im Nacken?«

Ich hab gedacht, dass es keinen Grund gab, sie zu stressen. Aber falls Frau Wiegehals sich bei ihr melden würde, musste sie wenigstens das eine oder andere wissen.

»Nee, alles klasse!«, hab ich gesagt. »Oma, kannst du dir das merken? Frau Wiegehals glaubt, dass du einen Freund hast, der Wildeck heißt …«

»Doktor von Wildeck!«, hat Chucky dazwischengerufen und gelacht.

»Genau, Dr. von Wildeck, von dem ist sie ganz begeistert! Und ich hab eine Klassenkameradin, die heißt Katharina, okay? Die kommt manchmal zu uns zum Lernen, okay? Kannst du dir das merken?« Bei alten Leuten klappt das ja nicht immer.

»Schatzi?«, hat Oma gefragt. »Was bedeutet das? Muss ich mir Sorgen machen?«

»Nee, grade nicht! Erklär ich dir alles, wenn du zurück bist, Oma«, hab ich gesagt. »Wir haben einfach nur die Wiegehals ausgetrickst! Wolltest du was Besonderes?«

»Ich wollte dich nur erinnern, dass du morgen unbedingt wieder zur Schule gehen musst!«, hat Oma gesagt. »Damit deine Lehrerin nicht das Amt anruft!«

Ich hab Herrn Wildeck angestarrt. Natürlich! Das hatten wir ganz vergessen! Wenn ich nun morgen nicht in der Schule war und wenn Frau Wiegehals das rauskriegte, würde sie dann nicht doch noch anfangen, sich zu wundern? Ein Glück, dass Oma noch mal angerufen hatte. Ich hab doch gesagt, sie passt immer auf uns auf.

»Nee, klar, mach ich alles«, hab ich gesagt. »Und Chucky auch! Noch viel Spaß in Polen, Oma!«

Dann hab ich aufgelegt.

»Sie müssen uns Entschuldigungszettel schreiben, Herr Wildeck!«, hab ich gesagt. »Für mich und Chucky. Und Ebru nimmt die morgen mit zur Schule. Wir haben Magen-Darm.«

27. Bereit für unser kleines Abenteuer

Zum Glück hatte Ebru ja ihre Schultasche dabei, da hatten wir Papier und auch Stifte. Herr Wildeck hat ein bisschen geseufzt und gesagt, herrje, wenn er geahnt hätte, wo er sich da reinreitet, dann wäre er mit Kröger vielleicht doch lieber vor der Kirche sitzen geblieben. Aber ich glaube nicht, dass er das ernst gemeint hat. Und Kröger hatte sich auch schon so ganz gemütlich auf der Busrückbank ausgestreckt, dass ich wusste: Fee und ich passen da nicht auch noch hin.

»Hier!«, hat Herr Wildeck gesagt und mir den Zettel gegeben.

Wegen eines Infektes des Magen-Darm-Traktes muss Jamie-Lee heute und evtl. auch in den kommenden Ta-

gen im Hause bleiben, hatte er geschrieben. *Mit freundlichem Gruß, Dr. v. Wildeck.*

»Was heißt *evtl.*?«, hab ich gefragt.

»Eventuell«, hat Herr Wildeck gesagt. »Das bedeutet *vielleicht.*«

Ich hab gut gefunden, dass ich evtl. zu Hause bleiben musste. Und wo die Unterschrift unter der Entschuldigung von einem echten Doktor kam (haha, Scherz!, aber meine Klassenlehrerin hat es bestimmt geglaubt), sah es noch viel echter aus.

»Das geb ich Frau Schulz morgen«, hat Ebru gesagt. »Soll ich ihr auch noch was erzählen? Wie schlecht es dir geht?«

»Immer!«, hab ich gesagt. »Und Kamil muss das auch. Wegen Chucky.«

Chuckys Entschuldigung war jetzt auch fertig, und es stand haargenau das Gleiche drin wie in meiner. Bis auf den Namen.

»Mann!«, hat Chucky gesagt. »Da ruft die Schule doch erst recht das Amt an! Wenn sie von mir eine Entschuldigung kriegt, Mann!«

»Umso besser!«, hat Fee streng gesagt. »Wenn die Frau Wiegehals sieht, dass die von Dr. von Wildeck unterschrieben ist, glaubt sie doch gleich, alles ist in Ordnung.«

»Eure kleine Freundin hat recht, Baron Chuck«, hat Herr Wildeck gesagt. »Da, Eva, mein Kind. Alles Gute.«

»Ebru!«, haben Ebru und ich gleichzeitig gesagt.

Aber Herr Wildeck hat sich schon über das Armaturenbrett gebeugt. »Wenn dieses Auto einen Vorteil hat, dann den«, hat er gesagt und den Schlüssel im Schloss gedreht. »Es stammt aus der Zeit, als ich selbst noch gefahren bin. Alles ganz vertraut.« Der Motor ist angesprungen.

»Na eben«, hat Chucky zufrieden gesagt und sich auf den Beifahrersitz geschmissen.

Fee und ich haben uns angeguckt. Auf der Rückbank hat Kröger geschnarcht, und man soll alte und kranke Leute ja nicht von ihrem Platz verscheuchen, nur damit man selbst es gemütlicher hat. Darum haben wir uns auf die Ladefläche gesetzt. Ein bisschen Kram lag da schon rum, aber für zwei Mädchen war trotzdem noch genug Platz, auch wenn eins davon ein dickes Kind war. (Haha, Scherz.) Es gab sogar eine Wolldecke, die haben wir hingelegt zum Draufsitzen, aber besonders bequem war der Metallboden trotzdem nicht.

Der Wagen ist mit einem so wilden Satz angefahren, dass ich mit dem Kopf gegen die Hecktür gedonnert bin.

»Mann!«, hab ich gebrüllt. »Mann, Herr Wildeck!«

»Ich hatte euch gesagt, dass ich schon sehr lange nicht mehr gefahren bin«, hat Herr Wildeck von vorne gemurmelt. Seine Stirn ist fast gegen die Frontscheibe gestoßen, so weit hat er sich vorgebeugt. Daran konnte man ja sehen, dass er sich doll konzentrieren musste. »Ich hoffe, es stört euch nicht, wenn ich hier erst mal ein paar Runden drehe, um wieder ein Gefühl dafür zu bekommen.«

Und das hat er gemacht. Er ist immer im Kreis über das ganze Parkdeck gefahren, zuerst im Schneckentempo und dann immer schneller, und wenn die Ausfahrt kam, hat er sie einfach links liegen lassen. Allmählich war seine Stirn nicht mehr so dicht an der Frontscheibe, und er hat seine Schultern sacken lassen.

»Alle bereit?«, hat er nach hinten gerufen. »Bereit für unser kleines Abenteuer?«

Seine Stimme hat plötzlich richtig vergnügt geklungen.

»Immer!«, hat Chucky für uns alle gesagt, und dann ist es losgegangen.

Wenn man in einem Wagen hinten auf der Ladefläche sitzt, sind die Fenster so hoch, dass man nicht nach draußen gucken kann, das ist der Nachteil. Fee und ich haben nur gespürt, wenn der Wagen in eine Kurve gegangen ist oder gebremst hat, das war manchmal so scharf, dass wir fast durch die Gegend geflogen sind. Und vorne hat Chucky dauernd »Alter!« gebrüllt, und fröhlich klang das jedenfalls nicht. Chucky kriegt ja bestimmt nicht so leicht Angst, aber daran, wie er immer so gebrüllt hat, hat man gemerkt, dass er den Fahrstil von Herrn Wildeck ganz schön mörderisch fand.

Man gewöhnt sich aber.

»Fee?«, hab ich geflüstert, als ich nach einer Weile das Gefühl hatte, mir müsste nicht mehr dauernd übel werden. Dass Herr Wildeck uns nicht belauscht hat, war schon klar. Der hatte mit Schalten und Lenken genug zu tun. »Mit der Million wird es dann wohl nichts mehr!«

»Welche Million?«, hat Fee gefragt, aber dann hab ich an ihrem Gesicht gesehen, dass ihr unser Entführungsplan auch wieder eingefallen ist. »Ach, Mist! Aber das können wir ja vielleicht trotzdem noch machen! Von unterwegs.«

Ich hab den Kopf geschüttelt.

»Nee, wenn sie im Fernsehen zeigen, dass du entführt bist, fällt der Wiegehals doch bestimmt wieder ein, dass sie dich bei uns erkannt hat!«, hab ich gesagt. »Und dann begreift sie, dass alles nur ein Trick war, mit Katharina und allem. Wo wir nun auch nicht in der Schule sind!«

»Sch*!«, hat Fee gesagt. (Ich schreibe es wieder nicht hin.) »Und wie kommen wir jetzt an Geld?«

»Das weiß nur der Wind«, hab ich gesagt, weil es mir grade wieder eingefallen ist. Aber Fee hat es, glaube ich, gar nicht gehört, weil Herr Wildeck in diesem Augenblick eine so scharfe Kurve gefahren ist, dass wir über die ganze Ladefläche gerutscht sind. Kröger auf der Rückbank hat böse geschnauft.

»Das war knapp!«, hat Chucky gezischt.

»Was war knapp?«, hab ich nach vorne gerufen.

»Bullen!«, hat Chucky gesagt. »Gutes Reaktionsvermögen, Herr Wildeck! Haarscharf ausgetrickst!«

Fee hat sich über die Lehne der Rückbank gebeugt. »War da ein Polizeiwagen?«, hat sie gefragt.

»Darauf kannst du wetten!«, hat Chucky gesagt.

»Deswegen muss Herr Wildeck doch nicht gleich fahren wie ein Stuntman!«, hat Fee gerufen. »Die können mich doch hier hinten gar nicht sehen!«

»Aber *das Auto* sehen sie, mein Kind!«, hat Herr Wildeck gesagt. Er ist die ganze Zeit immer abgebogen und abgebogen. »Wenn dieser Autor es als gestohlen gemeldet hat – und das hat er natürlich! –, dann wird jetzt danach gesucht. Und auffällig, wie dieser Wagen ist, erkennt ihn jeder Polizist im ganzen Land auf den ersten Blick.« Er hat geseufzt. »Baron Chuck, ich kann Diebstahl ohnehin nicht gutheißen, aber wenn du schon stehlen musst, dann in Zukunft doch besser etwas Praktischeres!«

»Kann ich was dafür, wenn der Dichter so eine Schrottkarre hat?«, hat Chucky empört geantwortet.

Danach ist die Fahrt wieder ruhiger geworden. Herr Wildeck hat gesagt, er hat zwar keinen Stadtplan und kein Navi, aber nach Gefühl fährt er jetzt erst mal Richtung Stadtrand. Auf den Landstraßen sind wir vermutlich weniger entdeckungsgefährdet, und da finden wir bestimmt auch was, wo wir für die Nacht parken können, ohne dass uns gleich einer sieht.

28. Eine Nacht im Wald

Unser Platz für die Nacht war dann wirklich genial. Gar nicht so weit von der Stadt weg kam ein Wegweiser zu einem See, dem sind wir nachgefahren. Herr Wildeck hat gesagt, Wasser ist in jedem Fall nützlich. Aber wo es dann einen Pfeil zum Parkplatz gab, sind wir einfach in einen Sandweg reingefahren, vor dem ein *Einfahrt verboten!*-Schild stand. Auf so was konnten wir leider keine Rücksicht nehmen.

Nach ein paar Minuten hat Herr Wildeck den Wagen zwischen Büschen geparkt.

»Wir können nur hoffen, dass nicht mehr allzu viele Spaziergänger unterwegs sind«, hat er gesagt. »Da braucht sonst nur einer bei der Polizei zu melden, dass auf diesem verbotenen Weg ein Fahrzeug steht, schon sind wir dran, auch wenn die Leute das Auto gar nicht erkennen.«

Es waren aber keine Spaziergänger unterwegs, weil es nämlich auch allmählich Abend geworden ist. Als wir ausgestiegen sind (bestimmt hatte ich auf der Fahrt mindestens hundert blaue Flecke gekriegt!), war es so ein ganz schönes Licht, und durch die Bäume hat der See geschimmert, und überhaupt hat alles ausgesehen wie verwunschen.

Mit der Klasse haben wir mal eine Klassenreise gemacht, die hat das Amt für mich gezahlt, und da waren wir auch auf dem Land. Also, auf einem Reiterhof. Zu Anfang sind mir die Ponys ein bisschen unheimlich gewesen, aber dann hab ich sie doch ziemlich gut gefunden. Ich hab mich sogar getraut zu reiten, das Pony hieß Finn. Und da hat es auch so ähnlich ausgesehen wie jetzt an diesem See.

»So, Kinder!«, hat Herr Wildeck gesagt. »Ich denke, jeder kann selbst entscheiden, ob er heute Nacht im Wagen oder draußen schlafen möchte. Wilde Tiere gibt es hier ja nicht.«

»Nur Kröger«, hab ich gesagt.

»Und Mücken«, hat Fee gesagt.

»Kröger bleibt natürlich im Wagen«, hat Herr Wildeck gesagt. »Wer weiß, ob sein Jagdinstinkt sonst nicht wieder erwacht, wenn er die Tiere des Waldes riecht, und dann geht er uns durch.«

Es hat aber nicht so ausgesehen, als ob Krögers Jagdinstinkt erwacht ist. Er hat geschnarcht wie verrückt.

Chucky hat ein bisschen mit seinem Handy rumgemacht. »Sie suchen immer noch nach dir, Fee«, hat er gesagt. »Aber nichts Neues. Die Wiegehals ist also nicht zur Polizei gegangen.«

»Du solltest nicht so viel mit dem Handy rumspielen, Baron Chuck!«, hat Fee gesagt, anstatt ihm dankbar zu sein. »Wir wissen ja gar nicht, wann wir den Akku wieder aufladen können!«

»Ja, im Wald ist keine Steckdose«, hat Chucky gesagt. »Mist aber auch.« Er hat sich in einer Kuhle zwischen den Bäumen ausgestreckt und gegähnt. »Und Abendbrot fällt heute wohl aus, was? Alles kann man eben nicht haben. Gute Nacht! Ich schlaf dann mal.«

Ich hab nicht gesagt, dass morgen auch das Frühstück ausfallen würde und das Mittagessen, wenn uns nicht ganz schnell irgendwas einfiel, wie wir zu Geld kommen konnten. Fee und ich haben die Wolldecke aus dem Auto genommen und uns eine Stelle ein Stück weg vom Weg gesucht, da haben wir uns hingelegt. Die Wolldecke haben wir uns zum Zudecken geteilt. Nur Herr Wildeck ist bei Kröger im Auto geblieben.

Ich hab versucht einzuschlafen, aber es war noch nicht dunkel genug, und da waren auch lauter so Geräusche, die hab ich unheimlich gefunden. Ich wusste natürlich, dass es im Wald keine Bären mehr gibt und Wölfe auch nicht, und vor Rehen und Hasen muss man keine Angst haben. Aber ich war mir nicht so sicher, ob hier nicht vielleicht Schlangen rumgewuselt sind, es hat ständig so geraschelt, und ein Schlangenbiss ist vielleicht auch nicht lustig.

»Fee?«, hab ich geflüstert. »Schläfst du schon?«

Fee hat gegrunzt.

Da war es mir peinlich, sie wegen den Schlangen zu fragen. Es klang auch so feige.

»Fee, glaubst du, es fällt auf, wenn ich Mama morgen nicht besuche? Dass die von der Station dann wieder das Amt anrufen?«

Fee hat sich ein bisschen mehr von der Wolldecke rübergezogen. »Die wissen doch, dass du Magen-Darm hast«, hat sie gemurmelt. »Beim Amt.«

Da ist mir ein Stein vom Herzen gefallen. Eigentlich konnte uns wirklich nichts passieren. Außer, dass wir verhungern würden.

Man denkt ja immer, es ist toll und ein Abenteuer, im Wald zu schlafen, aber es ist auch unheimlich, sogar ohne Bären und Wölfe. Weil manche Tiere nämlich nachts überhaupt erst so richtig in Fahrt kommen, und die huschen dann durch die Zweige der Bäume und durch das Laub auf dem Boden, und es raschelt und knackt, und ab und zu fällt irgendwas von oben auf die trockenen Blätter auf der Erde. Die Vögel haben auch dauernd im Schlaf gepiept, dass ich geglaubt hab, vielleicht haben die Albträume.

Und außerdem war es so kalt, wie man es sich gar

nicht vorstellen kann. Mitten im Sommer! Ich hatte gar nicht gewusst, dass es nachts so viel kälter wird als am Tag. Und wir hatten ja auch nur die eine Wolldecke, und Fee hat ziemlich viel davon gebraucht. Wenn ich sie mir grade so weit rübergezogen hatte, dass alles von mir eingemummelt war, hat Fee gegrunzt und daran geruckelt, und dann lag die Hälfte von mir wieder ohne da. Nur *eine* Wolldecke ist nachts im Wald einfach nicht genug für *zwei* Menschen.

Aber einfach zu Herrn Wildeck und Kröger in den Bus klettern wollte ich auch nicht. Wer weiß denn, was so ein Jagdleopard macht, wenn er nachts plötzlich einen Schreck kriegt? Bestimmt fand Kröger mich am Tag nett, und am Tag hatte ich auch keine Angst vor ihm, aber wenn er so halb im Schlaf vielleicht glaubte, ich wäre ein Reh oder eine Antilope zu Hause in Afrika, und deshalb blitzschnell zuschnappte, bevor er richtig gucken konnte, dann war das vielleicht nicht so schön für mich.

Da bin ich draußen geblieben.

29. Jetzt stecken wir wirklich in der Sch*

Ich hatte wirklich das Gefühl, dass ich die ganze Nacht nicht geschlafen hatte, als morgens kurz vor Sonnenaufgang die Vögel angefangen haben zu zwitschern. Sie haben so richtig losgelegt, und ich hab gedacht, jetzt muss doch auch Fee mal endlich aufwachen, die fand es aber wohl viel zu gemütlich. Kein Wunder, sie hatte ja auch fast die ganze Decke.

Da hab ich einen winzigen Augenblick lang gedacht, dass es vielleicht doch nicht so schlecht wäre, wenn wir sie irgendwo verpetzen würden. Erstens hätte ich es dann nachts wieder warm, und zweitens wären wir um zehntausend Euro reicher. Das hab ich aber nicht im Ernst gedacht.

Dann haben die ersten Sonnenstrahlen durch die Zweige geschienen und mich an der Nase gekitzelt, und es war sogar richtig ein bisschen warm. Und dann hat Fee mich plötzlich an der Schulter gerüttelt.

»Aufwachen, Langschläfer!«, hat sie gerufen. »Wir sind alle längst wach! Jetzt geht es zum Waschen!«

Da war ich doch tatsächlich noch mal eingeschlafen! Aber mit der Sonne war es ja auch warm genug, und unheimlich war es kein bisschen mehr.

Chucky hat ein paar Schritte weiter mit angezogenen Knien an einen Baumstamm gelehnt gesessen und hat mit seinem Handy gespielt.

»Mann, Chucky, denk an den Akku!«, hab ich gesagt. »Vergeude den nicht!«

Chucky hat gegähnt. »Fee, jetzt war deine Mutter wieder im Fernsehen!«, hat er über seine Schulter gerufen. »›Jammer, jammer, meine liebe Fee, komm doch zurück! Wir sind dir nicht böse! Wir machen uns so große Sorgen!‹«

Er hat mit den Augen gerollt, und ich fand nicht, dass das so furchtbar aufregend war, aber Fee war mit einem Satz bei ihm.

»Wo?«, hat sie gerufen. »Zeig!«

»Fee, der Akku!«, hab ich gesagt, aber der Akku war ihr plötzlich vollkommen egal. Sie wollte ihre liebe Mama gucken.

Ihre richtige Mama, nicht die Arschgeige, hat nämlich grade im Fernsehen wieder gesagt, dass Fee bitte,

bitte zurückkommen soll und dass es für jeden eine Belohnung gibt, wenn man weiß, wo sie ist. Vielleicht haben die Milliardärseltern ja gedacht, zwei Aufrufe sind doppelt so nützlich wie nur einer, dafür sind geschiedene Eltern dann mal zu was gut. Da dürfen beide im Fernsehen was sagen. Ich hab aber gedacht, dass es *noch* nützlicher gewesen wäre, wenn sie auch doppelt so viel Geld für Hinweise angeboten hätten. Das waren aber immer noch nur zehntausend.

Und kann man sich das vorstellen? Nachdem sie ihre Mutter auf dem Handy angeguckt hatte, sind Fee richtig zwei Tränen über das Gesicht gelaufen, keine Ahnung, warum.

»Du bist doch selbst schuld!«, hat sie gemurmelt. »Blöde Kuh!«

Aber die Tränen haben eigentlich nicht ausgesehen, als ob sie fand, dass ihre Mutter eine blöde Kuh war.

Vom See her ist Herr Wildeck zurückgekommen mit strubbeligen, feuchten Haaren.

»Kinder, es wird langsam wirklich Zeit zum Waschen!«, hat er gesagt. »Bestimmt kommen gleich die ersten Spaziergänger, da sollten wir weg sein. Das Wasser ist angenehm, die Sonne scheint, und auch wenn man im Wald lebt, sollte man sich nicht gehen lassen!«

»Finde ich auch!«, hat Fee gesagt und sich mit dem Handrücken wütend die Tränen abgewischt. »Wenn man schon keine frischen Klamotten anziehen kann.«

»Okay, okay«, hat Chucky gesagt und sich langsam an

seinem Baumstamm hochgeschoben. »Schaden kann es ja nicht.«

Aber da ist Fee mit einem Ruck stehen geblieben.

»Du gehst erst, wenn wir Mädchen vom Waschen wieder zurück sind!«, hat sie böse gesagt. »Das wäre ja wohl noch schöner!«

Chuck hat seine Augen wieder so an ihr rauf- und runterwandern lassen, wie Oma es gerne mag, und dann hat er ein Auge zugekniffen. »Dachtest du, ich will kostenlos nackte Weiber gucken?«, hat er gesagt.

»Baron Chuck!«, hat Herr Wildeck gerufen. Aber dann hat er sein meckeriges Lachen gelacht. »Wir Männer könnten ja schon mal …« Er hat sich umgeguckt.

Aber da war eben nichts, was die Männer schon mal konnten. Wenn wir Essen gehabt hätten, hätten sie schon mal das Frühstück vorbereiten können, und wenn wir Geld gehabt hätten, hätten sie schon mal Brötchen kaufen gehen können; aber selbst wenn sie ein schönes Feuer gemacht hätten zum Wasserkochen, hätte das ja nichts gebracht. Wir hatten schließlich keinen Kaffee oder Tee, und Tassen schon gar nicht. Außerdem darf man im Wald kein Feuer machen.

Herr Wildeck hat geseufzt. »Ja, dann mal rein ins kühle Nass, Mädchen!«, hat er gesagt. »Und danach halten wir Kriegsrat, wie es weitergehen kann.«

Am Ufer haben Fee und ich unsere Klamotten ausgezogen und sind ins Wasser gerannt, dass es gespritzt hat. Bei Fee hat es vielleicht mehr gespritzt als bei mir.

(Haha, das war wieder ein Scherz.) Wir haben uns gewaschen, als ob wir zu Hause unter der Dusche stehen würden, nur ohne Seife, und die Sonne hat auf uns runtergeschienen, und die Vögel haben gezwitschert, und plötzlich hab ich gedacht, dass ich mich vielleicht doch daran gewöhnen könnte, im Wald zu leben. Eingeschlafen war ich am Schluss schließlich auch noch, und sich im See waschen ist wirklich schön. Mit der Schule war ich schon mal im Schwimmbad gewesen, aber in einem echten See noch nie, und das fühlt sich so gut an, wenn man seine Zehen in den Sand am Boden bohrt und mit den Armen aufs Wasser platscht und sich nass spritzt. Wir haben rumgekreischt wie kleine Kinder, und Fee ist sogar ein Stück geschwommen, aber das kann ich ja nicht. Man braucht es auch nicht, um Spaß zu haben.

Dann haben wir uns am Ufer geschüttelt wie zwei Hunde, und das Wasser ist meilenweit von uns weggespritzt, und wir haben uns in die Sonne gestellt, um zu trocknen. Handtücher hatten wir ja nicht.

Fee hat ihre Arme ausgebreitet und sich so ganz langsam immer im Kreis um sich selber gedreht.

»Spielst du Döner, oder was?«, hab ich gefragt.

Aber sie hat gesagt, es ist, damit die Sonne überall an sie rankommt. Sie will nicht nass in ihre Klamotten steigen und hinterher den ganzen Tag frieren.

Als wir zu den anderen zurückgekommen sind, hat Chucky natürlich immer noch mit seinem Handy gespielt. Man kann ihn wirklich keine Sekunde allein lassen.

»Mann, Chucky!«, hab ich gebrüllt und ihm das Handy aus der Hand gerissen.

»Ist das meins oder deins?«, hat Chucky wütend gesagt, aber er wusste ja selbst, dass es darum im Augenblick gar nicht ging.

Herr Wildeck hat ihm einen Blick zugeworfen, und da ist er tatsächlich zum See getrödelt. Ich hab noch nie gesehen, dass man Chucky nur einen Blick zuwerfen muss, damit er was tut. Bei Oma gibt es immer Rumgebrülle, und von Mama will ich lieber gar nicht anfangen. Eigentlich tut Chucky immer nur, was er will.

Darum war ich auch ziemlich überrascht, als er jetzt zum See gegangen ist. Vielleicht hatte es aber gar nichts mit Herrn Wildecks Blick zu tun, und er hatte einfach nur Lust, zu baden.

»Und jetzt, Herr Wildeck?«, hab ich gefragt. Da hatte ich nämlich grade in den Bus geguckt, wo Kröger immer noch auf der Rückbank lag. Aber irgendwann würde der ja bestimmt aufwachen und Hunger kriegen.

»Ja«, hat Herr Wildeck geseufzt. »Die Situation ist kompliziert.«

»Wir könnten angeln!«, hat Fee gerufen. »Wenn wir mit der *Sea Fairy* unterwegs waren, hat Papa immer geangelt! Oder mag Kröger keinen Fisch?«

Die *Sea Fairy* war natürlich dieses große Segelschiff, das sie im Fernsehen gezeigt hatten.

»Kröger nimmt, was wir ihm anbieten!«, hat Herr Wildeck gesagt und einen besorgten Blick in den Bus geworfen. »Heute schläft er lange! Aber ob dieser See nun wirklich so voller Fische ist ... Und ohne Angel zu angeln, ist auch wieder eine Kunst.«

Das hat ja gestimmt. Und grade als ich mich umgeguckt habe, ob irgendwo Zweige waren, aus denen wir eine gute Angel basteln konnten (so machen sie das doch in Filmen), und überlegt habe, woher wir die Angelschnur kriegen sollten und den Haken, hat Chuckys Handy geklingelt.

»Oma!«, hab ich nach einem Blick aufs Display gesagt. »Da sehen Sie mal, wie Oma sich um uns kümmert, Herr Wildeck! Bestimmt ruft sie wieder wegen der Schule an.«

Das hat aber nicht gestimmt. Und wenn wir bis eben schon geglaubt hatten, dass wir ziemlich tief in der Sch* steckten (es tut mir leid, aber ich weiß kein anderes Wort, in dem man stecken könnte), dann sollte sich das jetzt ganz schnell als der größte Irrtum des Jahrhunderts rausstellen.

30. Mama macht Blödsinn, und Kröger interessiert sich für Literatur

»Oma?«, hab ich gesagt. »Oma, das ist lieb, dass du anrufst! Aber bei uns ist alles in Ordnung!«

Da hab ich natürlich wieder an den Akku gedacht. Ich wollte jetzt keine lange Klönerei, und außerdem musste Oma ja gar nicht wissen, was bei uns wirklich los war. Oma sollte jetzt mal ganz in Ruhe ihr Polen genießen.

Das tat sie aber sowieso nicht.

»Jamie-Lee!«, hat sie gerufen. Ich hab gleich gehört, wie aufgeregt ihre Stimme klang. »Bin ich froh, dass ich dich um diese Zeit erwische! Ich dachte, du bist in der Schule!«

Ich hab den Mund aufgemacht, um eine Lügengeschichte von Magen-Darm zu erzählen, aber Oma wollte sowieso nichts wissen. Sie hat gleich weitergeredet.

»Schatzi, euch muss irgendwas einfallen! Gleich kreuzt bestimmt die Wiegehals bei euch auf! Jessica hat geklaut!«

Ich hab einen Augenblick gebraucht, um zu verstehen, was sie da grade gesagt hatte.

»Wie, geklaut?«, hab ich gefragt. »Die ist doch in der Geschlossenen!«

Und ich hab plötzlich gedacht, dass das Klauen vielleicht bei uns in der Familie liegt, das fand ich schrecklich. Zuerst Chucky und jetzt Mama, und ich würde das dann vielleicht irgendwann auch noch machen. Obwohl ich das eigentlich gar nicht wollte.

»Sie durfte gestern Nachmittag zum ersten Mal in den Klinikpark!«, hat Oma gerufen. »Und du kennst doch deine Mutter, Jamie-Lee! Die hat doch nur eins im Kopf!«

Herr Wildeck hat mich fragend angesehen.

»Ist sie abgehauen?«, hab ich gefragt.

»Direkt in den nächsten Supermarkt!«, hat Oma gerufen. »Aber natürlich war sie so blöd, sich erwischen zu lassen!«

»Schnaps?«, hab ich gefragt.

Ich schwöre, ich rühre in meinem ganzen Leben keinen Alkohol an, ich finde das viel zu gruselig. Ich will nicht werden wie Mama. Ich weiß gar nicht, warum Chucky mit seinen Kumpels immer trotzdem trinkt, aber er sagt, er hat das unter Kontrolle. Aber das sagt Mama morgens ja auch immer.

»Sie hat versucht, zwei Flaschen Korn mitgehen zu lassen!«, hat Oma ins Handy gebrüllt. »Und als sie sie geschnappt haben, hat sie rumgebrüllt und nach dem Marktleiter getreten und ihn einen beschissenen Arsch genannt …« (Das musste ich jetzt schreiben, sie hat das ja so gesagt.)

»Aber was hat das denn mit uns zu tun?«, hab ich gefragt. »Warum soll Frau Wiegehals denn deswegen *uns* nerven?«

Chucky ist langsam vom See zurückgetrödelt gekommen, nur mit seiner Jeans an. Auf seinem Oberkörper haben noch Tropfen geglitzert, und Fee hat ihn angestarrt. Dann hat sie plötzlich weggeguckt, aber ich hab genau gesehen, dass sie wieder rot wie ein Steak geworden war.

»Er hat die Polizei gerufen!«, hat Oma gebrüllt. »Der Marktleiter hat die Polizei gerufen, sie mussten Jessica mit drei Leuten festhalten, sie hat gekratzt und gespuckt! Und jetzt war sie über Nacht auf der Wache in einer Ausnüchterungszelle, und sie hat meine Handynummer als Kontakt angegeben! Sie hat doch keine Ahnung, dass ich in Polen bin! Und wenn die das rauskriegen, kommt sofort die Wiegehals zu euch! Ihr müsst Jessica abholen!« Dann hat sie mir die Adresse der Wache durchgesagt.

Ich weiß nicht, was Oma sich vorgestellt hat, dass die Polizei Mama einfach ihren Kindern mitgeben würde oder was. Aber dann hab ich gewusst, dass das ja auch gar nicht nötig war.

»Alles gut, Oma, wir regeln das!«, hab ich gesagt. »Tschüs, der Akku ist fast leer! Viel Spaß!«

Zum Glück hatten wir ja Herrn Wildeck.

»Und?«, hat Chucky gefragt und sich Wasser aus dem rechten Ohr geschüttelt. Fee hat ihn nur ganz kurz angeguckt und dann gleich wieder weg.

»Mama sitzt in der Ausnüchterungszelle«, hab ich gesagt. »Bei der Polizei. Weil sie geklaut hat. Und Oma soll sie da abholen. Und wenn sie das nicht tut und die Bullen rauskriegen, dass sie in Polen ist, sagen sie hundertpro der Wiegehals Bescheid, und dann haben sie uns schneller in die Kurzzeitpflege gesteckt, als du *Buh!* sagen kannst!«

»Mann, kann man denn nicht *einmal* seine Ruhe haben?«, hat Chucky gestöhnt wie ein alter Mann.

»Herr Wildeck, Sie müssen Mama abholen!«, hab ich gesagt. »Die Polizisten können ja ruhig beim Amt anrufen und fragen, ob die Sie kennen, Frau Wiegehals kann denen ja dann sagen, dass Sie Omas Freund sind.«

»Und mit dem gefälschten Ausweis!«, hat Chucky begeistert gerufen. »Ja krass! Wenn die glauben, dass Sie ein Doktor sind, geben sie Ihnen Mama bestimmt sofort raus.«

Herr Wildeck hat geseufzt. »Kinder, Kinder, Kinder!«, hat er gesagt. »Euch ist schon bewusst, dass unsere Probleme stetig zunehmen? Fee verstecken, Kröger verstecken, das Auto verstecken und jetzt auch noch eure Mutter ...«

»Die muss nicht versteckt werden!«, hab ich gesagt.

»Nein, aber durchgefüttert«, hat Herr Wildeck gesagt.

Auf der Rückbank im Bus hat Kröger plötzlich komische Geräusche von sich gegeben.

»Kröger hat schon was zu fressen gefunden«, hat Chucky gesagt. »Na, vielen Dank! Ist das Papier oder was?«

Das war es tatsächlich. Kröger hatte offenbar die ganze Zeit auf einem ziemlichen Papierstapel geschlafen, und er hatte grade das Gummiband weggekaut, das die Blätter zusammenhielt. Jetzt machte er sich an die erste Seite.

»Kröger!«, hat Herr Wildeck gerufen und sich durch die Schiebetür in den Bus gebeugt. »Bist du wahnsinnig? Du kannst doch keine Literatur fressen!«

Dann hat er das Papier rausgezerrt und einen Blick darauf geworfen. »Na gut, nur ein Jugendbuch!«, hat er gesagt. »Aber trotzdem.« Er hat geseufzt. »Kinder, das ist ein Manuskript, seht es euch genau an. So sieht ein Manuskript aus.«

»Was ist das?«, hab ich gefragt.

Herr Wildeck hat gesagt, so heißt ein Buch, bevor es ein Buch ist. Also, wenn der Dichter es geschrieben hat. Dieses Manuskript sah leider nicht mehr so richtig gut aus. Ein paar Blätter waren zerfetzt und ein paar bestimmt auch schon gefressen, und was noch übrig war, war alles voller Kröger-Sabber.

»Das wird im Leben kein Buch mehr«, hat Fee gesagt und sich geschüttelt.

Herr Wildeck hat ein Blatt geschwenkt. »Unser literaturinteressierter Kröger hat uns wenigstens das Titelblatt übrig gelassen: *Anschlag auf das Reich der Barra. Von Thomas Ringer.* Ich möchte nicht wissen, was das für eine Geschichte ist, der Himmel verschone mich.«

»So hieß der Dichter, genau«, hat Chucky gesagt. »Ringer.« Er hat vor dem vorderen Nummernschild gekniet und es mit Dreck eingerieben. Als ob irgendwer diesen Bus an seinem Nummernschild erkannt hätte! Der war doch auch so schon auffällig genug. Es war aber ja zumindest ein guter Versuch. »Lassen Sie Kröger das Buch doch fressen, Herr Wildeck, dann ist wenigstens einer von uns satt.«

Aber Herr Kröger hat gesagt, auch wenn der Titel das Schlimmste vermuten lässt und auch wenn es sich nur um ein Jugendbuch handelt, ist sein Respekt vor dem geschriebenen Wort doch so groß, dass er nicht einfach zusehen kann, wie es im Magen seines Jagdleoparden verschwindet.

»Wer sich vor der Kultur verneigt, dem öffnen sich Türen«, hat er gesagt und das Manuskript auf die Ladefläche gelegt.

Ich hab gehofft, dass es Restauranttüren sein würden oder wenigstens Supermarkttüren. Mein Magen hat geknurrt. Ich hab mich gewundert, dass Kröger nicht protestiert hat, weil Herr Wildeck ihm sein leckeres Frühstück weggeschnappt hatte, aber ganz so lecker war es ja vielleicht auch gar nicht gewesen. Jedenfalls hat Kröger schon wieder die Augen zugehabt.

»Dann wollen wir mal!«, hat Herr Wildeck gesagt. »Einsteigen, Kinder. Die Polizei wartet schon.«

31. Mama brüllt rum, und Kröger macht sich nützlich

Natürlich haben wir den Bus nicht vor der Wache geparkt, wir waren ja nicht blöde. Wir haben zwei Straßen weiter eine schöne Lücke gefunden, und dann hat Herr Wildeck sich zu Fuß auf den Weg gemacht. Mich hat er mitgenommen, weil er gesagt hat, damit bekräftigt er gegenüber der Polizei seine Beziehung zu unserer Familie noch mal. Und es wäre natürlich besser, wenn er jetzt andere Klamotten anhätte, aber wenigstens wäre er ja frisch gewaschen.

Wir konnten Mama schon hören, als wir die Tür der Polizeiwache aufgemacht haben.

»Ihr verf* A*!«, hat sie gebrüllt. »Ich will hier raus! Ich bin ein freier Mensch! Lasst mich raus, ihr P*!« (Wer sich nicht denken kann, wie die Wörter heißen, dem kann ich leider nicht helfen. Solche Wörter schreibe ich nur, wenn es unbedingt nötig ist. Vor allem, wenn meine Mutter sie brüllt.)

»Wenn die Alte nicht bald die Klappe hält, werde ich zum Tier!«, hat ein Polizist gesagt. Der hatte uns wohl noch nicht bemerkt. Er hatte eine Uniform an mit schön gebügeltem Hemd und hat überhaupt nicht ausgesehen wie einer, der »die Alte« und »Ich werde zum Tier« sagt.

Aber dann hat er hochgeguckt und Herrn Wildeck und mich gesehen.

»Ja?«, hat er gesagt. Wenigstens hat er dabei gelächelt.

»Wir sind gekommen, um Frau Jessica Wagner abzuholen«, hat Herr Wildeck gesagt. Den Namen hatte ich ihm auf dem Weg noch beigebracht. »Es tut mir leid, dass Sie so viele Scherereien mit ihr hatten.«

Die beiden Beamten haben einander angesehen. »Wir hatten hier jetzt eigentlich die *Mutter* von Frau Wagner erwartet!«, hat der zweite gesagt. »Die hatten wir angerufen.«

»Ich bin der Lebensgefährte von Frau Wagner senior«, hat Herr Wildeck gesagt und seinen coolen gefälschten Ausweis aus dem Jackett gezogen. »Doktor von Wildeck.«

Der Beamte hat auf seinen Ausweis geguckt und nachdenklich die Stirn gerunzelt.

»Sie können sich gerne beim Jugendamt nach mir erkundigen«, hat Herr Wildeck gesagt. »Ich bin dort bekannt.«

»Sie sind Arzt?«, hat der erste Beamte gefragt.

Herr Wildeck hat genickt. Erwachsene sollen eigentlich nicht lügen. Man glaubt als Kind, dass Erwachsene immer die Wahrheit sagen, aber das stimmt nicht. Erwachsene sind genauso schlimm wie Kinder.

»Ja, wir sind ein bisschen hilflos«, hat der Beamte gesagt. Im Hintergrund hat Mama weitergebrüllt, aber *was* sie gebrüllt hat, will ich sowieso nicht aufschreiben. »Den Diebstahl haben wir zu den Akten genommen, das war nicht das Problem, aber die Dame wäre ja jetzt eigentlich noch auf Entzug in der geschlossenen Psychiatrie, und dahin will sie nicht zurück. Das ist unser Problem.«

»Jessica ist aus der Station weggelaufen, und Sie bringen sie dorthin zurück, meine Herren!«, hat Herr Wildeck gesagt. »Ich verstehe nicht, wo die Schwierigkeit liegt.«

»Ja, sehen Sie, sie war ja gegen ihren Willen und nur wegen ›Gefahr im Verzug‹ eingeliefert worden«, hat der Beamte gesagt. »Ein Selbstmordversuch konnte nicht ausgeschlossen werden. Aber jetzt schwört sie, dass sie sich nicht das Leben nehmen wird, und zurück will sie auch nicht. Wir sehen keine Möglichkeit, sie in die Psychiatrie zurückzuschicken. Aber einfach so gehen lassen können wir sie in ihrem Zustand auch nicht, deshalb haben wir ihre Mutter kontaktiert.«

»Das war sehr freundlich«, hat Herr Wildeck gesagt und sich leicht verneigt. »Ich nehme sie dann mit.

Obwohl ich aus ärztlicher Sicht überzeugt bin, dass ein Entzug wesentlich besser für sie wäre.«

Jetzt hat der andere Beamte geseufzt. »Wer wäre das nicht!«, hat er gesagt. Dann hat Herr Wildeck irgendwas unterschrieben, was wahrscheinlich eigentlich Mama hätte unterschreiben müssen, aber die hat nur gebrüllt und sich loszureißen versucht und dem einen Beamten so doll auf die Nase gegeben, dass ich gedacht hab, da kriegen wir jetzt auch noch eine Anzeige wegen Körperverletzung.

Der Polizist hat aber nur kurz aufgeschrien. »Manchmal frage ich mich, warum ich diesen Job immer noch mache«, hat er gesagt. »Können Sie sie jetzt festhalten?«

Herr Wildeck und ich haben es versucht, aber Mama hat immerzu »Freiheitsberaubung! Ich zeig euch an, ihr besch* Ä*! Das ist Freiheitsberaubung!« gebrüllt, und weil sie so wütend und für Herrn Wildeck und mich zu stark war, haben die Beamten Chucky auf dem Handy angerufen. Da ist der auch noch gekommen, und da hatte Mama keine Chance mehr, wegzulaufen. Sie war ja auch so dünn.

»Ich entschuldige mich für alle Unannehmlichkeiten, die Sie durch Frau Wagner hatten«, hat Herr Wildeck gesagt. »Wir werden uns bemühen, dass etwas Derartiges nicht wieder vorkommt.«

Die Beamten haben gelächelt und uns nachgewinkt, aber ich habe noch gehört, wie der eine »Bei der? Die ist doch morgen wieder in der Zelle!« gesagt hat.

Chucky hat Mama so fest gepackt, dass es mir fast ein bisschen für sie leidgetan hat, aber Herr Wildeck hat gesagt, er soll sie um Himmels willen nicht abhauen lassen. »Im Augenblick ist sie selbst ihr größter Feind!«, hat er gesagt. »In ein paar Tagen geht es ihr besser. So lange müssen wir streng sein. Mitleid wäre jetzt ganz falsch.«

»Du A*!«, hat Mama gebrüllt. »Du verf* A*! Wer bist du überhaupt? Lebensgefährte, mein A*! Mama hat doch keinen Doktor!«

Was ja gestimmt hat, aber jetzt waren wir beim Bus angekommen, und Herr Wildeck hat die Schiebetür aufgemacht. »Neben Kröger, Baron Chuck!«, hat er gesagt. »Und ich mach die Kindersicherung rein, dass sie nicht rausspringen kann. – Hören Sie, Frau Wagner, das da neben Ihnen ist ein Jagdleopard. Und wenn Sie sich weiter so ungebührlich aufführen, könnte es sein, dass ihm das nicht gefällt. Was das dann bedeutet, können Sie sich vielleicht vorstellen. Er hat lange nicht mehr gefressen.«

Chucky hat die Tür hinter Mama zugedonnert, und Herr Wildeck hat die Kindersicherung reingedrückt.

»Wir fahren!«, hat er gesagt. Aber bevor er überhaupt auf den Fahrersitz klettern konnte, hat Mama schon wieder rumgebrüllt und ihren Sicherheitsgurt abgeschnallt.

»Lass mich raus, du P*! Ich ruf die Polizei!«, hat sie gebrüllt und gegen den Vordersitz getreten. Da saß Chucky, der ist richtig nach vorne geflogen. »Du kommst in den Knast, wenn du mich entführst, alter W*!«

»Halt die Fresse!«, hat Chucky gesagt. Ich war froh, dass Ebru nicht dabei war. Ihre Brüder sagen so was, glaube ich, nicht zu ihrer Mutter. Bei Fee war es mir nicht so peinlich. Mit ihrer Familie war ja auch nicht alles in Ordnung.

»Sie haben vergessen, dass die Polizei Sie grade erst in unsere Obhut gegeben hat, Frau Wagner«, hat Herr Wildeck gesagt. Ich hab gedacht, dass ich mir das Wort *Obhut* merken will, es klingt so altmodisch und freundlich und nach ganz lieb auf jemanden aufpassen. »Da wird die Polizei nun wohl kaum mich in Haft nehmen, wenn ich genau diesen Auftrag erfülle.« Dann hat er den Motor gestartet.

»Du arrogantes A*!«, hat Mama gebrüllt. »Red nicht so besch* vornehm, du W*! Was glaubst du eigentlich, wer du …«

In diesem Augenblick hatte Kröger offenbar genug von der Brüllerei. Jetzt hatte er so schön auf der Rückbank geschlafen, und dann kam Mama und hat einfach keine Ruhe gegeben. Da kann man ja schon mal ausrasten, nicht nur, wenn man ein Jagdleopard ist.

Kröger hat sich also plötzlich hochgestemmt und Mama angestarrt, und dann hat er ein Geräusch von sich gegeben, das kann ich nicht so gut beschreiben. Jagdleoparden sind keine lauten Tiere, das weiß ich jetzt, also wie Löwen brüllen sie nicht; aber dass ihnen etwas nicht gefällt, können sie trotzdem ganz schön deutlich zeigen, sie zischen dann so.

»Der will mich fressen!«, hat Mama gekreischt. »Hilfe! Der Tiger will mich fressen!«

»Jagdleopard«, hab ich gesagt. »Jagdleopard, Mama. Wenn du still bist, tut der dir nichts.«

»Aber wenn du weiter so rumgrölst – *happs!*, und Rübe ab!«, hat Chucky von vorne gesagt. »Also halt gefälligst endlich das Maul!«

Was sollte Mama da anderes tun? Sie hat auf der Rückbank gesessen und gezittert. Ob das nur wegen Kröger war oder auch ein bisschen, weil ihr der Schnaps gefehlt hat, kann ich aber nicht sagen.

32. Wir spielen Zirkus, und Fee sieht aus wie die Weihnachts-Maria

»Haben die Ihnen das mit dem Doktor geglaubt?«, hat Chucky zu Herrn Wildeck gesagt. Jetzt, wo wir durch die Stadt gefahren sind, hat Herrn Wildecks Stirn wieder fast die Frontscheibe berührt. »Auf der Wache? Könnten Ihre Kumpels vom Zirkus mir auch einen Führerschein fälschen? Wenn ich ihnen die Kohle gebe?«

»Dafür hast du nie genug!«, hab ich von hinten gerufen.

»Über das Thema sprechen wir später!«, hat Herr Wildeck gesagt. »Jetzt sollten wir uns zunächst mal der Frage zuwenden, wie wir Essen für uns alle und vor allem für Kröger bekommen. Dass er die ganze Zeit so still auf der Rückbank liegt, will mir gar nicht gefallen. Ich fürchte, er ist schon ganz entkräftet.«

Ich hab gedacht, dass Kröger ja eigentlich von allem Essen, das wir hatten, immer den Löwenanteil gekriegt hatte (haha, Scherz!, den Jagdleoparden-Anteil), da hatten wir anderen doch bestimmt einen viel größeren Hunger als er. Neben mir hat Fees Magen schon Geräusche ausgestoßen, als ob er Sänger werden wollte.

Herr Wildeck hat den Motor ausgeschaltet, da konnte man ihn besser hören. Er hatte neben einem kleinen Marktplatz geparkt, der aussah, als ob da am Samstag oder sonst an irgendeinem Tag in der Woche immer Markt war. Aber im Augenblick kullerten nur leere Plastikflaschen über die Betonplatten.

An einer Seite des Platzes stand eine altmodische Kirche, aber an den anderen Seiten gab es normale Häuser und unten in den Häusern überall Geschäfte, aus denen Leute kamen und in die Leute gingen, und keine Hochhäuser. Das hab ich schön gefunden, schöner als unser Einkaufszentrum. Ein bisschen hat es ausgesehen, wie ich mir die kleinen Städte in den Märchen in der zweiten Klasse vorgestellt hatte.

»Wie, was?«, hat Chucky gesagt. »Wie sollen wir denn hier einkaufen, wenn wir gar keinen Schotter haben?«

Aber Herr Wildeck hatte schon seinen Sicherheitsgurt geöffnet.

»Ich entschuldige mich«, hat er gesagt und sich im Sitzen kurz verbeugt. »Aber ein menschliches Bedürfnis … Um die Geschäfte geht es mir im Augenblick gar nicht. Wir fahren dann im Anschluss sofort weiter.«

Mit »im Anschluss« hat er natürlich gemeint, wenn er sein *menschliches Bedürfnis* befriedigt hatte, und was das war, muss ich ja wohl nicht erklären. Er war schließlich ein alter Mann, die haben öfter menschliche Bedürfnisse.

»Nix mit Einkaufen?«, hat Chucky gefragt, aber Herr Wildeck hatte schon die Fahrertür geöffnet und war ausgestiegen.

»Es dauert keine Minute!«, hat er gerufen. Wir wussten aber, dass das nicht gestimmt hat. Weil er sich ja wohl schlecht mitten auf dem Marktplatz hinstellen konnte. Er ist auch ganz zielstrebig auf ein Gebüsch zugegangen, das ein Stück hinter der Kirche lag. Sogar aus dieser Entfernung konnte man die Plastiktüten und Kram erkennen, die die Leute da weggeworfen und die sich in den Zweigen verfangen hatten.

»Unsere Chance!«, hat Fee verschwörerisch gezischt. Ich glaube, sie wollte Mama nicht wecken. Die hat inzwischen geschnarcht, als ob sie bei uns zu Hause auf dem Sofa liegen würde. »Los, schnell! Wir tun, als ob wir Zirkuskinder sind!« Dann hat sie sich die Wolldecke geschnappt und über den Kopf geworfen wie einen Umhang. Da hat sie ausgesehen wie diese Maria, die sie vor Weihnachten immer zeigen.

»Hä?«, hat Chucky gefragt.

Aber ich wusste gleich, was Fee damit gemeint hat. Ich bin hinter ihr her von der Ladefläche gesprungen. Solange Herr Wildeck erledigte, was er erledigen musste, konnte er uns nicht stören. Und wenn er zurückkam, war es längst zu spät. Darum hab ich die Schiebetür aufgemacht, damit wir Kröger rauslassen konnten.

Zum Glück hat der auch gleich gewollt. Eigentlich hatte er ja auf der Rückbank ganz zufrieden ausgesehen, aber vielleicht wollte er jetzt auch ein menschliches Bedürfnis befriedigen (oder ein tierisches – haha, Scherz!), oder er wollte sich einfach nur die Beine vertreten. Jedenfalls hat er sich sofort mühsam aus dem Auto gehüsert.

»Da rüber!«, hat Fee wieder so gezischt.

Mitten auf dem Marktplatz stand ein einsamer Baum, und um den Baum herum war eine Bank gebaut. Auf die ist Fee jetzt gesprungen. Kröger und ich waren noch nicht mal ganz da, da hat sie schon angefangen zu rufen. Leider konnte jeder ziemlich gut erkennen, wie viel Mühe Kröger das Laufen gemacht hat, da hat er nicht ganz so gefährlich ausgesehen.

»Meine Damen und Herren!«, hat Fee gerufen. Mit der Wolldecke hat sie ausgesehen, als ob sie zu arm war, um sich einen Mantel zu kaufen. Dabei hätte sie den ja jetzt im Sommer nicht gebraucht. »Verehrtes Publikum!«

Die ersten Leute sind stehen geblieben. Es waren fast alles Frauen, junge Frauen mit ganz kleinen Kindern und alte Frauen alleine oder manchmal mit einem alten Mann am Arm. Richtige Kinder sind für einen Zirkus eigentlich ein viel besseres Publikum, aber jetzt am Morgen waren die natürlich alle in der Schule oder in der Kita.

Ich hab einen schnellen Blick zur Kirche hin geworfen, hinter der Herr Wildeck verschwunden war. Es war wichtig, dass wir loslegten, bevor er kam, um unserer Vorführung ein Ende zu bereiten.

»Wir kommen von dem kleinen Zirkus Patatum!«, hat Fee gerufen. Was für ein blöder Name! Aber inzwischen hatten sich schon so ungefähr zehn Menschen vor der Bank versammelt (wenn man die Babys in den Kinderwagen nicht mitrechnet) und haben neugierig geguckt. Vor allem, weil Kröger und ich jetzt auch angekommen waren. Die Leute haben richtig eine Gasse gebildet, damit wir durchgehen konnten, daran hat man ja gemerkt, dass ihnen Kröger trotz seiner Humpelei nicht ganz geheuer war.

»Heute kommen wir mit unserem Jagdleoparden zu Ihnen!«, hat Fee gerufen.

»Gepard!«, hat ein alter Mann mit Rollator gesagt. »Mädchen, das ist ein Gepard!«

Fee hat ihn angestrahlt, und ich habe wieder in Richtung Kirche geguckt. Aber von Herrn Wildeck war noch nichts zu sehen.

»Gepard, genau!«, hat Fee wieder gerufen. »Der Gepard ist das schnellste Landtier der Erde! Bei der Jagd erreicht er eine Geschwindigkeit von über 110 Stundenkilometern!«

Die Leute sind einen erschrockenen Schritt zurückgetreten. Aber wenn Kröger sie hätte fressen wollen, hätte ihnen das bei 110 Sachen auch nichts genützt.

»Anders als Löwe und Leopard ist er nicht nacht-, sondern tagaktiv und reißt seine Beute auf der offenen Steppe mitten am Tag!«, hat Fee gerufen. Ich konnte sehen, dass die Leute überlegt haben, ob das vielleicht bedeuten konnte, dass Kröger hier auch tagaktiv war und gleich loslegen würde. »Aber unser Jagdleopard wird Ihnen nichts tun, dafür bürge ich mit meinem guten Namen!«

Das mit dem guten Namen klang toll, sie hatte es aber aus der Werbung geklaut.

»Nutzen Sie die einmalige Gelegenheit, sich mit einem echten Jagdleoparden auf Ihrem heimatlichen Marktplatz fotografieren zu lassen!«, hat Fee gebrüllt. »Das Foto kostet nur zwei Euro!«

Das hatte sie sich natürlich von Herrn Wildecks Geschichten abgeguckt.

»Und wo ist dein Fotoapparat, Mädchen?«, hat ein Mann gefragt.

Das Blöde bei alten Leuten ist, dass sie öfter mal kein Handy haben. Oder nur ein sehr altmodisches, das noch nicht mal Fotos machen kann. Oder wenn ihr Handy Fotos machen kann, dann können die alten Leute es trotzdem noch lange nicht. Wenn man alt ist, ist einem alles zu kompliziert. Das hatte sich Fee vielleicht nicht gut genug überlegt.

Aber wenigstens zwei Frauen haben jetzt Handys aus ihren Taschen gefriemelt, und eine hat einfach nur ein Foto von Kröger gemacht, und eine wollte ihren Mann dazustellen, aber der wollte nicht. Da hat sie das Foto doch ohne ihn gemacht. Und eine hat ihre Geldbörse rausgezogen und uns einfach so einen Euro gegeben. »Da, Kinder!«, hat sie gesagt. »Das sieht man ja, dass euer Gepard Hunger hat.«

Ganz zuletzt ist noch eine junge Frau mit einem Kinderwagen gekommen, die hat schon von weiter weg fotografiert. Als ich gefragt hab, ob sie nicht den Kinderwagen neben Kröger stellen will für ihr Foto oder das Baby auf Krögers Rücken setzen, hat sie nur abgewinkt. Aber zwei Euro hat sie mir trotzdem gegeben.

Ich hab das Geld im Kopf zusammengerechnet, weil nämlich hinter der Kirche jetzt auch schon Herr Wildeck aufgetaucht ist. Und als er das Gedränge auf dem Marktplatz gesehen hat, ist er losgerannt. Viel besser als Kröger konnte er es aber auch nicht.

Es hat also zum Glück ein bisschen gedauert, bis er endlich bei uns angekommen war, darum hatte eine andere Frau Zeit, ein faustgroßes Päckchen aus ihrer Tasche zu ziehen.

»Da!«, hat sie gesagt und es ausgewickelt direkt auf den Boden kullern lassen. »Mischhack!«

Kröger hat es mit einem Happs verschluckt, und mein Magen hat so laut geknurrt, dass ich gedacht hab, wenn Kröger nicht schnell genug gewesen wäre, hätte ich das Mischhack glatt auch gefuttert. Vielleicht aber nicht so gerne roh.

33. Wir fassen einen Beschluss

»Kinder!«, hat Herr Wildeck gesagt. Jetzt hatte er es endlich zurückgeschafft.

Ein paar Leute haben noch rumgestanden, die sind jetzt aber auch gegangen. »Seid ihr denn ganz und gar wahnsinnig geworden?«

»Sieben Euro!«, hat Fee gerufen und ihm triumphierend das Geld auf ihrer Handfläche gezeigt. »Und Hackfleisch für Kröger!«

Herr Wildeck hat uns mit ausgebreiteten Armen vor sich her zum Auto gescheucht. Leider war Kröger nicht ganz so schnell.

Unseren Bus konnte man schon hören, als wir ihn noch nicht mal gesehen haben. Mama war aufgewacht und hat gebrüllt und gegrölt und gegen die Fenster geschlagen, und Chucky hat auf dem Beifahrersitz gekniet und versucht, sie festzuhalten. Jetzt, wo Kröger sie nicht mehr in Schach gehalten hat, gab es ja keinen Grund mehr für sie, ruhig zu sein.

»Na endlich!«, hat Chucky gerufen, als ich die Schiebetür geöffnet habe und Kröger langsam in den Bus geklettert ist. Zum Glück hat er Mama gleich angefaucht. Da ist sie wieder in ihre Ecke gerutscht. »Die gibt einfach keine Ruhe!«

»Sprich nicht so von deiner Mutter!«, hat Herr Wildeck gesagt.

»Wenn es doch stimmt?«, hat Chucky gesagt.

»Dann ist sie trotzdem immer noch deine Mutter!«, hat Herr Wildeck gesagt, und mir ist was eingefallen, was Herr Wagenfels in Reli mal erzählt hat, nämlich dass man Vater und Mutter ehren soll, auf dass es einem wohlergehe und man lange lebe auf Erden. (Ich hab es mir gemerkt, weil es so schön klingt.) Damit waren aber vielleicht keine Eltern gemeint, die sich ständig einen ballern. Und warum es uns besser gehen soll und wir länger leben, wenn wir Mama ehren, hab ich auch keine Ahnung.

Aber Herr Wildeck hat schon den Schlüssel im Zündschloss gedreht. »Kann man euch keine Sekunde allein lassen?«, hat er gesagt. »Schlimm genug, dass ich den Wagen so öffentlich abstellen musste, aber dass ihr auch noch ganz bewusst alle Aufmerksamkeit auf euch zieht ...«

»Sieben Euro!«, hat Fee wieder gerufen und sich die Wolldecke heruntergerissen. »Und ich hatte doch was über dem Kopf! Sieben Euro, Herr Wildeck! Und Hackfleisch für Kröger!«

Dabei hatte sie mir vorgestern noch so ganz locker einen Fuffi und einen Zwanziger geschenkt.

Mama hat in ihrer Ecke gekauert und gezittert und mit geschlossenen Augen gemurmelt.

»Kinder!«, hat Herr Wildeck gesagt. »Ich gebe es ungern zu, aber ich bin mit meiner Weisheit am Ende.«

»Tja!«, hat Chucky gesagt, und ich hab an seinem Ton gehört, dass er dabei am liebsten wieder seine Daumen in die Gürtelschlaufen gesteckt hätte und auf den Ballen gewippt wäre, so ein »Ich bin der Größte«-Ton war das. Als ob er jetzt gleich die genialste Idee des Jahrtausends verkünden würde. »Warum fahren wir nicht mal kurz nach Hause?«

»Wie bitte?«, hat Herr Wildeck gefragt.

»Also«, hat Chucky gesagt, »abgehauen sind wir doch nur wegen der Wiegehals, und die Gefahr ist vorbei. Also, warum ...«

»Weil die Wiegehals sich irgendwann doch noch erinnern könnte, dass sie Fee bei uns gesehen hat!«, hab ich gesagt. »Weil sie vielleicht doch irgendwann begreift, dass Ebru sie reingelegt hat! Weil sie hunderpro wieder vorbeikommt, wenn sie hört, dass Mama aus der Klinik abgehauen ist, und zwar wie der Blitz, und dann entdeckt sie Kröger und dass Mama die ganze Zeit rumrandaliert! Glaubst du, dann schickt sie uns nicht zur Kurzzeit?«

Chucky hat einen Augenblick gezögert, und als er geantwortet hat, hat seine Stimme nicht mehr ganz so größenwahnsinnig geklungen.

»Das ist aber auch die einzige Gefahr, oder?«, hat er gesagt. »Wenn der Wagen auf unserem Parkdeck steht, sieht ihn doch kein Mensch! Außerdem finde ich es auch nicht ganz ungefährlich, damit dauernd durch die Gegend zu fahren! Wenn die Bullen den suchen, dann finden sie uns auf der Straße schneller als im Parkhaus!«

»Das ist in der Tat wahr, Baron Chuck«, hat Herr Wildeck gesagt. Kröger hat übrigens schon wieder geschlafen. Kein Wunder, der hatte ja auch was im Magen.

»Und mein Akku ist bald leer, dann können wir nicht mehr ins Netz, und dann kriegen wir gar nichts mehr mit und wissen nicht, wie hoch die Belohnung für Fee ist!«

»Das kann dir doch ganz gleichgültig sein!«, hab ich gerufen. »Du verpetzt sie nicht, sonst kriegst du Ärger!«

»Na, da hab ich aber Angst«, hat Chucky gesagt. »Uuuh, da krieg ich aber richtig Angst!«

»Kinder!«, hat Herr Wildeck gesagt. »In der Tat erscheint mir die Idee nicht ganz abwegig. Wir könnten duschen, frische Kleidung anziehen …« (ich hatte keine Ahnung, woher er in unserer Wohnung frische Kleidung für sich nehmen wollte, aber okay) »… und Baron Chuck könnte sein Handy aufladen. Für sieben Euro kriegen wir schon zehn Kilo Kartoffeln, in meinen Augen wäre das für diesen Betrag die sättigendste Möglichkeit. Allerdings müssten die gekocht werden, das ginge auch nur in eurer Wohnung. Es bleibt natürlich das Risiko, dass eure Sozialarbeiterin noch mal vorbeischaut, wenn sie vom Verschwinden eurer Mutter aus dem Entzug erfahren hat. Aber vermutlich wird sie das erst ab Mittag tun, und bis dahin haben wir in Ruhe einen Plan gemacht und sind längst wieder weg.«

»Warum erst ab Mittag?«, hab ich gefragt.

»Weil sie euch bis dahin in der Schule vermutet«, hat Herr Wildeck gesagt. »Oder ist sie schon jemals am Vormittag gekommen?«

Das war sie tatsächlich nicht.

»Magen-Darm?«, hab ich vorsichtig gesagt. Aber keiner hat zugehört.

»Also, alle einig?«, hat Herr Wildeck ein bisschen lauter gefragt.

»Alter W*!«, hat Mama gerufen. Dann ist sie aber sofort wieder zusammengesackt.

34. Herr Wildeck erzählt eine Geschichte

Wir haben auf der Fahrt noch bei einem Aldi gehalten und Kartoffeln gekauft, da gab es sogar zwölf Kilo für sieben Euro. Chucky hatte versucht, Herrn Wildeck stattdessen von Schnitzel zu überzeugen, aber sogar er musste begreifen, dass für sieben Euro davon höchstens zwei von uns satt werden konnten.

Die größte Schwierigkeit war, Mama in unserem Parkhaus aus dem Bus zu lotsen und sie zum Fahrstuhl zu schleppen. Ich erzähle mal nicht, was sie dabei alles gebrüllt hat. Aber im Parkhaus konnte sie ja keiner hören, und zum Glück hat der Fahrstuhl wieder funktioniert (da war uns allen klar, dass dann auch Frau Wiegehals bei ihrem nächsten Besuch blitzschnell im Elften sein würde), und also hat es auch Kröger ziemlich problemlos nach oben geschafft. Obwohl er dabei sehr, sehr müde ausgesehen hat.

Es war ein komisches Gefühl, wieder in unserer Wohnung zu sein, nachdem wir sie gestern so eilig verlassen hatten. Dabei war es doch noch gar nicht so lange her. Das konnte man auch am Geruch merken. Der war immer noch zitronig.

Sobald wir die Tür aufgeschlossen hatten, ist Mama plötzlich zum Leben erwacht. Sie ist sofort zum Kleiderschrank gerannt, und Herr Wildeck hat geseufzt. »Die Arme!«, hat er gesagt. »Was für eine Enttäuschung!«

Und bevor er erklären konnte, was er damit gemeint hat, kam Mama auch schon wieder auf den Flur gestürzt und hat um sich geschlagen, als ob es ihr ganz egal war, wen sie mit ihren Fäusten getroffen hat.

»Du dreckiges Schwein!«, hat sie gebrüllt. »Ich weiß genau, da war noch eine Flasche! Du hast meinen Korn gesoffen, du W*! Gib den wieder her!«

Was ja nun ziemlich albern war, wenn sie geglaubt hat, dass er den getrunken hatte. Ich weiß nicht, wie sie sich das vorgestellt hat.

Aber mir ist eingefallen, wie Herr Wildeck gestern mit der Plastiktüte voller leerer Flaschen gekommen war, die Mama hinter dem Kleiderschrank versteckt hatte und auf die Fee und er beim Putzen gestoßen waren, und ich hab begriffen, dass eine davon vorher noch voll gewesen war. Jetzt aber jedenfalls nicht mehr.

»Ich weiß, es ist schwer!«, hat Herr Wildeck gesagt und versucht, Mama in den Arm zu nehmen. Das fand ich einigermaßen merkwürdig.

Mama aber auch, jedenfalls hat sie ihm auf die Nase gegeben.

Herr Wildeck hat geseufzt. »Wir sollten keine Zeit vergeuden«, hat er gesagt. »Wasser aufsetzen, Kartoffeln kochen, Akku aufladen, duschen, saubere Kleidung. Also?«

Fee ist sofort ins Badezimmer gesprintet, und ich hab in der Küche nach Töpfen gesucht. Wir kochen ja nicht so oft, und so viele Kartoffeln schon gar nicht. Vielleicht waren deshalb immer ein paar Kartoffeln zu viel und ein bisschen Wasser zu wenig in den Töpfen.

Auf dem Flur hat Chucky sein Handy in der Staubsaugersteckdose aufgeladen, und im Wohnzimmer hat Mama auf dem Sofa gelegen und rumgebrüllt. Dann war sie plötzlich still und hat nur noch geschluchzt.

»Ich will tot sein!«, hat sie gewimmert. »Ich will tot sein!«

Herr Wildeck hat sich über sie gebeugt. »Die ersten Tage sind schrecklich«, hat er gesagt. »Aber wenn Sie jetzt durchhalten, Frau Wagner – das Schlimmste haben Sie doch schon hinter sich!«

Mama hat gar nicht reagiert und ihm nicht mal auf die Nase gegeben, und ich hab gedacht, dass sie schließlich auch gar keine Wahl hatte. Ohne Geld kein Schnaps, außer, sie wollte wieder beim Klauen erwischt werden.

Chucky hat sich neben Kröger auf den Boden gesetzt und ihn so ganz sanft gestreichelt. Es hat ausgesehen, als ob es Kröger gefallen hat. Chucky wollte schon immer einen Kampfhund haben, aber ein Jagdleopard war ja auch nicht schlecht.

»Frau Wagner!«, hat Herr Wildeck gesagt. So hatte ich seine Stimme vorher noch nie gehört. Als ob Mama ein ganz kleines Kind wäre und er müsste sie trösten und beschützen. Er hatte sie ja auch in seiner Obhut. »Natürlich würde es Ihnen auf der Station jetzt besser gehen! Da würden Sie weiter Medikamente gegen die Entzugserscheinungen bekommen! Jetzt müssen Sie es kalt schaffen. Ich weiß, wie furchtbar das ist.«

Er hat sich über sie gebeugt. »Und heute ist erst der dritte Tag!«, hat er gesagt. »Glauben Sie mir, Frau Wagner, das Schlimmste ist bald vorbei! Ab morgen wird es allmählich besser, das verspreche ich Ihnen. Denken Sie doch an Ihre Kinder! Und denken Sie auch ein bisschen an sich!«

Ich hab gesehen, dass Mama zwei Tränen unter den geschlossenen Lidern herausgelaufen sind. »Mir ist kalt«, hat sie geflüstert. Das war ja besser als Gegröle.

Und grade als ich überlegt habe, was Herr Wildeck mit »Ich weiß, wie furchtbar es ist« gemeint hat, ist Fee reingekommen und hat gesagt, jetzt kann ich unter die Dusche und ob ich mal nachgucken kann, ob bei meinen Klamotten oder bei Mamas oder Chuckys irgendwas ist, was sie anziehen kann.

Ich hab aber den Finger auf die Lippen gelegt.

»Baron Chuck hat gefragt, ob die Zirkusleute ihm auch einen Führerschein fälschen können«, hat Herr Wildeck grade gesagt. »Nein, Baron Chuck, das können sie nicht. Sie können Papiere nicht besser fälschen als du oder ich oder wir alle hier. Mein Ausweis ist echt.«

»Was?«, hat Chucky gesagt. »Scheiße!«

Kröger hat kurz den Kopf gehoben.

»Frau Wagner, hören Sie mir zu!«, hat Herr Wildeck gesagt. »Vor vielen, vielen Jahren ist es mir gegangen wie Ihnen jetzt. Haargenau so. Ich habe getrunken, jeden Tag mehr, und eines Tages ...« Er war still. Aber keiner mochte ihn fragen, was da gewesen war.

»Ich war Arzt«, hat er gesagt. »Und eines Tages ...« Wieder hat er aufgehört zu sprechen. »Mir sind Fehler unterlaufen. Schlimme Fehler.«

Kröger hat sich mühsam aufgerichtet und ist zu Herrn Wildeck getrottet, als ob er wüsste, dass der jetzt Trost brauchen konnte. Dann hat er ihm seinen Kopf auf die Knie gelegt.

»Darum haben sie mir die Approbation entzogen. Das heißt, dass ich nicht mehr als Arzt arbeiten durfte. Und ich war wütend auf alle, die mir das angetan haben, bei allen habe ich die Schuld gesucht, nur nicht bei mir. Aufgehört zu trinken habe ich deswegen noch lange nicht.«

Sogar Mama hat ihn jetzt angestarrt. Sie hatte die Arme um sich geschlungen, als ob sie sich selber umarmen wollte. Vielleicht, weil ihr kalt war.

»Ich habe mir eingeredet, ich hätte es unter Kontrolle«, hat Herr Wildeck gesagt. »Ich weiß gar nicht, ob ich das da noch wirklich geglaubt habe. Jeden Tag habe ich mir gesagt, morgen hörst du auf. Aber heute noch nicht. Heute gibt es noch mal einen Abschiedsschluck.«

Mama hat gestöhnt.

»Und als ich es dann ein paarmal doch versucht habe«, hat er gesagt, »Frau Wagner? Da war ich einfach nicht stark genug. Es war das Grauenvollste, was ich bis dahin erlebt hatte. Frieren und Schwitzen und Übelkeit und das Gefühl, dass es mich innerlich zerreißt, wenn ich nicht bald einen Schluck kriege. Und um ins Krankenhaus zu gehen zum Entzug, war ich zu stolz.«

Mama hat geschluchzt.

»Dann ist mir das mit dem Auto passiert. Der Unfall war fürchterlich. Mein einziger Trost ist, dass in den anderen Fahrzeugen niemand dauerhaft zu Schaden gekommen ist. Und für mich war es ein Segen. Das Schicksal hat eingegriffen und mich aus meinem Elend befreit – auch wenn es dazu einen merkwürdigen Weg gewählt hat.«

Wir waren alle ganz still.

»Zwei Wochen habe ich im Koma gelegen«, hat Herr Wildeck gesagt. »Und als ich wieder aufgewacht bin, war das Schlimmste schon vorbei. Die ersten furchtbaren Tage ohne Alkohol. Und als sie mich nach vielen Monaten aus dem Krankenhaus entlassen haben, da war ich trocken. Aber in mein altes Leben konnte ich nicht zurück. Ich war kein Arzt mehr, und ich hatte keinen Führerschein mehr, und meine Familie hatte sich von mir abgewandt. Ich wusste selbst, dass ich ganz neu anfangen musste.«

Mama sind immer noch die Tränen über die Wangen gelaufen.

»Hätten Sie denn nicht irgendwann wieder Arzt sein können?«, hab ich geflüstert. »Und seinen Führerschein kriegt man doch auch irgendwann zurück, Herr Wildeck!«

»Vielleicht wollte ich Buße tun?«, hat Herr Wildeck gesagt. »Ich weiß es nicht, Mädchen. Das Einzige, was ich wusste, war: Wenn ich versuchen würde, wieder in mein altes Leben zurückzukehren, dann wäre auch ganz schnell die Sucht wieder da. Bei jeder kleinen Schwierigkeit, bei jeder Sorge, jeder Wut – in meiner vertrauten Umgebung wäre auch immer als Erstes die vertraute Lösung in meinem Kopf. Wenn es dir schlecht geht, nimm einen Schluck! Das Problem verschwindet so zwar nicht, aber du fühlst dich besser.«

»Das ist doch bescheuert!«, hat Fee gesagt. Daran konnte man ja sehen, dass sie überhaupt keine Ahnung hatte.

»Natürlich ist es das«, hat Herr Wildeck gesagt. »Jede Sucht ist, in deinen Worten, bescheuert. Aber das Schlimme ist, dass man es selbst weiß und nichts dagegen tun kann. Das genau bedeutet ja Sucht.«

»Bescheuert!«, hat Fee wieder gesagt.

»Und da sind Sie zum Zirkus gegangen?«, hab ich gefragt.

Herr Wildeck hat gelächelt.

»Sie haben jemanden für den Auf- und Abbau gesucht und ein Mädchen für alles«, hat er gesagt. »Und als sie mitgekriegt haben, dass ich eigentlich Arzt bin, fanden sie das auch nicht falsch. Für mich war das eine großartige Lösung. Es gab zwar nur wenig Geld, aber alles war vollkommen anders als in meinem vorherigen Leben, und ich hatte auch gleich eine Unterkunft.«

»Im Zirkuswagen?«, hab ich gefragt. Das würde ich auch toll finden.

Herr Wildeck hat gelächelt. »Und niemals einsam«, hat er gesagt. »Immerzu Menschen um mich herum.«

Ob ich das nun so gut finden sollte, hab ich nicht gewusst. Da kommt es ja ziemlich darauf an, was das für Menschen sind. Solche wie Mert und Waldemar und Önder würde ich zum Beispiel nicht wollen.

»Nein, ich habe großes Glück gehabt«, hat Herr Wildeck gesagt. »Genau im letzten Moment hat das Schicksal mir noch die Rettung geschickt. Wenn auch vielleicht auf eine Weise, die ich mir früher für mein Leben niemals hätte vorstellen können.« Er hat Kröger am Hals gekrault. »Und Kröger«, hat er gesagt, »den hat es mir auch geschickt.«

Mama hat die Augen geöffnet und ihn angeguckt. Gesprochen hat sie nicht.

»Wir schaffen das, Frau Wagner!«, hat Herr Wildeck gesagt. »Wir beiden schaffen das!«

In dem Augenblick ist Fee aufgesprungen.

»Mann!«, hat sie gebrüllt. »Riecht das denn keiner?«

Es ist ja schon klar: Wenn man zu viele Kartoffeln mit zu wenig Wasser aufsetzt, brennen sie an.

35. Angebrannte Kartoffeln

Als ich die Küchentür aufgerissen habe, war die ganze Küche voller Qualm. Man hat richtig gehört, wie die Kartoffeln auf dem Topfboden vor sich hin gekokelt haben. Ich hab das Küchenfenster aufgestoßen und gehofft, dass jetzt draußen niemand die Feuerwehr alarmiert, weil er glaubt, dass es bei uns brennt.

Dann hab ich alle Töpfe unter den Wasserhahn gehalten, dass es gezischt hat und vor lauter Dampf überhaupt nichts mehr zu sehen war. Blöderweise hab ich mir dabei ein bisschen die Hand verbrannt, weil es keine Topflappen gab; aber weil das kalte Wasser ja sowieso schon gelaufen ist, hab ich die Hand einfach druntergehalten, da hat es nicht mehr so wehgetan.

»Was ist denn hier los?«, hat Herr Wildeck gerufen und versucht, mit den Händen den Qualm und den Dampf wegzuwedeln. »Um Himmels willen, brennt es?«

Ich hab nur den Kopf geschüttelt. »Angebrannt«, hab ich gesagt.

Herr Wildeck hat geseufzt. »Deine Hand auch?«, hat er gefragt.

Ich hab genickt.

»Immer schön weiter Wasser drüber!«, hat er gesagt. »Schön lange! Danach guck ich sie mir an.«

Da war ich beruhigt, weil das ein Arzt gesagt hat. Und ich musste mich jetzt auch nicht mehr um die Kartoffeln kümmern, weil ich ja Wasser über meine Hand laufen lassen musste. Die Kartoffeln haben Herr Wildeck und Fee gepellt, und sie haben ein bisschen geflucht, und Herr Wildeck hat gesagt, natürlich kann man das Angebrannte abschneiden, aber vermutlich ist der kokelige Geschmack schon in die ganzen Kartoffeln gekrochen. Weil wir nichts anderes haben, muss es uns leider trotzdem schmecken.

Danach hat er sich meine Hand angeguckt, die war schon ganz blau von dem vielen kalten Wasser, ich hab aber die Zähne zusammengebissen.

»Na, da hast du Glück gehabt!«, hat Herr Wildeck gesagt. »Das wird heute noch ein bisschen brennen, aber mehr auch nicht. Gott sei Dank bist du gleich zum Wasserhahn gegangen!«

»Fee!«, hat Chucky da aus dem Wohnzimmer gerufen. »Komm schnell! Sie sind wieder im Fernsehen!«

Da bin ich mitgerannt.

Im Fernsehen hat grade wieder Fees rundliche Mutter gejammert, dass Fee sich doch bitte, bitte melden soll. Ihr Vater hatte vorher schon gefleht, hat Chucky gesagt. Aber die zehntausend Euro für Hinweise aus der Bevölkerung hatten sie trotzdem nicht erhöht.

Fee hat so ganz merkwürdig gelächelt. »Da sieht sie endlich mal!«, hat sie zufrieden gesagt. Sie hatte ein altes Sweatshirt von Chucky angezogen und eine Hose, die Mama mal aus der Kleiderkammer mitgebracht hatte, weil sie das Blumenmuster so cool fand, aber dann war sie ihr zu groß gewesen. Fee war sie trotzdem zu klein.

»Da sieht sie endlich mal *was*?«, hab ich gefragt.

Herr Wildeck ist mit einer großen Schüssel dampfender Kartoffeln ins Zimmer gekommen. Unter den Arm hatte er sich Gabeln geklemmt.

»Da fällt ihr endlich mal auf, dass es mich auch noch gibt!«, hat Fee gesagt. »Nicht nur immer Kloster und Retreat und spirituelle Erfahrungen und ›Oh, allmählich nähere ich mich meinem innersten Kern!‹«

Herr Wildeck hat die Schüssel auf den Tisch gestellt und die Gabeln danebengelegt. Ich hab mir eine Kartoffel aufgespießt, aber den Mund wollte ich mir natürlich nicht auch noch verbrennen, darum hab ich mit dem Essen noch gewartet. Obwohl mein Magen jetzt ein Konzert angestimmt hat, das kann sich keiner vorstellen.

»Was sind spirituelle Erfahrungen?«, hab ich gefragt.

Fee hat sich auch eine Kartoffel genommen und draufgepustet.

»Was sie auf Mallorca macht und in Indien!«, hat Fee gesagt. »›Oh, Fee, ich habe so eine unglaubliche spirituelle Erfahrung gemacht! Oh, Fee Liebes, diese Bewusstseinserweiterung!‹« Sie hat mit einer ganz hohen Stimme gesprochen, dass man wissen sollte, jetzt macht sie ihre Mutter nach. Die hat aber in Wirklichkeit gar nicht so albern gesprochen. Jedenfalls nicht im Fernsehen. »›Oh, Fee, ich spüre, dass ich dem innersten Kern meines Selbst ganz nahegekommen bin!‹«

Fee hat eine so wütende Handbewegung gemacht, dass ihre Kartoffel von den Gabelzinken gebröckelt und auf den Tisch gefallen ist. Da hat sie vor sich hin gedampft.

»Und wenn *ich* mal was erzählt hab!«, hat Fee gesagt. »Von der Arschgeige und wie gemein die ist! Dann wollte sie gar nicht zuhören. ›Fee, das musst du doch verstehen, da darf ich mich nicht einmischen!‹ Als ob das *einmischen* wäre! Wo ich ihr Kind bin!« Sie hat geschnauft. »Aber das war gar nicht deswegen!«, hat sie gerufen. »Das war einfach nur, weil ich ihr ganz gleichgültig war! Immer nur sie selbst und sie selbst!«

Auf dem Sofa hat Mama so ein komisches Geräusch gemacht, dann hat sie die Augen geöffnet und nach Fee gesucht.

»Ihre Kinder sind einer Mutter nicht gleichgültig, verdammt!«, hat sie geflüstert. »Manchmal kriegt so eine beschissene Mutter es nur einfach nicht hin.«

Am Tisch war es jetzt ganz still.

»Wenn sie nicht mal ihr eigenes verpisstes Leben hinkriegt?«, hat Mama geflüstert. »Wetten, deine Mutter kriegt nur einfach ihr eigenes verpisstes Leben nicht auf die Reihe? Und die denkt, wenn sie erst mal mit sich selber leben kann …«

Ich hätte gerne mal gewusst, wie man *ohne* sich selber leben konnte. Entweder mit oder gar nicht.

»Muss ich erst abhauen, damit sie merkt, dass sie mich lieb hat?«, hat Fee gerufen. »Wie bescheuert ist das denn?«

Aber Mama hat nichts mehr gesagt.

Herr Wildeck hat gelächelt.

»Drei Kartoffeln, Frau Wagner!«, hat er gesagt und sich über Mama gebeugt. »Sie essen jetzt drei Kartoffeln, vorher passiert hier gar nichts mehr.«

Mama hat im Liegen den Kopf geschüttelt. »Verpiss dich, Wichser!«, hat sie geflüstert. »Mir ist übel!«

»Ich weiß!«, hat Herr Wildeck gesagt. »Aber Sie brauchen was in den Magen. Kopf hoch, Mund auf!«

Und dann hat er Mama wirklich gefüttert wie ein kleines Kind. Es hätte nur noch gefehlt, dass er »Ein Löffelchen für Jamie-Lee! Ein Löffelchen für Baron Chuck!« gesagt hätte. Das hat er aber nicht. Und Mama hat es sich wirklich gefallen lassen und gekaut und geschluckt.

Ich hab auf den Boden geguckt, wo Kröger ganz leise geschnarcht hat. Herr Wildeck hatte ihm fünf Kartoffeln in die Schüssel aus dem Kost-nix!-Laden getan, aber Kröger hat sie nicht angerührt. Sie haben aber auch tatsächlich ziemlich angebrannt geschmeckt, also wenn man vorher grade Mischhack gehabt hatte, konnte man vielleicht ganz gut auf die angekokelten Kartoffeln verzichten.

Als Mama aufgegessen hatte, hat Herr Wildeck die nächste Schüssel aus der Küche geholt. Ich muss sagen, angebrannte Kartoffeln sind gar nicht so schlecht, wenn man Hunger hat. Man wird richtig schön satt davon. (Das würde man von nicht angebrannten aber natürlich auch werden.) Am Schluss sind sogar noch ein paar übrig geblieben, die hat Herr Wildeck in zwei Plastikdosen mit Deckel getan, in denen mal Kartoffelsalat mit Ei und Gurke gewesen war.

»Reiseproviant!«, hat er gesagt.

»Müssen wir wirklich wieder los?«, hab ich gefragt.

Ich hab an Mama gedacht, die still auf dem Sofa gelegen hat, und an Kröger, der sich auch immer nur ausruhen wollte, und plötzlich hab ich den Gedanken an Abhauen gar nicht mehr spannend und lustig und wie ein Abenteuer gefunden. Wenn man nicht weiß, wo man hinsoll, und dauernd Hunger hat, ist ein Abenteuer auch nichts wert.

»Ja, ich fürchte, das müssen wir!«, hat Herr Wildeck gesagt. »Demnächst wird ganz sicher Frau Wiegehals hier auftauchen, um zu gucken, ob eure Mutter nach ihrer Flucht aus der Geschlossenen wieder zurück ist und wie es euch geht. Und was sie dann sieht, wird ihr nicht gefallen.«

Ich hab gedacht, dass er dann ja einfach wieder sagen könnte, dass *er* auf uns aufpasst, aber Herr Wildeck hat schon weitergeredet.

»Und weil sie ja weiß, dass eure Mutter nun doch nicht entzogen hat, muss Frau Wiegehals eben wirklich eine dauerhafte Lösung für euch finden …«

»Pflegestelle?«, hab ich gesagt. Das war aber ja klar.

»… und zu essen haben wir hier auch nichts mehr, und ewig halten die Kartoffeln nicht vor.«

»Wir könnten heute Nacht ja wieder …«, hat Fee gesagt, aber ein Blick auf Chucky hat genügt, um zu begreifen, dass er nicht so gerne noch mal über den Zaun zu den Mülltonnen klettern wollte.

»Nein, hört zu, Kinder!«, hat Herr Wildeck gesagt. »Ewig können wir dieses Spiel nicht spielen. Wenn alles andere geregelt ist, gehen Kröger und ich wieder auf die Straße, wo wir hergekommen sind. Und Fee geht zurück zu ihren Eltern …«

»Dann wollen wir aber die Belohnung!«, hat Chuck gesagt.

Herr Wildeck hat den Kopf geschüttelt. »Und was willst du der Polizei sagen?«, hat er gefragt. »Oder Fees Eltern? ›Ich habe Ihre Tochter drei Tage lang versteckt, damit ich hinterher das Geld für die Hinweise aus der

Bevölkerung kassieren kann? Und ich hab sie so lange versteckt, weil ich gehofft habe, dass Sie die Summe noch erhöhen?‹«

Herr Wildeck hat ausgesehen, als ob er Chucky am liebsten einen Vogel gezeigt hätte. »Ich weiß nicht, welcher Straftatbestand das ist, Baron Chuck«, hat er gesagt. »Aber irgendeiner ist es bestimmt. Menschenraub oder Erpressung oder Entführung oder Vortäuschung einer Straftat. Das Geld siehst du jedenfalls bestimmt nicht, wenn du dich meldest, und du kannst froh sein, wenn du nicht vor Gericht kommst. Nein, die einzige Lösung ist, dass wir uns ganz raushalten und dass Fee sich freiwillig stellt ...«

»Noch nicht heute!«, hat Fee gerufen. »Die machen sich doch immer noch keine richtigen Sorgen! Erst zehntausend Euro Belohnung!«

»... und irgendein Märchen erzählt. Was das für ein Märchen sein soll, müssen wir uns gemeinsam noch mal überlegen. Aber wir anderen müssen uns da raushalten. Das wird sonst nicht lustig für uns. Nicht für euch und nicht für mich.«

Fee hat ihn angestarrt. »Aber bis morgen?«, hat sie geflüstert. »Nur bis morgen, Herr Wildeck? Wegen Mama? Bitte! Dass die wirklich merkt ...«

Herr Wildeck hat nachgedacht.

»Wenn Fee zurückgeht und uns aus ihrer Geschichte rauslässt«, hat er gesagt, »und wenn ich mit Kröger wieder auf die Straße verschwinde – dann gibt es, sobald es Ihnen, Frau Wagner, wieder gut genug geht, um die Sozialarbeiterin zu empfangen, doch eigentlich gar keinen Grund mehr, warum wir weiter auf der Flucht sein sollten. Heute darf diese Frau Wiegehals Sie in Ihrem Zustand keinesfalls sehen, aber morgen können Sie ihr vielleicht schon lächelnd unter die Augen treten!«

Ich hab genickt. Ich hätte gerne die zehntausend gehabt, aber wenn daraus nun nichts werden konnte, dann wollte ich nachts wenigstens wieder in meinem Bett schlafen und ab und zu mal Döner essen.

»Nur das Auto!«, hat Herr Wildeck gesagt und etwas durch die Luft geschwenkt, das ich zuerst nicht erkannt habe. Es waren die Blätter von der Rückbank, die Kröger fast aufgefressen hätte. Das Manuskript. Ich hatte gar nicht mitgekriegt, dass Herr Wildeck es mitgenommen hatte. »Das Auto muss natürlich …«

»Seid doch mal still!«, hat Chucky geschnauzt. Weil eigentlich nur Herr Wildeck geredet hat, hab ich das ein bisschen unhöflich gefunden. Er hat auf den Fernseher gestarrt und den Ton hochgefahren. »Nun sitzen wir aber total in der Scheiße! Jetzt ist die Kacke aber echt am Dampfen! Keine Ahnung, was wir da noch machen können! Ich glaube, jetzt sind wir echt am Arsch.«

Da haben wir alle auf den Bildschirm geguckt.

36. Der Dichter hat eine Schraube locker

»... Rätsel im Fall Fee Ranzmeier auf«, hat ein Nachrichtensprecher grade gesagt. »Heute Vormittag wurde bei der Polizei von einem nachweislich unbeteiligten Passanten ein unvollständiger Erpresserbrief abgegeben, das dieser im Einkaufszentrum ...« Sie haben ein Bild eingeblendet.

»Das ist ja unsers!«, hab ich geschrien.

»... auf dem Boden gefunden hatte, als wäre es dort achtlos fallen gelassen worden. Die Polizei ging zunächst von einem Trittbrettfahrer aus, eine Überprüfung des beiliegenden datierten Fotos allerdings ...«

Jetzt erschien auf dem Bildschirm das Foto, das Chucky in unserem Kinderzimmer von Fee gemacht hatte.

»… ergab, dass es mit hoher Wahrscheinlichkeit echt ist und in einer Dromarkt-Filiale dieses Einkaufszentrums ausgedruckt wurde. Demnach befindet sich die elfjährige Milliardärstochter also in den Händen skrupelloser Entführer, die sie offenbar sogar von einem Geparden bewachen lassen. Bisher waren sowohl die Eltern des Mädchens als auch die Polizei davon ausgegangen, dass Fee einfach nur von zu Hause ausgerissen war. Foto und Lösegeldforderung werfen jedoch ein vollkommen neues Licht auf den Fall.«

»Mensch, Ebru!«, hab ich gerufen. Ich konnte nicht begreifen, dass eine, die die ganze Welt retten will, es nicht mal hinkriegt, unseren Erpresserbrief vernünftig im Müll zu entsorgen. Ich konnte mich genau erinnern, wie Ebru den Zettel mit dem Foto gestern blitzschnell in ihrer Jackentasche hatte verschwinden lassen, als Herr Wildeck ins Zimmer gekommen war. Und ich konnte mir auch haargenau vorstellen, was dann im Einkaufszentrum passiert war: nämlich, dass Ebru etwas aus der Tasche gezogen oder irgendwas gesucht hatte, vielleicht ein Taschentuch, und dabei war ihr der Zettel mit dem Foto rausgerutscht. Und irgendein Blödian hatte ihn später gefunden, und vielleicht war das ein Rentner mit viel Zeit oder ein Wichtigtuer oder was, jedenfalls hatte er nichts Besseres zu tun gehabt, als beides bei der Polizei abzuliefern. Auf dem Bildschirm war jetzt tatsächlich unser Zettel zu sehen.

Wir haben Ihre Tochter! Beweis: siehe Foto. Wenn Sie

sie jemals lebend wiedersehen wollen, dann informieren Sie nicht die Polizei! Übergeben Sie das Lösegeld von einer Million Euro …«

»An dieser Stelle bricht das Schreiben ab«, sagte die Stimme des Nachrichtensprechers. »Das Einkaufszentrum befindet sich nur dreihundert Meter von der Stelle entfernt, an der Fee Ranzmeier zuletzt gesehen wurde. Wird sie also noch immer irgendwo in der Umgebung gefangen gehalten? Aber die Lösegeldforderung gibt noch weitere Rätsel auf. Wollten die Entführer, dass ihr Schreiben gefunden wird, oder handelt es sich dabei um ein Versehen? Warum ist bisher keine Lösegeldforderung bei den Eltern des Mädchens eingegangen? Die Polizei arbeitet fieberhaft an der Aufklärung des Falles. Alfons Ranzmeier hat den Betrag, der für Hinweise gezahlt wird, die zur Ergreifung der Täter und zur Freilassung seiner Tochter führen, inzwischen auf zwanzigtausend Euro erhöht.«

»Mist!«, hab ich geflüstert. »Mist, Mist, Mist! Wenn das die Wiegehals sieht, dann glaubt sie keine Sekunde mehr, dass Ebru und ich eine Klassenkameradin Katharina haben!«

»Nein, das glaubt sie sicher nicht mehr!«, hat Herr Wildeck gesagt. »Und ganz sicher wird die Polizei auch Fingerabdrücke auf dem Brief und dem Foto finden und nach einer Durchsuchung dieser Wohnung das Zimmer identifizieren können, in dem das Foto gemacht wurde. Niemand kann jetzt mehr bestreiten, dass Fee sich hier aufgehalten hat.« Er hat geseufzt. »Und damit ist der Traum geplatzt, dass Fee sich einfach bei ihren Eltern zurückmeldet und uns raushält. Uns kann jetzt niemand mehr raushalten. Uns alle nicht.«

»Ja, aber Fee erklärt dann doch, dass es gar keine Entführung war!«, hab ich ganz schnell gesagt. »Und dass wir immer gedrängelt haben, dass sie nach Hause zurückgehen soll! Und dass wir sie nicht wegen der Belohnung versteckt haben, wir haben das nur für sie getan, weil sie uns gebeten hat! Das erklärst du der Polizei doch, oder, Fee?«

»Das hab ich doch schon die ganze Zeit gesagt!«, hat Fee geschnauzt. »Mann!«

»Ja, aber ob die Polizei das glaubt?«, hat Herr Wildeck gemurmelt. »Es gibt etwas, das heißt Stockholmsyndrom ...« Dann ist er aufgestanden. »Egal! Egal, was die Polizei uns glaubt oder nicht glaubt: Heute jedenfalls darf sie uns noch nicht finden. Heute ist Frau Wagner noch nicht in der richtigen Verfassung. Das wäre nicht gut für Jamie-Lee und Baron Chuck. Womit klar wäre, dass sich auch Fee heute noch nicht melden darf. Nicht jetzt, wo wir alle unweigerlich mit drinstecken.«

Fee hat beide Daumen in die Luft gehalten, als ob sie *Yeah!* sagen wollte.

»Womit es also nur noch um Schadensbegrenzung gehen kann. Wenigstens das gestohlene Auto sollten sie nicht auch noch bei euch finden, wenn sie dann kommen. Damit wissen wir auch schon, wohin wir jetzt fahren.«

Chucky hat gegrinst. »Krass!«, hat er gesagt. »Wir fahren die Karre in einen See, oder? Muss man einfach nur einen Stein aufs Gaspedal legen …«

»Baron Chuck!«, hat Herr Wildeck gesagt. »Wir sind hier nicht in einem Krimi!«

Aber ich hab auch gefunden, dass Chucky recht hatte. »Wenn das Auto gefunden wird«, hab ich gesagt, »dann sind da doch auch überall unsere Fingerabdrücke drauf! Darum können wir es nur verschwinden lassen! Ich finde das mit dem Stein auf dem Gaspedal gut.«

Aber Herr Wildeck hat schon wieder nach dem Zettelstapel aus dem Bulli gegriffen. »Dankenswerterweise hat Kröger uns das erste Blatt fast unversehrt übrig gelassen«, hat er gesagt. »Und auf dem ersten Blatt findet sich auch die Adresse des Autors. Und da bringen wir den Wagen jetzt hin.«

Wir haben ihn angestarrt.

»Aber wenn er der Polizei dann meldet, dass er sein Auto zurückhat!«, hat Fee gesagt. »Dann finden die unsere Fingerabdrücke doch auch!«

Herr Wildeck hat den Kopf geschüttelt. »Ich glaube kaum, dass die Polizei sich bei so einem alten Fahrzeug die Mühe macht, nachträglich noch nach Fingerabdrücken zu suchen, wenn doch alles wieder in Ordnung und das Fahrzeug wieder bei seinem Halter ist!«, hat er gesagt. »Mein Vorschlag ist ein gänzlich anderer. Bis morgen müssen wir noch untertauchen, so viel ist klar. Und wir wissen nicht, wo, und wenn wir bis dahin wieder nichts zu essen bekommen, sind wir allmählich alle vollkommen entkräftet.«

»Vor allem Kröger!«, hab ich gesagt.

Der sah ja jetzt schon ganz *entkräftet* aus. Aber nicht hungrig. Jedenfalls hatte er die Kartoffeln immer noch nicht angerührt.

Herr Wildeck hat ihm einen Blick zugeworfen und geseufzt.

»Mein Vorschlag ist, dass wir dem Autor seinen Wagen zurückbringen und ihn außerdem bitten, uns noch bis morgen Asyl zu gewähren«, hat er gesagt. »Wenn ich mir das hier so ansehe ...« Er hat in den Zetteln rumgeblättert.

»Nee!«, hat Chucky geschrien. »Nee, Herr Wildeck! Der verpetzt mich doch hundertpro bei den Bullen!«

Herr Wildeck hat sich seine Brille zurechtgerückt. »*... auch hier im hintersten Tal von Krollon*«, hat er vorgelesen. »*Samtene Dunkelheit fiel wie ein schweres Tuch, doch mit der außergewöhnlichen Kraft seiner Magrovisa-Augen sah Andalin, tief hinter dem bleiernen Felsen verborgen, wie die heimtückischen Barra sich jetzt vor Ruwin zu Boden warfen und ihre geheimnisvollen Rufe ausstießen. ›Die Macht sei dein! Die Macht sei unser!‹, so glaubte er zu verstehen. Und als sie sich erhoben, erblickte er endlich, worauf er schon die ganze Zeit, seit er den Schlüssel zu ihrem Reich gefunden hatte, gewartet hatte: Ihre menschlichen Antlitze wurden zu Fratzen ...*«

»Iiih!«, hat Fee geschrien.

»… und aus den grade noch voll geschwungenen Mündern in ihren sonderbar ebenmäßigen Gesichtern wuchsen Zähne hervor wie Hauer, wobei sich ein grauenvolles Stöhnen und Ächzen ihren plumpen Körpern entrang. Andalin schauderte es. Jetzt war es Gewissheit, fürchterlichste Gewissheit: Die Barra waren Vampire, Wiedergänger, die bei Tag in menschlicher Gestalt versuchten, die Menschheit zu knechten und zu unterwerfen. Doch hier, in ihrer eigenen Welt …«

»Krass!«, hat Chucky gesagt. »Gar nicht so blöde, oder?«

Herr Wildeck hat wieder geseufzt. »Wer so etwas schreibt«, hat er gesagt, »der ist zumindest mit einer reichen Phantasie gesegnet.«

»Steht da, ob die diesen Andalin hinter dem bleiernen Felsen schnappen?«, hat Fee gefragt. »Oder hat Kröger die Seite gefressen?«

»Menschen, die so etwas schreiben«, hat Herr Wildeck gesagt, was ja keine Antwort war, »sind meiner Vermutung nach ein merkwürdiges Volk. Hättest du den Bus einem Wirtschaftsprüfer oder einem Lehrer entwendet, Baron Chuck, würde ich das sicher nicht vorschlagen.«

»Bei einem Arzt auch nicht?«, hab ich gefragt.

Herr Wildeck hat den Kopf geschüttelt. »Bei einem Arzt niemals. Aber wer derart abstruse Ideen ausbrütet …« Er hat noch weitergeblättert. »Wie dem auch sei, ich hätte zumindest die Hoffnung, dass diesem … Autor sein verloren geglaubtes Manuskript so wichtig ist, dass er uns dafür, dass wir es ihm zurückgeben, bis morgen bei sich aufnimmt und quasi ein Schweigegelübde ablegt. Dass er der Polizei nichts verrät.«

»Nee!«, hat Chucky gerufen. »Wir gehen da doch nicht freiwillig hin!«

»Oh ja, klasse!«, hat Fee gesagt. »Ich will wissen, wie der aussieht!«

»Der hat doch eine Schraube locker!«, hat Mama gemurmelt. Ich hatte gar nicht gedacht, dass sie zuhört.

Herr Wildeck hat den Zettelstapel ordentlich zurechtgeklopft. »Es ist ein Risiko!«, hat er gesagt. »Das sehe ich auch. Aber ich vermute nach der Lektüre der ersten paar Seiten, im tiefsten Inneren wird dieser Mensch getragen von einer Sehnsucht nach dem Abenteuer. Auch wenn ich mir ansehe, wie er seinen Wagen bemalt hat. Und was haben wir schon noch zu verlieren? Hier müssen wir verschwinden, und wo sonst können wir hin?«

Das hat ja gestimmt.

»Dann also los!«, hat Herr Wildeck gesagt. »Je schneller wir von hier wegkommen, desto besser. Denn Frau Wiegehals *muss* demnächst auftauchen. Entweder sie guckt nur mal vorbei, weil sie erfahren hat, dass Frau Wagner aus dem Entzug geflohen ist, oder, im schlimmeren Fall, sie hat schon das Entführerfoto im Fernsehen gesehen und die Polizei benachrichtigt, dann kommt die womöglich gleich mit. Wie auch immer: Wir sollten sehen, dass wir uns zügig auf den Weg machen.«

»Und bei dem Dichter sind wir sicher!«, hab ich gesagt.

Aber da hab ich mich leider geirrt.

37. Der Dichter lebt im Dschungel

Obwohl der Fahrstuhl jetzt funktioniert hat, war es gar nicht so einfach, Kröger zum Auto zu schaffen. Er wollte einfach nicht aufstehen. Zum Glück hatte Chucky aber ja Erfahrung damit, ihn zu tragen.

Mama hat auch fürchterlich gestöhnt, aber sie hat schon begriffen, dass sie mitkommen musste. Da haben wir also alle wieder im Bus gesessen, und ich hab kurz überlegt, ob es nicht besser gewesen wäre, wenn wir vor unserem Aufbruch noch abgewaschen hätten, weil Frau Wiegehals unsere Wohnung doch nun wieder im Chaos vorfinden würde, falls sie reinkam, aber dafür war es zu spät.

»Und jetzt raus mit der Sprache!«, hat Herr Wildeck

gesagt, nachdem der Bus vom Parkdeck gerollt war. »Warum um Himmels willen ...«

Mama hat wieder in der Ecke der Rückbank gekauert und gezittert. Sie hatte die Augen geschlossen und hat irgendwas vor sich hin gemurmelt, ich konnte aber nicht verstehen, was.

»Warum in drei Teufels Namen habt ihr diesen Erpresserbrief verfasst? Erzählt mir nicht, ihr hättet nichts damit zu tun! Das Foto wurde schließlich in der Wohnung aufgenommen! Begreift ihr überhaupt, in was für eine Situation ihr uns damit gebracht habt?«

Ich hatte schon gehofft, er würde gar nicht mehr darüber sprechen. Aber Pech, da hatte ich falschgelegen.

»Eine Million!«, hat Chucky gerufen. »Eine Million, Mann! Wir brauchen schließlich was zu fressen für Ihren Leoparden, und jetzt sehen Sie ja selbst, wie weit wir ohne Geld gekommen sind! Eine Million!«

»Und du siehst jetzt hoffentlich, wohin ihr mit eurer idiotischen Lösegeldforderung gekommen seid!«, hat Herr Wildeck gesagt. »Wenn dieses Schreiben nicht aufgetaucht wäre, könnte niemand euch mit Fees Verschwinden in Verbindung bringen! Aber jetzt!«

Da war Chucky still. Ab und zu hat er Herrn Wildeck mal gesagt, wo der abbiegen musste, wenn er zu der Dichter-Adresse fahren wollte. Der Bus hatte ja nun mal kein Navi. Bei dem musste man dankbar sein, dass er Räder hatte.

Ich weiß nicht, ob irgendwer schon mal bei einem

Dichter zu Besuch war. Da denkt man doch, so einer wohnt in einer ganz tollen Villa, also so ungefähr wie die von Fees Vater im Fernsehen, und der ist so reich wie Bolle. Wenn der doch Bücher schreibt! Hatte ich immer gedacht.

Ob Fee und Chucky überhaupt was gedacht hatten, weiß ich nicht, und Mama hat das ja alles nicht interessiert. Aber Herr Wildeck hat jedenfalls ein ganz komisches Gesicht gemacht, als wir bei der Adresse angekommen sind.

»Du bist dir sicher?«, hat er gefragt. »Diese Hausnummer ist es, Baron Chuck?«

So was Ähnliches hatte er auch schon gefragt, als wir zu der Straße gekommen waren, die auf dem Manuskript stand. »Du bist dir sicher, Baron Chuck? Diese Straße ist es?« Aber Chucky war sich sicher gewesen.

Wie eine Millionärsstraße sah die Dichterstraße nun wirklich nicht aus. Sie lag gleich hinter einem Bahndamm, und die Häuser waren alle ziemlich alt und ziemlich klein und irgendwie nicht so richtig vornehm. Obwohl ich finde, wer ein Haus hat, ist immer vornehm. Oder auf alle Fälle reich, wenigstens ein kleines bisschen. Häuser sind ja teuer. Noch teurer als Autos.

Am wenigsten vornehm von allen Häusern in der ganzen Straße sah das Haus von dem Dichter aus. Also, was man davon sehen konnte, und das war nicht viel. Eine Hausnummer gab es nicht, aber Chucky hatte die Gärten gezählt, und zählen kann er.

»Ja, dann …«, hat Herr Wildeck nachdenklich gesagt.

Die anderen Gärten in der Straße sahen alle ziemlich ordentlich aus, wie so Oma-Gärten mit ganz viel Rasen vor dem Haus und einem Plattenweg zur Haustür und am Plattenweg entlang Blumenbeete, die waren ordentlich geharkt und ohne Unkraut. Und dann gab es da immer einen Autoabstellplatz oder einen Carport oder eine Garage, und der Weg dahin war natürlich auch gepflastert.

Bei dem Dichter war das leider anders. Von seinem Haus konnte man deshalb so wenig sehen, weil der ganze Vorgarten zugewuchert war mit Büschen und Bäumen, von denen ich keine Ahnung hatte, ob der Dichter sie überhaupt jemals gepflanzt hatte oder ob sie das selbst erledigt hatten oder ein Vogelschiss. (So werden die Sachen in der Natur doch ausgesät, das weiß ich aus der Schule. Dass ein Vogel irgendwo hinkackt, und der hat vorher grade eine Frucht gefressen, und den Kern kackt er dann raus, und daraus wächst ein Baum. Eigentlich ist es ja komisch, dass die Natur solche wichtigen Sachen wie Aussäen mit Kacken erledigt. Ich hätte das anders geregelt. Dann kann man auch besser drüber sprechen.)

Ja, also der Garten. Eigentlich war es mehr eine Art kleiner Urwald. Wo sonst der Bus gestanden hatte, konnte man sich schon denken, weil es einen sehr unordentlichen Sandweg mit tiefen Reifenspuren gab, der von der Straße in den Garten führte und unter den Bäumen verschwand. Wie der bei Regen zugematscht war, wollte ich mir gar nicht vorstellen. Einen Plattenweg gab es nicht, und von Beeten konnte man nicht mal träumen.

»Meine Güte!«, hat Herr Wildeck geseufzt.

»Hab ich doch gesagt!«, hat Chucky gerufen. »Wie der schon ausgesehen hat bei uns an der Schule!«

»Natürlich, nachdem ich sein Auto kennengelernt habe, hätte ich vorbereitet sein müssen«, hat Herr Wildeck gesagt und keine Anstalten gemacht, weiterzufahren.

Ich hab gedacht, dass ich so jemand wie diesen Dichter nicht verstehe. Wenn ich mal so viel Geld habe, dass ich mir ein Haus kaufen kann (haha, Scherz!), dann habe ich aber hundertpro einen Plattenweg und zupfe jeden Tag Unkraut in den Beeten und mache es mir schön. Dazu ist man doch reich, dass man es sich schön macht! Aber bei diesem Dichter im Garten hat es ja fast so schlimm ausgesehen wie in unserer Wohnung, bevor Fee und Herr Wildeck geputzt hatten.

»Jedenfalls kann uns hier niemand finden, wenn wir das nicht wollen«, hat Herr Wildeck schließlich gesagt. »In diesem Dschungel sieht uns keiner, wenn der Dichter unseren Aufenthalt gestattet, da bleibt auch Kröger unentdeckt. Das wäre in allen anderen Gärten natürlich schwieriger geworden.«

Da fand ich es plötzlich gut, dass der Dichter vielleicht nicht so ein ordentlicher Mensch war.

Herr Wildeck hat das Auto also ganz langsam den

Sandweg hochgefahren, unter den Bäumen durch und am Haus vorbei bis ganz hinten aufs Grundstück. Hinten war es auch nicht viel anders als vorne. Und das Haus hat ausgesehen, als ob da schon seit zehn Jahren niemand mehr die Fenster geputzt hatte, und der Putz ist an manchen Stellen abgeblättert und war ganz grün und moosig, und ich hatte ein bisschen Angst, dass es gleich unter dem Lärm, der durch ein geöffnetes Fenster zu hören war, zusammenkrachen würde. Das Fenster stand wahrscheinlich offen, damit wenigstens ein bisschen Licht ins Haus kam, durch die schmutzigen Scheiben konnte das bestimmt nicht klappen, und der Lärm war Musik. Eigentlich hören Erwachsene Musik sonst ja nicht mehr so laut.

»Ich glaube, er hat gar nicht mitgekriegt, dass wir gekommen sind«, hat Herr Wildeck gesagt, als wir alle ausgestiegen waren. Außer Kröger, der hat auf der Rückbank geschnarcht, und Mama, die hat in ihrer Ecke versucht, einen Wettbewerb gegen ihn zu gewinnen. »Diesem Menschen könnte man am helllichten Tag das Dach über dem Kopf wegstehlen, und er würde nichts merken.«

Als wir an dem geöffneten Fenster vorbeigekommen sind, hab ich einen Augenblick lang gedacht, dass ich das alles vielleicht nur träume. In dem Zimmer, das vielleicht sogar noch unordentlicher war als der Garten (aber so genau konnte ich das von draußen nicht sehen), stand ein ziemlich riesiger, ziemlich dicker Mann in einer schäbigen Jeans und einem viel zu kurzen verwaschenen Sweatshirt und hat sich mit geschlossenen Augen zur Musik gedreht. Dazu hat er mit den Fingern geschnipst.

»Lalala, vida!« hat er gesungen. »Didadum, vida!«

Und obwohl das wirklich sehr bescheuert war, hat er irgendwie auch glücklich ausgesehen. Dabei wusste er doch noch gar nicht, dass er seinen Bus zurückhatte.

»Hallo!«, hat Herr Wildeck gerufen, aber der Mann hat ihn bei der lauten Musik und dem Gesinge gar nicht gehört. »Hallo, dürfen wir reinkommen?«

»Vorne ist eine Klingel!«, hat Fee gerufen. Sie war schon ums Haus nach vorne gelaufen. »Ist das nicht ein cooler Garten?« Ich hatte keine Ahnung, wie eine, die zu Hause einen Park hat, so einen Dschungel cool finden konnte. »Ich hab schon geklingelt!«

Da sind wir alle nach vorne gegangen.

38. Der Dichter staunt

Wir hätten aber genauso gut beim Fenster stehen bleiben können, die Klingel hat der Mann auch erst gehört, als die Musik mal eine Pause gemacht hat. Jedenfalls hat er die Haustür genau da geöffnet, als das nächste Lied angefangen hat.

»Oh?«, hat er gesagt. »Ich hatte die Hoffnung, es könnte die Post sein.«

»Nein, Herr Ringer, wir haben ein gänzlich anderes Anliegen«, hat Herr Wildeck gesagt und ihm die Hand hingestreckt. Der Dichter hat sie ein bisschen verwirrt geschüttelt. »Die Post bringen wir Ihnen zwar nicht, aber dafür haben wir Ihnen etwas anderes gebracht. Wir haben Ihren Bus hinten im Garten abgestellt.«

Der Dichter hat ihn angestarrt. »Kein Scheiß?«, hat er gefragt.

Ein Dichter! (Deshalb habe ich es auch geschrieben.) Herr Wildeck ist ein bisschen zusammengezuckt, aber Chucky hat gegrinst.

»Nein, kein – Scheiß«, hat Herr Wildeck gesagt. »Und wenn es Ihnen recht ist, würden wir gerne einen Augenblick hereinkommen. Ich vermute, es gibt einiges zu bereden.«

Der Dichter hat immer noch ein bisschen verwirrt ausgesehen, aber er hat uns tatsächlich alle in sein Haus gelassen. Dabei soll man das niemals tun! Fremde einfach in seine Wohnung lassen! Das sind ja meistens Verbrecher. Nur das Jugendamt natürlich, da darf man nicht Nein sagen, aber sonst müssen Fremde immer erst ihren Ausweis zeigen und erklären, was sie wollen. Das hat der Dichter aber vielleicht nicht gewusst.

In dem Zimmer mit dem offenen Fenster hat er die Anlage ausgeschaltet, da konnte ich mich endlich umgucken. Vorher hat die Musik so in meinem Kopf gedröhnt, dass für gar nichts anderes Platz war.

»*Buena Vista Social Club*?«, hat Herr Wildeck gesagt. »Ich schätze kubanische Musik auch sehr.«

Dabei hatte der Dichter ja nicht mal gesagt, dass die kubanisch war. Aber Herr Wildeck ist schließlich ein Arzt und gebildet, da weiß man so was.

Der Dichter hat sich in einen Sessel fallen lassen. Jetzt müsste ich eigentlich schreiben, wie das Zimmer aussah, aber das lasse ich mal lieber, das wäre vielleicht nicht so nett dem Dichter gegenüber. Jedenfalls waren die Möbel alle sehr, sehr alt, und in dem Sonnenstrahl, der durch den offenen Fensterflügel geschienen hat, haben so viele Staubpünktchen getanzt, dass schon klar war, einen Staubsauger hatte der Dichter jedenfalls nicht.

Herr Wildeck hat sich auf einen Holzstuhl mit so gepolsterten Armlehnen gesetzt, aber Chucky, Fee und ich sind stehen geblieben. Ich hab gedacht, dann bin ich im Notfall auch schneller aus der Tür, falls der Dichter wütend wird, wenn er hört, dass Chucky der Autoklauer war. Von einem, der so groß und fett ist, möchte ich nicht in die Mangel genommen werden.

»Lieber Herr Ringer!«, hat Herr Wildeck gesagt. »Wir kommen mit einem ungewöhnlichen Anliegen. Nicht nur Ihr Werk *Anschlag auf das Reich der Barra* macht mir Hoffnung, dass Sie uns zur Seite springen werden, auch was ich bisher von Ihrem – Heim gesehen habe ...«

»Anschlag auf das Reich der Barra?«, hat der Dichter gerufen. »Was wissen Sie davon?«

Herr Wildeck hat gelächelt. »Ein ganz – außergewöhnlicher Text!«, hat er gesagt. »Ohne Frage. Und ich biete Ihnen an, Ihnen das verschollene Manuskript zurückzugeben, wenn wir uns einig werden. Herr Ringer, lassen Sie mich Ihnen bitte zunächst und ohne Unterbrechung unsere ganze Geschichte und unser Anliegen vortragen, bevor Sie Fragen stellen. Danach«, er hat gelächelt, »werden Sie sehen: Wir geben uns ganz und gar in Ihre Hände.«

»Ja?«, hat der Dichter gefragt. Er hat sich fast so weit zu Herrn Wildeck vorgebeugt wie Herr Wildeck im Auto zur Frontscheibe. »Ich bin gespannt.«

Da hat Herr Wildeck unsere ganze Geschichte erzählt: von Chucky, der das Auto geklaut hatte, und von Mama und ihrem Entzug und von Fee und von Kröger und von Frau Wiegehals und von dem Erpresserbrief. Nicht mal den Erpresserbrief hat er weggelassen! Herr Wildeck hat wirklich die Wahrheit erzählt, die reine Wahrheit und nichts als die Wahrheit.

»Meine Güte!«, hat der Dichter gesagt, als Herr Wildeck endlich fertig war. »Das könnte sich ja niemand ausdenken, so was! Das wäre ja eine vollkommen unrealistische Geschichte!«

Ich hab keine Ahnung, was *unrealistisch* ist, aber einer, der sich Barras ausdenkt und diesen Andalin mit den Magrovisa-Augen hinter seinem bleiernen Felsen, sollte sich über unsere Erlebnisse eigentlich nicht wundern.

»Sie ahnen schon, worum ich Sie jetzt bitten werde«, hat Herr Wildeck gesagt. »Erzählen Sie nichts davon der Polizei. Falls Sie Ihren Wagen als gestohlen gemeldet haben, melden Sie ihn jetzt als wiedergefunden, sagen Sie, er hätte plötzlich vor Ihrem Grundstück gestanden. Aber bitte, tun Sie das erst morgen.«

»Morgen?«, hat der Dichter gefragt. »Ich hab ihn nicht als gestohlen gemeldet.«

»Bis morgen wird es Frau Wagner besser gehen, das ist abzusehen«, hat Herr Wildeck gesagt. »Darum wollten wir Sie bitten, uns bis morgen ein Obdach zu gewähren. Nur bis morgen.«

Der Dichter hat ihn angestarrt. »Na, das ist ungewöhnlich!«, hat er gemurmelt. »Erst mein Auto klauen und mich dann um Asyl bitten!«

»Also, Sie tun es?«, hat Herr Wildeck gefragt.

Da hat der Dichter angefangen zu lachen, dass ich gleich wieder Angst hatte, sein schäbiges Haus würde zusammenkrachen. »Mann!«, hat er gerufen. »Und diesen Jagdleoparden haben Sie auch dabei?«

Herr Wildeck hat genickt, und dann sind wir alle zusammen nach hinten aufs Grundstück gegangen, wo der Bus gestanden hat. Von der Rückbank kam ein doppeltes Schnarchen.

»Allerdings«, hat der Dichter gesagt, nachdem er einen Blick ins Innere geworfen hatte, »kann ich Ihnen nichts versprechen. Dies ist eine Straße, die auf sich hält, wissen Sie. Irgendein Nachbar liegt immer im Fenster! Und mein Ruf ist nicht der beste, alle hier klagen, dass von meinem Grundstück ständig Unkrautsamen zu ihnen wehen! Sie verzeihen mir nur, weil ich ein Künstler bin. Wenn also jemand das entführte Mädchen gesehen hat …«

»Im Wagen?«, hat Herr Wildeck gefragt. »Unmöglich. Höchstens, dass jemand gesehen hat, wie der Wagen auf Ihr Grundstück gefahren ist, und warum sollte das verwundern?«

Der Dichter hat genickt. »Dann herzlich willkommen!«,

hat er gesagt. »Und wo ist im Gegenzug also mein Manuskript? *Anschlag auf das Reich der Barra?*«

Herr Wildeck hat die Fahrertür geöffnet und unter den Sitz gegriffen. »Bitte sehr!«, hat er gesagt. »Leider hat mein Jagdleopard ...«

Der Dichter hat einen Blick auf das zerknitterte, besabberte, angefressene Papier geworfen. »Ein lesender Jagdleopard!«, hat er gesagt. »Na, wenn sogar *den* meine Story gefesselt hat, was? Dann wird das bestimmt ein Millionenerfolg! Alle Mann ab ins Haus!«

Wir haben Mama in ihrer Ecke geweckt. Auf dem Weg zum Haus hat der Dichter sich umgedreht. »Ja, dann also vielen Dank für das Manuskript!«, hat er gesagt. »Ihr Gepard darf aber gerne weiterlesen. Ich hab die Datei natürlich sowieso auf meinem Rechner.«

Da hab ich begriffen, dass er uns gar nicht bei sich versteckt hat, weil wir ihm sein Buch zurückgegeben haben, sondern einfach nur so. Wahrscheinlich hatte Herr Wildeck recht. Einer, der sich Barras ausdenkt und Wiedergänger und Andalin hinter dem bleiernen Felsen, der ist im tiefsten Inneren ganz bestimmt ein Abenteuersucher. Und wenn der in einer Straße wohnt, wo es Abenteuer nicht mal sonntags gibt, greift er eben zu, wo immer sich ihm eine Gelegenheit bietet, und die Gelegenheit waren wir. So ist das.

39. Unsere Wohnung ist enttarnt

Mama durfte sich im Wohnzimmer aufs Sofa werfen, und Kröger hat sich direkt davor auf den Boden gelegt und ist sofort wieder eingeschlafen. Alle, die nicht schlafen wollten, hat der Dichter in seine Küche gewinkt.

»Ich schlage vor, heute Abend feiern wir mal so richtig, was?«, hat er gesagt. »Ich habe meinen Bus zurück, Sie haben einen Ort gefunden, wo Sie unterschlüpfen können – wenn das kein Grund zum Feiern ist!«

Dann hat er den Deckel von einer riesigen altmodischen Kühltruhe angehoben. »Sucht euch aus, was ihr möchtet!«

Die Kühltruhe war rappeldicke voll, und auf allen Gefriertüten war ein weißer Pelz aus Eis. Aber was drin war, stand nirgendwo drauf.

»Und das Haltbarkeitsdatum?«, hat Herr Wildeck gefragt und von einem Paket den Pelz abgewischt.

Der Dichter hat abgewinkt. »Leben heißt riskieren!«, hat er gesagt.

Da haben wir einfach so ungefähr zehn Pakete aus der Truhe genommen und gespannt gewartet, was zum Vorschein kommen würde, wenn sie aufgetaut waren. Das meiste war Fleisch, aber der Dichter hat dazu auch noch Zwiebeln und Kartoffeln und Karotten aus so einem niedlichen kleinen Keller geholt.

»Kochen könnte meine Leidenschaft werden!«, hat er gesagt. Und weil wir doch alle schon so lange nichts Ordentliches mehr zwischen die Zähne gekriegt hatten, ist es an diesem Abend auch unsere Leidenschaft geworden.

Als wir grade mitten dabei waren, Kartoffeln zu schälen und Berge von Zwiebeln zu schneiden, ist die Küchentür aufgeflogen und Mama hat reingeguckt.

»Wo ist der Fernseher?«, hat sie böse gefragt.

Chucky und ich haben uns angesehen, aber wir haben nichts gesagt. Natürlich war das von Mama nicht sehr höflich, aber irgendwie war es ja auch toll, dass sie fernsehen wollte. Sie hat fast geklungen wie eine ganz normale Mutter.

»Der ist direkt …«, hat der Dichter gesagt und seine Hände an der Jeans abgewischt. »Moment.«

Er ist mit Mama ins Wohnzimmer zurückgegangen,

und ich bin hinterher. Dann hat er einen Stapel Kleider von einem Stuhl genommen, aber in Wirklichkeit hatten die gar nicht auf dem *Stuhl* gelegen, sondern auf einem winzigen *Fernseher*, der auf dem Stuhl stand.

»Da, bitte!«, hat der Dichter gesagt. Ich hatte überhaupt nicht gewusst, dass es solche Fernseher gibt. Dieser war bestimmt hundert Jahre alt, mindestens, und dass sein Bildschirm nicht zu verstaubt war, um überhaupt was erkennen zu können, lag einfach nur daran, dass all diese Hosen und Klamotten drübergelegen hatten. »Ich gucke nicht so oft fern.«

Mama hat gegrunzt und sich wieder aufs Sofa geworfen. Wenigstens war der Fernseher nicht in Schwarz-Weiß, so was hat es früher nämlich auch mal gegeben, das weiß ich. Als Oma ganz, ganz klein war.

Und grade als ich wieder zu meinen Karotten in die Küche gehen wollte, ist auf dem Bildschirm Fee aufgetaucht. Langsam hatte ich das Gefühl, dass auf der Welt sonst überhaupt nichts passierte, in China oder Amerika oder wo eigentlich immer was los ist, sonst hätten sie doch in der Glotze nicht immer nur Fee gezeigt.

»Fee!«, hab ich gebrüllt. »Du bist wieder im Fernsehen!«

Der kleine Fernseher hatte natürlich keine Fernbedienung, die war damals bestimmt noch nicht erfunden, als sie den gebaut haben. Aber ich kannte mich ja mit Fernsehern ohne Fernbedienung aus.

Bis man den Nachrichtensprecher richtig hören

konnte, waren also die ersten Bilder schon vorbei, aber das war sowieso alles nur, was wir längst kannten.

»... Information!«, hat der Sprecher gesagt. »In der Wohnung einer von ihr betreuten Familie in der Nähe des betreffenden Einkaufszentrums glaubt eine Sozialarbeiterin des Jugendamtes gestern Nachmittag die verschwundene Fee Ranzmeier erkannt zu haben. Außerdem hielt sich dort zu der Zeit auch ein ihr unbekannter Mann auf, der vorgab, der Lebensgefährte der Großmutter der betreuten Kinder zu sein.«

Auf dem Bildschirm erschien die Zeichnung eines ziemlich gruselig aussehenden, ungefähr hundertjährigen Mannes.

»Wer erkennt den Mann auf dieser Phantomzeichnung, die nach Angaben der Sozialarbeiterin angefertigt wurde?«, fragte der Sprecher. »Was hatte er ...«

»Was für eine Beleidigung!«, hat Herr Wildeck gerufen. »So soll ich aussehen? Was für eine Beleidigung!«

»So erkennt Sie wenigstens keiner, Herr Wildeck!«, hat Fee gesagt. »Ist doch gut!«

»... Wohnung, die die Polizei jedoch leer vorfand«, sagte der Sprecher wieder. »Rätsel geben aber auch dort einige Details auf«

Auf dem Bildschirm erschien ein Foto von unserem schönen Läufer mit der Moschee, auf dem die Kost-nix!-Schüssel mit fünf Kartoffeln stand. Also hatte die Polizei die Tür aufgebrochen.

»Nach Aussage der Sozialarbeiterin war die Familie

nicht im Besitz eines Hundes. Ist es also vorstellbar, dass diese Mahlzeit für den Geparden gedacht war, der auf dem Erpresser-Foto das Mädchen bewacht?« Jetzt haben sie wieder Fee und Kröger gezeigt. »Der Fall wird immer mysteriöser. Die Eltern des Mädchens haben die Belohnung für Hinweise aus der Bevölkerung inzwischen auf dreißigtausend Euro erhöht.«

»Mist!«, hat Chucky gesagt. »Und wir kriegen keinen Cent davon! So ein Sch*!«

Herr Wildeck hat nachdenklich ausgesehen. »Ich hatte euch gesagt, dass wir durch euer gedankenloses Schreiben jetzt alle als Entführer dastehen«, hat er gesagt. »Und genau so ist es gekommen. Lasst den Fernseher an, wir sollten wissen, wie sich alles weiterentwickelt.«

»Ich find's lustig!«, hat Fee gesagt. »Dreißigtausend, das ist doch schon mal was! Langsam kriegen sie richtig Angst!«

»Auch die Arschgeige?«, hab ich gefragt. »Glaubst du?«

Fees Gesicht hat sich verdüstert. »Keine Ahnung«, hat sie gesagt. »Aber jedenfalls sag ich meinem Vater hinterher, wie alles wirklich war, und dann seid ihr alle aus dem Schneider. Ich begreif nicht, warum Herr Wildeck sich solche Sorgen macht!«

Der Dichter hat die Stirn gekräuselt. »Mädchen, Mädchen!«, hat er gesagt. »Er hat dich versteckt, egal, ob du das wolltest oder nicht! Er hat dir geholfen, deine Eltern in Angst und Schrecken zu versetzen! Ihr habt die Polizei des ganzen Landes in Alarmbereitschaft versetzt und an der Nase herumgeführt! Das Fernsehen berichtet auf allen Kanälen! Und da glaubst du immer noch, Herr Wildeck kriegt keinen Ärger?«

Fee hat zerknirscht auf den Boden geguckt, wo Kröger gelegen und geschlafen hat. Aber ohne Schnarchen diesmal.

»Und Sie auch?«, hab ich gefragt. »Sie kriegen auch Ärger?«

Der Dichter hat sich am Kopf gekratzt. »Vermutlich«, hat er gesagt. Er hat aber nicht ausgesehen, als ob er sich übermäßig große Sorgen macht. »Essen? Es sind fünf verschiedene Sorten Fleisch im Eintopf. Falls also jemand Vegetarier ist ...«

Das war aber keiner, höchstens vielleicht Kröger. Der wollte nämlich schon wieder nicht essen.

40. Das Festessen

Dann haben wir ein richtiges Festessen gemacht. Der Dichter hat sechs Teller auf den Esstisch gestellt und den Kram, der sich darauf gestapelt hatte, auf den Boden gelegt. Er hat zwei Kerzen angezündet, obwohl es draußen noch nicht richtig dunkel war. Aber weil die schmutzigen Scheiben so wenig Licht durchgelassen haben, war das sehr gemütlich. Dann hat er sogar eine neue CD eingelegt, aber keine laute diesmal.

Natürlich konnte der Fleischeintopf nicht gegen Chuckys Döner spezial ankommen, schon weil es keine Pommes dazu gab. Aber gut war er trotzdem, und wir haben alle gegessen und gegessen, und dabei haben wir »Lustiges Fleischsortenraten« gespielt. Jeder musste immer sagen, was für ein Fleisch er wahrscheinlich grade gekaut hat, wir hatten ja so viele verschiedene Sorten aufgetaut. Es gab Rind und Schwein und Pute und Lamm und sogar Kaninchen, was ich sehr gemein finde. Leider kenne ich mich mit Fleisch nicht so aus, aber ich hab trotzdem so getan und immer »Hm, ich glaube, das ist jetzt grade Rind!« gesagt. Aber Kaninchen habe ich nie gesagt. Ich hoffe, davon hab ich auch gar nichts gehabt.

Fee hatte natürlich richtig Ahnung, und sogar Mama hat ein kleines bisschen gegessen. Irgendwann hat der Dichter sich plötzlich so suchend umgeguckt, und dann hat er neben einer altmodischen Anrichte auf dem Boden ein Sixpack Bier entdeckt, da war die Pappe schon aufgerissen, und eine Flasche hat gefehlt.

»Hab ich's doch gewusst!«, hat er gesagt. »Herr von Wildeck? Was zum Runterspülen? Oder sind Sie mehr der Typ für Wein?«

Da hat Herr Wildeck ihn ganz streng angeguckt und gesagt, heute Abend muss es bitte mal ohne gehen, und er soll die Flaschen nach draußen bringen und am besten sogar gleich ganz ausleeren.

»So viel Rücksicht müssen wir doch auf Frau Wagner nehmen!«, hat er gesagt.

Man konnte sehen, dass der Dichter es schade fand und sich außerdem ein bisschen geschämt hat, weil ihm das nicht selbst eingefallen war. Schließlich war es nicht nett, Mama in Versuchung zu führen, wenn sie grade erst angefangen hatte, sich ans Wassertrinken zu gewöhnen.

»Oh, ja, natürlich«, hat er gemurmelt und beim Aufstehen fast seinen Stuhl umgeschmissen. »Bin gleich wieder da!«

Ich hab keine Ahnung, wo er die Flaschen hingebracht hat, aber beim Rausgehen hat er schon ein bisschen kummervoll ausgesehen. Dabei weiß ich gar nicht, wozu man Bier braucht, wenn man einen so leckeren Eintopf hat.

Der Einzige, der überhaupt nichts gegessen hat – also, natürlich gefressen –, war Kröger. Der hat ganz friedlich neben dem Sofa gelegen und geschlafen.

»He, Kröger, alter Junge!«, hat Herr Wildeck gesagt und ihm einen Suppenteller mit Fleisch dichter vor die Nase geschoben. Er hatte vorher extra das ganze Gemüse rausgefischt. »Gar keinen Hunger heute?«

Aber Kröger hat nur ganz müde die Augen aufgemacht und Herrn Wildeck sehr freundlich angeguckt. Dann ist er gleich wieder eingeschlafen.

»Ja, das Alter!«, hat der Dichter gesagt. »Irgendwann holt uns das alle ein. Noch einen Teller Eintopf irgendwer?«

Aber wir waren wirklich alle so pappsatt, dass ich gedacht hab, jetzt reicht es für die nächsten vier Wochen, wie bei einem Krokodil. (Das von dem Krokodil weiß ich auch aus der Schule, wie das von den Vogelschissen. Krokodile müssen sich nur einmal alle vier Wochen satt fressen, dann reicht es für den Rest der Zeit. Das finde ich sehr praktisch. Vielleicht war es ja bei Jagdleoparden so ähnlich, und darum wollte Kröger nichts von unserem leckeren Eintopf, konnte doch sein.)

»Einmal sollten wir aber wohl auf alle Fälle noch die Nachrichten angucken, bevor wir schlafen gehen!«, hat Herr Wildeck gesagt, als draußen schon längst die samtene Dunkelheit gefallen war. »Nehmen Sie es mir nicht übel, Herr Ringer, ich bin beunruhigt. Jetzt, wo wir überall als Entführer gesucht werden ...«

Und es hat sich leider herausgestellt, dass er mit dem Beunruhigtsein recht hatte. Der Dichter hat den kleinen Fernseher auf seinen riesengroßen, tausend Jahre alten Schreibtisch gestellt, damit wir alle gucken konnten. (Dazu musste er natürlich auch erst mal Papier vom Schreibtisch runterräumen und leere Kaffeebecher und einen Teller mit angetrocknetem Essen, bei dem man nicht mehr erkennen konnte, was es mal gewesen war. Das wollte ich eigentlich gar nicht schreiben – wenn einer nett ist, soll man ihn nicht verpetzen. Aber leider hat es bei ihm wirklich so ausgesehen.) Natürlich war es gar nicht so einfach, ohne Fernbedienung zu zappen, bis wir einen Sender gefunden hatten, der grade über Fee berichtet hat, aber als wir dann endlich einen erwischt haben, hat es sich auch wirklich gelohnt.

Zu Anfang haben sie nur all die Bilder gezeigt, die wir schon kannten, und all die Sachen gesagt, die sie immer sagten. Aber dann kam etwas Neues, und Herr Wildeck ist richtig von seinem Stuhl aufgesprungen.

»Der kleine Zirkus Palazotti«, hat der Sprecher gesagt, und auf dem Bildschirm erschien das Foto von einem Zirkuszelt. Es war wirklich *sehr* klein. »Hier ist vor einigen Tagen ein zahmer Gepard entwendet worden. Zudem wäre es möglich, dass das Phantombild einen ehemaligen Mitarbeiter des Zirkus zeigt, der zur selben Zeit verschwunden ist. Auf die Frage, warum der Zirkus das Verschwinden des Tieres nicht bereits direkt nach seinem Verschwinden gemeldet hat …«

»Ja, warum denn nicht?«, hat Herr Wildeck gerufen.

»Pssst!«, haben Fee und ich gleichzeitig geschnauzt.

»… verfolgt!«, hat der Sprecher gesagt. »Daher geht die Polizei inzwischen davon aus, dass es sich bei dem ehemaligen Zirkusmitarbeiter womöglich um den Entführer des Mädchens handeln könnte. Eine vollständige Lösegeldforderung ist bei den Eltern aber bisher noch immer nicht eingegangen. Die Eltern haben daher die Belohnung für Hinweise aus der Bevölkerung auf vierzigtausend …«

»Yeah!«, hat Fee gerufen. »Ist das krass!«

Herr Wildeck hat ihr einen bösen Blick zugeworfen.

»Tun dir deine Eltern denn gar nicht leid?«, hat er gefragt. »Mädchen, Mädchen! Es ist doch klar, dass sie sich jetzt Gedanken machen, ob du überhaupt noch lebst! Das Foto zeigt dich mit einem Jagdleoparden, der dich scheinbar bewacht, aber ein Lösegeld wird nie gefordert: Warum wohl nicht? Natürlich muss die Polizei da vermuten, dass etwas aus dem Ruder gelaufen ist und dass du vielleicht gar nicht mehr am Leben bist! Kannst du dir vorstellen, wie es deinen Eltern jetzt gehen muss?«

Fee hat die Lippen zusammengekniffen.

»Dass die Kollegen vom Zirkus allerdings glauben, mich auf dem grauenvollen Phantombild erkannt zu haben, kränkt mich dann doch ein bisschen«, hat Herr Wildeck gesagt. »Wirklich! Aber natürlich, *ich* war in der Wohnung, *der Gepard* war in der Wohnung, da brauchte man ja nur eins und eins zusammenzuzählen!«

»Und damit sind Sie jetzt für die Polizei ein gefährlicher Entführer, der sein Opfer unter Umständen nicht einmal am Leben gelassen hat«, hat der Dichter gemurmelt. »Meine Güte.«

Mama hat auf dem Sofa gesessen und auf den Bildschirm gestarrt. Dann hat es ausgesehen, als ob sie sich einen Ruck gegeben hat.

»Scheiße, Fee!«, hat sie gesagt. »Scheiße, echt! Das ist doch nur wegen mir, dass ihr der Polizei nichts sagen wollt!« Ihre Hände haben immer noch gezittert, aber ihre Stimme hat ganz fest geklungen. »Guck mich an, seh ich nicht aus, wie wenn ich trocken bin? Oder? Wenn die Tante vom Amt kommt, nimmt die mir die Kinder doch jede Wette nicht mehr weg! Ruf deinen Vater an. Sonst gibt es nur noch mehr Stress.«

Ich hab Mama angestarrt. So hatte sie schon ewig nicht mehr geredet. Ich hatte nicht mal gewusst, dass sie so reden konnte. Da ist so ein gutes Gefühl in mir hochgekrochen, und ich bin ganz stolz auf Mama gewesen.

Ich hab gedacht, es wäre doch toll, wenn sie eine Weile so bleiben könnte.

Ich hatte gedacht, dass Herr Wildeck Mama jetzt gratulieren würde und sie vielleicht sogar in den Arm nehmen und sagen, wie toll sie durchgehalten hatte und dass es von jetzt an nur jeden Tag noch leichter für sie werden würde. Das hat er aber nicht getan.

Stattdessen hat er sich plötzlich auf den Boden gekniet und ganz tief über Kröger gebeugt. »Kröger!«, hat er gerufen. »Hallo, Kröger, was ist mir dir? Guck mich an!«

Und Kröger hat ihm auch wirklich gehorcht. Ganz langsam und müde hat er seine Augen geöffnet und Herrn Wildeck angeguckt. Es hat ausgesehen, als ob er sich für immer einprägen wollte, wie der aussah. Dann hat er die Augen wieder zugemacht und sehr langsam und laut geatmet.

»Kröger!«, hat Herr Wildeck geflüstert.

Da hab ich verstanden, was los war. Wir alle.

Kröger wollte sterben.

41. Gute Nacht, Kröger

Eigentlich hätte es ja keinen Grund gegeben, warum Fee nicht trotzdem sofort ihre Eltern anrufen sollte, aber auf einmal hat es sich ganz falsch angefühlt. Auf einmal hat es sich angefühlt, als ob wir uns jetzt alle um Kröger versammeln sollten und um ihn rum auf dem Boden knien und mit ihm warten, damit er das nicht so alleine tun musste.

Wenn da plötzlich die Polizei dazwischengekommen wäre oder Fees Eltern, wäre das ganz schrecklich gewesen. Und außerdem hätte Fee im Augenblick sowieso niemanden anrufen können, weil sie so furchtbar weinen musste. »Das stimmt doch gar nicht!«, hat sie geschluchzt. »Der stirbt doch nicht, Herr Wildeck!«

Aber Herr Wildeck hat nicht geantwortet. Er hat nur immer Krögers Kopf gestreichelt, ganz sanft. »Mein alter Freund«, hat er geflüstert. »Auf Wiedersehen, mein alter Freund! Gleich hast du es geschafft!«

Ich weiß aber nicht, ob Kröger ihm noch zugehört hat. Sein Atem ist ganz laut gegangen, und zwischen den einzelnen Atemzügen waren so Pausen.

Mama hat starr auf dem Sofa gesessen und zu Herrn Wildeck und Kröger runtergeguckt, und sie hat immer so ihre Hände zu Fäusten geballt und wieder aufgemacht.

»Ach Scheiße, Mensch, Kröger!«, hat sie geflüstert. »Auch das noch!«

Ich hab gedacht, wenn ich wieder zur Schule gehe (wenn ich nicht wegen der Entführung ins Gefängnis muss, das konnte man nicht wissen), muss ich Herrn Wagenfels in Reli fragen, ob das stimmt, was manche sagen. Also, dass man sich nach dem Tod wiedertrifft, auch Tiere. Herr Wagenfels muss das doch wissen.

»Tschüs, Kröger!«, hab ich geflüstert. »Mach's gut!«

Chucky hat zuerst gar nichts gesagt. Aber er hat hinter Herrn Wildeck gestanden und immer auf Kröger geguckt. Dann hat er die Achseln gezuckt. »Kacke, Mann!«, hat er gesagt. »Warum muss das so? Das ist doch voll ...«

Da haben wir es alle gehört. Weil man auch hören kann, wenn etwas aufhört, nicht nur, wenn etwas anfängt. Kröger hat nicht mehr geatmet.

»Auf Wiedersehen, mein Freund!«, hat Herr Wildeck

gesagt und ihm noch einmal über den Kopf gestrichen. »Bis irgendwann. Bis irgendwo.«

Chucky hat sich geräuspert. »Ja, tschau, Alter!«, hat er gemurmelt. »Man sieht sich.«

Fee hat geschluchzt wie verrückt, und ich hab Kröger immer nur angeguckt. Er hat so friedlich dagelegen, und ich hab gedacht, dass er am Schluss wenigstens keinen Hunger mehr haben musste, die Kartoffeln in unserer Wohnung hatte er doch schon stehen lassen und jetzt auch das Fleisch. Irgendwie hab ich das tröstlich gefunden. Dass er wenigstens nicht hungrig gestorben war.

Und dass er außerdem nicht alleine gewesen war, das auch. Alle seine Freunde waren bei ihm gewesen und hatten *Tschüs!* gesagt, bestimmt war das ein gutes Gefühl. So mach ich das später auch mal, wenn ich sterbe, das dauert ja noch, zum Glück. Aber da will ich auch, dass alle da sind und mit mir warten und nette Sachen sagen.

Herr Wildeck ist aufgestanden und hat sich die Knie abgeklopft. »Ich bin dankbar, dass er in Würde sterben durfte«, hat er gesagt. »Und euch allen danke ich, dass ihr ihn bis zum Schluss begleitet habt.«

»Und was machen wir mit der Beerdigung?«, hat plötzlich eine Stimme hinter uns gesagt. Den Dichter hatten wir ganz vergessen. Ich hab es aber gut gefunden, dass er sich vorher nicht eingemischt hat. Er kannte Kröger ja gar nicht richtig, nicht so wie wir, da war es doch nett, dass er uns beim Tschüs-Sagen nicht gestört hat.

»Ja, was machen wir damit?«, hat Herr Wildeck gesagt. »Rechtlich gibt es nur eine Möglichkeit, das wissen Sie auch. Wir müssen seinen Tod melden. Und dann kommt er zum Abdecker.«

»Nein!«, hab ich gerufen.

»Ich mach mal einen Vorschlag«, hat der Dichter gesagt. Er hat immer noch am Esstisch gesessen, als Einziger. »Mein Garten ist groß, und hier stört niemand Krögers letzte Ruhe.«

Das hat natürlich nicht gestimmt, weil mir sofort die laute kubanische Musik eingefallen ist, die konnte man bestimmt sogar unter der Erde hören. Aber vielleicht mochte Kröger die ja sogar. Herr Wildeck hatte doch gesagt, dass Kröger zur Hälfte künstlerisch-südländisch war.

»Sie meinen ...?«, hat Herr Wildeck gefragt.

»Warum nicht?«, hat der Dichter gesagt. »Ich bin sicher, dass es ihm hier gefallen würde.«

Herr Wildeck hat genickt. »Und hier könnten wir ihn auch in Würde beerdigen«, hat er gesagt. »Eine würdige Ruhestätte. Ich danke Ihnen, Herr Ringer.«

Die ganze Zeit war im Hintergrund immer noch der Fernseher gelaufen, aber natürlich hatte keiner darauf geachtet. Das tut man ja wohl nicht, wenn grade ein Jagdleopard stirbt. Aber jetzt hat Fee plötzlich wieder den Ton lauter gestellt. Dabei hat sie die Nase hochgezogen. Sie hatte doch so schrecklich geweint.

»Spätnachrichten«, hat sie gesagt und ein bisschen entschuldigend geguckt.

Und grade als ich sagen wollte, dass ich das jetzt aber nicht sehr passend fand, weil wir doch in Trauer waren, und dass wir ja erst vor einer Stunde alles über sie gesehen hatten, erschien auf dem Bildschirm ein vollkommen neues Foto. Eins, das wir noch nie gesehen hatten.

»... gänzlich neues Licht auf den Fall«, sagte der Sprecher. »Dieses Foto wurde gestern Vormittag aufgenommen, und ganz offensichtlich fühlt sich Fee Ranzmeier hier keineswegs von dem Geparden bedroht. Handelt es sich also doch nicht um eine Entführung? Der Fall wird immer mysteriöser. Die Zuschauerin, ...«

»Du wolltest ja unbedingt Zirkus spielen!«, hab ich Fee angezischt.

»... die der Polizei aufgrund unserer Berichterstattung dieses Foto sandte, wies zudem darauf hin, dass die Kinder im Anschluss in einem auffallend bunt bemalten, mindestens zwanzig Jahre alten VW-Bus verschwunden wären. Führt diese neue Spur etwa zu der Milliardärstochter? Noch einmal möchten sich die Eltern des Mädchens mit einem Appell an die Bevölkerung wenden.«

Auf dem Bildschirm war wieder dieses tolle Arbeitszimmer zu sehen, in dem Fees Vater schon beim ersten Mal hinter einem riesigen Schreibtisch gesprochen hatte. Aber dieses Mal saß er da nicht alleine.

»Mama!«, hat Fee gerufen. Und so sah es tatsächlich aus. Die Frau neben dem Milliardär war jedenfalls nicht die magere Arschgeige, die bei uns auf dem Schotterplatz Sekt getrunken hatte. Es war die Moppelige, die schon zweimal allein was gesagt hatte. »Sie haben sich wieder vertragen!«

So hat es tatsächlich ausgesehen. Der Milliardär hat in die Kamera gesprochen, aber Fees Mutter hat immer dazu genickt, und am Schluss hat er sie so angeguckt, wie man das macht, wenn man will, dass der andere auch etwas sagt.

Und das hat Fees Mutter jetzt auch getan.

»Fee, Liebes!«, hat sie gesagt. »Wenn es tatsächlich so sein sollte ... Wir haben so einen Schrecken gekriegt, als der Erpresserbrief aufgetaucht ist! Aber jetzt haben wir wieder die Hoffnung, dass du doch nur ... Fee, du musst uns glauben: Wir haben in diesen Tagen eine ganze Menge dazugelernt! Alle beide! Dein Vater – Papa und ich! Dass wir heute hier zusammen sitzen ...«

»Fee, wenn du uns jetzt hören kannst!«, hat der Milliardär seine Frau unterbrochen, das fand ich nicht sehr höflich. »Wir haben über vieles nachgedacht, deine Mutter – Mama und ich! Es wird sich vieles ändern bei uns!« Bei diesen Worten hat er seiner Frau den Arm um die Schultern gelegt. Das fand ich fast schon peinlich. Sie war ja gar nicht mehr seine Frau, da musste er das doch eigentlich bei der Arschgeige tun.

Fee ist fast in den winzigen Fernseher reingekrabbelt.

»Glaubst du, jetzt hat deine Mutter ihren Kern gefunden?«, hab ich gefragt. Dabei sind mir wieder die Vogelschisse eingefallen und wie die die Bäume aussäen. Aber so ein Kern war das bei Fees Mutter ja natürlich nicht.

»Pssst!«, hat Fee gezischt.

Jetzt hat der Nachrichtensprecher noch Telefonnummern durchgegeben, die man anrufen konnte, die brauchten wir ja nicht. Wenn Fee sich endlich bei ihren Eltern melden wollte, dann kannte sie die Nummer schließlich sowieso.

42. Mama singt

Als die Wetterkarte gekommen ist, hat der Dichter den Fernseher ausgeschaltet.

»Ja«, hat er gesagt.

»Wo war die Arschgeige?«, hab ich gefragt. »Das war doch nicht die Arschgeige. Das war deine echte Mutter.«

Fee hat genickt.

»Glaubst du, die haben gemeint ...?«, hat sie gefragt.

»Mann, wie blöde kann man sein?«, hat Chucky gerufen. »Das haben die doch gesagt! Dass sie was begriffen haben! So, wie der die dicke Frau in den Arm genommen hat, gehe ich jede Wette ein, dass deine Eltern wieder zusammen sind!«

»Mama ist keine dicke Frau!«, hat Fee gesagt. Mir ist

aufgefallen, dass sie schon ziemlich lange nicht mehr rot geworden ist, wenn sie Chucky angeguckt hat. Wahrscheinlich hatte sie inzwischen gemerkt, dass Chucky nichts für sie war. Einer wie Chucky und eine wie Fee passen normal ja auch irgendwie nicht zusammen. Nur mal kurz, wenn sie von zu Hause abhauen muss.

»Kinder, Kinder, Kinder!«, hat Herr Wildeck gesagt. »Ich glaube, wir sollten jetzt das freundliche Angebot unseres Dichters annehmen und Kröger zur letzten Ruhe betten. Denn wenn Fee erst mal ihre Eltern angerufen hat, wird so ein Wirbel losgehen, dass wir kaum mehr dazu kommen werden.«

Und dann ist es richtig schön geworden. Obwohl ich nicht weiß, ob man eine Beerdigung schön finden darf, und außerdem war ich natürlich total müde. Es war stockfinstere Nacht, als wir alle in den Garten gegangen sind und den besten Platz für Kröger gesucht haben. Der Dichter hat gesagt, wir sollten unbedingt alles erledigen, bevor die Nachbarn aufwachen. Womöglich kriegt sonst doch noch einer was mit, und tote Jagdleoparden im Garten sind verboten.

Wir haben einen guten Platz ganz hinten auf dem Grundstück gefunden, da stand ein Kirschbaum, und der Dichter hat gesagt, im Frühling blüht der ganz wunderschön. Und im Sommer, bevor die Kirschen so richtig reif werden können, sitzt er voller Vögel, die ihn in einer halben Stunde leer fressen, die heißen Stare. So mitten in der Natur, das würde Kröger doch vielleicht gefallen.

Ich hab gedacht, dass Kröger bestimmt eine Palme oder ein anderer afrikanischer Baum besser gefallen würde und afrikanische Tiere und afrikanische Natur; aber wo es die leider in dem Dichtergarten nicht gab, war der Kirschbaum auch nicht schlecht.

Darum haben wir angefangen zu graben, und ich hatte vorher keine Ahnung gehabt, dass das so anstrengend ist. Wir waren ja sechs Leute, weil Mama auch mitgemacht hat, aber der Dichter hatte leider nur *einen* Spaten und auch sonst nicht so viele nützliche Gartengeräte, da konnten wir uns immer nur abwechseln. Es hat also gedauert und gedauert, und einmal bin ich zwischendurch neben dem Baum eingeschlafen, und Fee ist das auch, und dann hat Herr Wildeck uns mit einem kleinen Rütteln an der Schulter aufgeweckt.

»Wir sind fertig!«, hat er gesagt. In der Dunkelheit konnte ich das Grab nicht richtig erkennen, aber ich war froh, dass ich nicht noch mal dran war mit Buddeln.

Wir sind ins Haus zurückgegangen, und weil wir ja keinen Sarg hatten, haben wir Kröger in eine Wolldecke eingewickelt. Der Dichter hatte zwei, und wir haben die schönere genommen, die war ganz bunt.

Dann hat der Dichter gesagt, er holt seine Schubkarre aus dem Schuppen, damit wir Kröger darin zum Grab schaffen können, aber da ist Chucky fast böse geworden. Er hat gesagt, dass er Kröger tragen will.

»Ich hab das schließlich schon zweimal gemacht!«, hat er gesagt. »Ich kenn ihn ja!«

Ich hab eine Schubkarre auch nicht sehr würdevoll gefunden für eine Beerdigung. Aber auf Chuckys Armen, das war sehr würdevoll.

Wir waren darum ein richtig feierlicher Zug, wie wir Kröger aus dem Haus in den Garten begleitet haben. Chucky ist als Erster gegangen, ganz langsam, und wir anderen sind dann im Gänsemarsch hinterhergekommen. Musik hätte ich auch schön gefunden, aber davon wären vielleicht die neugierigen Nachbarn aufgewacht. Wir haben alle nicht geredet, wir sind ganz still und schweigend gegangen, da war es genau, wie eine Beerdigung sein muss.

Mama sind plötzlich Tränen über das Gesicht gelaufen, Fee auch, aber bei Fee war ich mir nicht sicher, ob sie nicht eigentlich die ganze Zeit an ihre Eltern gedacht hat. Das durfte sie aber.

Am Grab sind wir stehen geblieben und haben uns so im Kreis drum herum versammelt. Herr Wildeck hat sich geräuspert.

»Kröger, alter Knabe!«, hat er gesagt. »Du bist mir ein guter Freund gewesen in einer Zeit, in der ich nichts so dringend gebraucht habe wie einen guten Freund. Du wirst mir fehlen! Aber ich habe ja gemerkt, wie sehr du dich die ganze Zeit nach der Steppe und deinen Gefährten dort gesehnt hast. Jetzt seid ihr wieder vereint, das möchte ich glauben. Auf Wiedersehen, Kröger! Und danke für alles!«

Mir ist richtig eine Gänsehaut den Rücken runtergelaufen, und grade als ich dachte, jetzt muss Chucky Kröger aber endlich ins Grab legen, ist Mama einen Schritt vorgetreten und hat tief Luft geholt.

»Ade nun zur guten Nacht!«, hat sie gesungen, und Chucky hat ein ganz erschrockenes Gesicht gemacht. »Jetzt wird der Schluss gemacht, dass ich muss scheiden!«

Zuerst war ihre Stimme ein bisschen zitterig, aber dann hat sie sich vielleicht ans Singen gewöhnt, und es hat so wunderschön und traurig geklungen, dass ich nun doch anfangen musste zu weinen. Aber nur ganz leise.

»Im Sommer, da wächst der Klee«, hat Mama gesungen, und dabei immer noch geheult, »im Winter, da schneit's den Schnee, da komm ich wieder!«

Aber Kröger würde jetzt niemals mehr wiederkommen, niemals, niemals und niemals, das hab ich da plötzlich erst ganz richtig verstanden, und mein Weinen hat mich ganz schrecklich geschüttelt. Aber es war komisch, es hat sich nämlich trotzdem alles gut und genau richtig angefühlt und nur auf eine glückliche Weise traurig, und ich hab gesehen, dass Herr Wildeck sich auch mit seinem alten Stofftaschentuch im Gesicht rumgewischt hat, und Fee hat geschluchzt wie verrückt, und sogar bei Chucky war ich mir nicht sicher. Und das hatte alles Mama gemacht mit ihrem Singen.

»Es trauern Berg und Tal«, hat sie jetzt gesungen, und ihre Stimme war mindestens so schön wie bei den Frauen im Fernsehen. Als Mama klein war, hatte sie leider auch mal für eine kurze Zeit zu einer Pflegefamilie gemusst, hatte Oma irgendwann erzählt, und als sie wiederkam, war sie voller Lieder. In der Pflegefamilie hatten sie wohl den ganzen Tag nur gesungen. Und als *ich* klein war, hatte Mama darum manchmal auch gesungen, das ist mir jetzt wieder eingefallen.

»... da ich viel tausendmal bin drübergegangen!«

Da war ich auf einmal so stolz auf Mama, weil die Beerdigung vorher natürlich auch schon eine gute Beerdigung gewesen war, aber so ganz richtig feierlich ist sie doch erst durch Mama geworden. Ich glaube, das haben auch die anderen alle gedacht, und dass die Nachbarn vielleicht davon aufgewacht sind, war plötzlich ganz egal.

Als sie fertig war mit dem Lied, ist Mama wieder einen Schritt zurückgetreten, und ich hätte am liebsten ganz laut geklatscht und die anderen bestimmt auch, aber das macht man nicht bei einer Beerdigung. Und außerdem mussten wir alle immer noch so schrecklich schluchzen, dazu hätte Applaus irgendwie nicht gepasst.

Chucky hat noch einen kleinen Augenblick gewartet, und dann hat er Kröger ganz, ganz vorsichtig ins Grab gelegt. Wir konnten alle immer noch nicht aufhören zu weinen, aber wir haben trotzdem einer nach dem anderen den Spaten genommen und damit sehr sanft Erde ins Grab geworfen. Chucky hat dabei wieder »Man sieht sich!« gemurmelt, und der Dichter ist einen Augenblick lang stehen geblieben und hat »Asche zu Asche! Staub zu Staub!« gesagt und die Hände gefaltet, als ob er beten wollte. Da hab ich plötzlich gedacht, dass Herr Wagenfels bestimmt auch gut hierhergepasst hätte, da wäre es noch feierlicher geworden, oder Ebrus Imam.

Und grade, als wir alle fertig waren und ich gewartet hab, dass jetzt irgendwer entscheidet, was wir tun sollen, ist hinter dem Bahndamm mit einem großen Glühen die Sonne aufgegangen.

43. Überfall!

Genau im richtigen Moment! Die Sonne hat einen roten Glanz auf den Bahndamm geworfen und auf das Gestrüpp an der Seite, und oben hat sie die Schienen zum Glänzen gebracht.

Das war so schön, dass es mir das Herz zusammengezogen hat, und irgendwie hab ich gewusst, dass genau jetzt Kröger seine alten Kumpel von der Steppe wiedertrifft und dass überhaupt alles gut werden würde, und wir sind ganz still stehen geblieben.

Gleich würden wir zurück ins Haus gehen, und ich würde mich endlich schlafen legen und die anderen auch, und in der Schule würde mich niemand gefährlich vermissen, weil meine Klassenlehrerin doch dachte, dass ich Magen-Darm hatte; und Oma war in Polen glücklich bei ihrem Adam, und Mama musste nicht mehr immerzu zittern und schreien, dass sie tot sein wollte, und Fee würde ihre Eltern anrufen. Auf einmal hab ich gedacht, dass es doch komisch war, Kröger war grade erst gestorben, aber ich hab mich so glücklich gefühlt.

Aber leider nicht sehr lange.

Genau als wir uns auf den Weg zurück ins Haus machen wollten, sind plötzlich überall Männer aufgetaucht, dafür war der Dichtergarten mit seinem Urwald ja praktisch gewesen. Da konnten schwarz angezogene Leute, die aussahen wie Roboter, sich ganz nah an einen ranschleichen und sich verstecken, und bevor man auch nur das kleinste bisschen mitgekriegt hatte, konnten die zwischen den Bäumen hervorspringen und zwischen den Büschen und sogar oben auf dem Bahndamm mit einem Helm auf dem Kopf und Gewehr im Anschlag. Und haargenau das ist jetzt passiert.

»Hände über den Kopf!«, hat eine Stimme durch ein Megafon gerufen. Da waren die Nachbarn bestimmt alle wach, aber das war jetzt auch egal. Die Polizei hatte uns ja sowieso schon erwischt.

Jedenfalls hab ich gehofft, dass die gefährlichen Männer wirklich von der Polizei waren. Sie sind aus allen Richtungen auf uns zugelaufen gekommen, und Chucky hat sich begeistert auf den Boden geschmissen und »Krass! Das gibt es in echt!« geschrien, und der Dichter hat die Hände gehoben und auch ein ganz begeistertes Gesicht gemacht.

»Im echten Leben!«, hat er gemurmelt. »Wer darf so was schon erleben!«

Wir anderen waren aber, glaube ich, alle sehr erschrocken. Darauf ist man doch nicht vorbereitet, dass so ungefähr zehn Männer gleich morgens früh mit einem Gewehr auf einen zugestürzt kommen! Ich spiel ja nicht solche Spiele, und solche Filme guck ich schon gar nicht, aber jetzt bin ich mir vorgekommen, als ob ich in einem von denen mittendrin wäre.

»Heben Sie die Hände über den Kopf!«, hat die Stimme aus dem Megafon wieder gesagt. Dann hatte mich auch schon einer gepackt, und ich hab »Ey!« geschrien und »Nicht so fest!«, und einer hat Chucky gewinkt, dass er aufstehen sollte, und irgendwer hat gesagt, dass wir unsere Waffen auf den Boden legen sollten, aber wir hatten ja keine, darum haben sie uns abgeklopft. Und Mama hat sich geschüttelt vor Lachen, das war mir ein bisschen unheimlich.

Dann haben wir alle im Kreis gestanden, fast wie vorher um Krögers Grab, und um uns rum standen all diese Polizisten und haben das Visier von ihren Helmen hochgeschoben. Da sahen sie plötzlich nicht mehr wie gefährliche Roboter aus, sondern wie ganz normale Menschen.

»Fee Ranzmeier?«, hat einer gesagt, der jetzt erst dazugekommen ist. Das war der, der das Megafon in der

Hand hielt. Er hatte als Einziger ganz normale Klamotten an. »Bist du das?«

Fee hat ihn angestarrt. »Jetzt haben Sie alle geweckt!«, hat sie böse gesagt. Das war natürlich nicht die richtige Antwort.

Der Mann hat seine Leute angeguckt, und alle haben sie ihre Waffen sinken lassen. Bestimmt haben sie langsam begriffen, dass wir nicht so schrecklich gefährlich waren.

»Und was war hier los?« Mit dem Megafon hat er in Richtung Grab gezeigt.

»Wir mussten Kröger beerdigen!«, hat Fee gesagt. Da haben die Männer blitzschnell wieder ihre Gewehre gehoben. Vielleicht haben sie gedacht, dass Kröger irgendein Mann war und wir hatten den umgebracht! Ich wusste nicht so genau, ob ich das jetzt lustig finden, oder ob ich Angst haben sollte.

»Unseren Jagdleoparden!«, hat Fee gesagt. »Der ist gestorben. Da konnte ich Mama und Papa doch noch nicht anrufen! Den mussten wir doch erst mal zu einer würdigen letzten Ruhe betten!«

Der Mann mit dem Megafon hat genickt. »Mann, Mann, Mann«, hat er gesagt. »So ganz legal ist das ja nicht! Da bin ich ja gespannt, was hier jetzt noch alles auf uns zukommt!«

Dann sind wir alle zusammen ins Haus gegangen. Chucky hat mir zugeflüstert, dass er später vielleicht doch zu den Bullen geht und selbst Bulle wird, nicht

Bodyguard, und der Dichter hat Herrn Wildeck zugezischt, dass er wirklich hofft, dass die gesamte Nachbarschaft jetzt über dem Zaun hängt und alles beobachtet. »Das ist denen doch zu gönnen!« hat er gesagt.

Herr Wildeck hatte recht gehabt. Dichter *sind* ein merkwürdiges Volk.

44. Alles wird gut

Im Haus hat der Mann mit dem Megafon jede Menge Telefongespräche geführt, und dann sind noch ein paar andere Polizisten gekommen, aber ich hab zwischendurch immer Angst gehabt, dass ich gleich einschlafe. Ich hatte mich auf den Boden neben das Sofa gelegt, da hat es noch nach Kröger gerochen.

»Und wie, verdammt, haben Sie uns aufgespürt?«, hat der Dichter gefragt. Er hat an seinem sehr unordentlichen Bücherregal gelehnt und gegähnt, und er hat sich nicht die Hand vor den Mund gehalten, wie man das soll. Er hat nicht ängstlich geklungen, nur neugierig.

Der Mann mit dem Megafon hat auf der Schreibtischkante gesessen. Das soll man auch nicht.

»Ihr Wagen!«, hat er gesagt. »Wir haben Hinweise bekommen …«

»Aber den hatte ich doch nicht mal als gestohlen gemeldet!«, hat der Dichter gesagt. »Wieso konnten Sie denn …«

»Wir haben nach der Meldung im Fernsehen zwölf Anrufe bekommen, dass Sie der Besitzer eines solchen Wagens sind«, hat der Megafon-Polizist gesagt. »Zum Teil verbunden mit dem Hinweis, dass Sie Ihren Nachbarn schon immer etwas suspekt erschienen wären.«

»Was heißt suspekt?«, hab ich gefragt.

»Verdächtig«, hat Herr Wildeck gesagt und einen Finger auf die Lippen gelegt, um das *Psssst!*-Zeichen zu machen.

»*Zwölf* Anrufe?«, hat der Dichter gefragt.

Der Polizist hat genickt.

»Mann, Mann, Mann!«, hat der Dichter gesagt. Dann hat er so lachen müssen, dass es ihn richtig geschüttelt hat.

»Hab ich gesagt, ich kenn meine Nachbarn? Jetzt brauch ich doch ein Bier! Noch irgendwer?«

Aber dann hat er wohl den Blick gesehen, den Herr Wildeck auf Mama geworfen hat, und da hat er geseufzt. »Oder lieber Tee für alle?«

In diesem Augenblick hat irgendwer die Haustür aufgerissen, und dann ist alles so schnell gegangen, dass ich es gar nicht richtig mitgekriegt habe.

Eine moppelige Frau ist in das Zimmer gestürzt gekommen und hat sich auf Fee geschmissen, und ein großer magerer Mann stand hinter ihr, und dann hat Fee geschluchzt, und die Frau hat geschluchzt, und der Mann hat dagestanden, als ob er nicht wüsste, was er tun soll, und als ob ihn das ein bisschen wundert, weil er das sonst nämlich immer weiß.

»Fee!«, hat die Frau gerufen, und: »Mama!«, hat Fee gerufen.

»Was machst du denn bloß, Kind?«, hat der Mann gefragt. Er ist ganz dicht an Fee und die Frau rangetreten, aber in den Arm genommen hat er sie nicht. Ich glaube, er war irgendwie verlegen, das kenn ich auch.

»Na, dann sind ja alle wieder glücklich vereint!«, hat der Megafon-Mann gesagt. »Hatten Sie uns nicht Tee angeboten?«

Der Dichter ist in der Küche verschwunden, und da war nach dem Festessen ja noch nicht mal abgewaschen. Ich hab mir vorgenommen, dass ich ihm nachher dabei helfen wollte. Wenn ich nicht gleich ins Gefängnis musste.

Wir haben also alle im Wohnzimmer gesessen, und der Megafon-Mann hat gesagt, mit Rücksicht auf die Kinder will er eine allererste Vernehmung hier vornehmen. Offiziell kann das dann hinterher im Präsidium passieren, aber einen ersten Bericht hört er sich hier auch schon gerne an.

Da ist der Dichter mit seiner Teekanne gekommen und mit Kaffeebechern und sogar Gläsern, weil er gesagt hat, die Polizisten sollen ja auch alle einen erfrischenden Tee kriegen und so viele Tassen besitzt er leider nicht. Und dann haben wir angefangen zu erzählen.

Natürlich konnte nicht einer alles erzählen, weil es keinen gab, der überall dabei gewesen war und alles wusste, aber am meisten hat Herr Wildeck geredet, und der hat das sehr schön gemacht und so, dass man alles gut verstehen konnte.

»Sie geben also zu, dass Sie den Geparden gestohlen haben?«, hat der Polizist ihn gefragt.

Herr Wildeck hat genickt. »Ich würde ein anderes Wort als *gestohlen* wählen, aber von der Sache her: Natürlich«, hat er gesagt.

»Und dass Sie geholfen haben, das Jugendamt hinters Licht zu führen?«, hat der Polizist gefragt.

Herr Wildeck hat wieder genickt.

»Dass Sie ein gestohlenes Fahrzeug benutzt haben im vollen Wissen, dass dieses gestohlen war?«, hat der Polizist gefragt.

Herr Wildeck hat gelächelt. »Selbstverständlich«, hat er gesagt.

»Und dass Sie dieser Fee Ranzmeier hier dabei geholfen haben, ihre Eltern in Angst und Schrecken zu versetzen? Eine Entführung vorzutäuschen? Die Polizei des gesamten Landes in Alarmbereitschaft zu versetzen? Sämtliche Medien in Atem zu halten?«

»Wer hätte gedacht, dass ich so spät im Leben noch einmal so eine große Wirkung erzielen würde!«, hat Herr

Wildeck gesagt. »Ich fürchte, Herr Kommissar, auch das alles kann ich nicht leugnen. Auch wenn es sicher zum großen Teil unabsichtlich geschehen ist.«

»*Haupt*kommissar!«, hat der Megafon-Polizist gesagt. »Diebstahl, Kindeshinterziehung, Irreführung der Behörden ...«

Aber jetzt hat der magere Mann sich eingemischt. Er war der Einzige, der nicht gesessen hat.

»Nun hängen Sie die Sache aber mal ein bisschen tiefer, Herr Hauptkommissar!«, hat er gesagt. »Es ist doch niemandem ein Schaden entstanden, im Gegenteil! Wenn meine Frau und ich keine Anzeige erstatten ...«

Fee hat sich auf dem Sofa an die moppelige Frau gekuschelt und den Kopf auf ihre Schulter gelegt. Vielleicht hat sie sogar schon geschlafen.

Der Hauptkommissar hat ein bisschen kummervoll geguckt. »Da können Sie leider gar nichts machen«, hat er gesagt.

»Und die Zeitungen haben dadurch doch nur ihre Auflagen gesteigert und die Fernsehsender ihre Einschaltzahlen!«, hat Fees Vater gesagt. »Wer will sich denn da beklagen?«

Genau in diesem Augenblick hat Chuckys Handy geklingelt. Ich bin rangegangen.

»Oma!«, hab ich gerufen. »Du musst uns nicht jeden Morgen daran erinnern, dass wir zu Schule gehen müssen!«

Am anderen Ende hab ich ein Schluchzen gehört. »Ich

bin zurück, Schatzi«, hat Oma geschniefT. »Adams Eltern – niemals!« Dann hat sie die Nase hochgezogen, das ist wirklich unhöflich, vor allem wenn man schon so alt ist. Ich hab aber nicht »Hast du kein Taschentuch?« gesagt.

»*Happy birthday*, Schatzi!«, hat Oma geschnieft. »Heute Nachmittag komm ich mit Kuchen! Diese Polen können mir doch kreuzweise gestohlen bleiben!«

Dann hatte sie schon aufgelegt.

Da ist mir überhaupt erst wieder eingefallen, dass ich ja Geburtstag hatte, und ich hab mich so auf den Nachmittag gefreut, das kann sich niemand vorstellen. Unsere Wohnung war diesmal ja geputzt, und Mama brauchte keinen Kotzeimer mehr, und Oma brachte zu meinem Geburtstag immer so eine leckere Biskuitrolle von Aldi mit und Schokoküsse.

»Sie können alle zu meinem Geburtstag kommen!«, hab ich gesagt und vor allem den Kommissar angeguckt. »Ich lade alle ein! Ich hab heute nämlich Geburtstag.«

45. Der schönste Geburtstag meines Lebens

Und dann ist es der schönste Geburtstag meines Lebens geworden.

Herr Wildeck ist ja sowieso mit Mama und Chucky und mir mitgegangen, obwohl Fees Vater gesagt hatte, er könnte auch gerne mit zu ihnen kommen. Er wollte aber erst mal noch bei Mama bleiben.

Ins Gefängnis musste zum Glück keiner von uns. Jedenfalls noch nicht gleich.

Zu Hause sind wir alle eingeschlafen wie die Murmeltiere, und ich hätte bestimmt bis zum nächsten Morgen durchgeschlafen, wenn es nicht plötzlich an der Tür geklingelt hätte.

Ich hab sofort senkrecht in meinem Bett gesessen,

aber dann ist mir eingefallen, dass ich jetzt ja keine Angst mehr zu haben brauchte. Und es war sowieso nur Oma.

»Schatzi!«, hat sie gerufen. Ich hab gleich gesehen, dass sie nicht noch ein Geschenk dabeihatte, aber den Lippenstift und den Nagellack hatte ich ja neulich schon gekriegt. »Ich gratuliere dir von ganzem Herzen!«

Dann hat sie die Biskuitrolle und die Schokoküsse durch die Luft geschwenkt. »Ab in die Küche, Kaffee kochen!«, hat sie gesagt. »Meine Güte, wem sind denn die ganzen Töpfe angebrannt?«

Mama und Herr Wildeck haben verschlafen in der Küchentür gestanden. Dass Chucky nur aufwacht, wenn neben ihm eine Bombe explodiert, wusste ich ja.

»Jessica!«, hat Oma ganz überrascht gesagt. »Du bist hier? Und wach? Am Nachmittag? Bist du schon fertig mit dem Entzug?«

Eigentlich hatte sie natürlich nicht »wach« gemeint, sondern nüchtern, aber es war ja nett, dass sie es so gesagt hat. Und mir ist eingefallen, dass Oma in Polen vielleicht überhaupt nichts mitgekriegt hatte von Fee und von der Entführung und was uns alles passiert war. Oma dachte bestimmt, dies wäre ein ganz normaler Geburtstag.

Bis auf Herrn Wildeck.

»Und wer sind Sie?«, hat sie da auch schon gefragt.

Da hat Herr Wildeck sich ein bisschen verneigt und ihr von unserer Schwindelei erzählt, dass er ihr Lebensgefährte war. Ich hab genau gesehen, wie Oma ihn so rauf und runter gemustert hat, wie Männer das bei Frauen nicht sollen. Ich glaube, sie hat überlegt, ob er für sie überhaupt infrage kam oder ob er nicht sowieso viel zu alt für sie war.

»Von Wildeck!«, hat er gesagt. »Doktor von Wildeck.«

»Ein echter Doktor?«, hat Oma gefragt. Man konnte sehen, dass sie gedacht hat, das macht ihn gleich ein paar Jahre jünger.

»Quasi«, hat Herr Wildeck gesagt.

»Und ein echter *von*?«, hat Oma gefragt.

Herr Wildeck hat gelacht. »Wie ich Ihren Enkeln schon erklärt habe«, hat er gesagt. »Der deutsche Adel ist auf den Hund gekommen.«

Das hat ihn für Oma gleich *noch* jünger gemacht, glaube ich. Jedenfalls hat sie plötzlich ganz liebreizend gelächelt.

Als wir in der Küche die Biskuitrolle geschnitten und die Schokoküsse auf einem Essteller verteilt haben, hat Oma mir erzählt, dass Adams Eltern überhaupt nicht nett zu ihr gewesen waren.

»Ich konnte die ja nicht verstehen mit ihrem Polnisch!«, hat sie gesagt. »Aber nachher hat Adam übersetzt, und sie haben tatsächlich gesagt, ich könnte glatt Adams Mutter sein! Und ich sollte mich schämen! Und glaubst du, der Kerl hat zu mir gehalten? Was?«

Ich hab den Kopf geschüttelt.

»Alle gleich!«, hat Oma gesagt. »Männer! Alle gleich!

Deutsche, Polen, Türken, egal! Hab ich doch alles ausprobiert!«

»Afrikaner?«, hab ich vorgeschlagen, aber Oma hat abgewinkt.

»Alle gleich«, hat sie düster gesagt.

In diesem Augenblick hat es schon wieder an der Wohnungstür geklingelt. Ich hab gehört, wie Mama geöffnet hat.

»Ach, Frau Wiegehals!«, hat sie gesagt. »Kommen Sie doch bitte rein! Wir wollen grade Jamie-Lees Geburtstag feiern!«

Ich hab Oma einen Blick zugeworfen. Bestimmt konnten wir uns alle nettere Geburtstagsgäste vorstellen als ausgerechnet Frau Wiegehals. Und die Wohnungstür war noch nicht mal wieder zu, da hat es schon wieder geklingelt. Dieses Mal war es Ebru.

»Jamie-Lee!«, hat sie gerufen. »Herzlichen Glückwunsch! In der Schule hatten wir heute Morgen den Geburtstagkranz für dich fertig, aber jetzt kriegst du den Kranz eben morgen!«

Sie hat einen erschrockenen Blick auf Frau Wiegehals geworfen. »Oh, hallo, Frau Wiegehals!«

Frau Wiegehals hat sie einen Augenblick lang angesehen, dann hat sie geseufzt. »Klassenkameradin Katharina, ja?«, hat sie gesagt. »Kind, Lügen sind keine Kleinigkeit! Wie schnell kann daraus etwas Schlimmeres entstehen!«

Ebru ist rot geworden.

Oma hat die Teller mit dem Kuchen ins Wohnzimmer getragen, und Frau Wiegehals hat gesagt, oh, da ist ja der Herr Doktor, und so ganz versteht sie den Zusammenhang immer noch nicht, wie er der Lebensgefährte von Oma sein kann, aber gleichzeitig doch auch der Zirkusmann mit dem Geparden und der Entführer von Fee.

»Das will ich Ihnen beizeiten alles gerne erklären«, hat Herr Wildeck gesagt und auf den Sessel gezeigt. »Setzen Sie sich doch.«

Dann hat es wieder geklingelt, und zum Glück waren Fee und ihre Eltern und der Kommissar mit demselben Fahrstuhl gekommen. Sonst wäre es mit dem ständigen Geklingel vielleicht langsam ein bisschen viel geworden. Der Hauptkommissar hat gesagt, er ist nicht in seiner Eigenschaft als Hauptkommissar hier, sondern als Privatmensch.

Als Allerletzter ist der Dichter gekommen, der hatte sich eine saubere Jeans angezogen und ein Sweatshirt, das ihm nicht zu kurz war. (Verwaschen aber schon.) Leider war sein Geschenk nur eins von seinen selber geschriebenen Büchern. Er hatte vorne sogar noch was reingeschrieben, da war es nicht mal mehr neu, und man konnte es auf dem Flohmarkt nicht mehr so gut verkaufen. Er hat es aber ja gut gemeint, darum hab ich nichts gesagt.

Fee hat mir zugeflüstert, dass ihr Vater die Nase voll hatte von der Arschgeige, weil es der vollkommen gleichgültig gewesen war, dass Fee verschwunden war, und sie hatte sich überhaupt keine Sorgen gemacht. Fees echte Mutter aber schon, und jetzt wollten ihre Eltern wieder zusammenziehen, weil man in einer tiefen Krise plötzlich merkt, was einem wirklich wichtig ist im Leben, hatte ihr Vater gesagt. Ob Fee trotzdem in den Schwarzwald musste, hab ich nicht gefragt.

Wir haben dann den Kuchen auf den Wohnzimmertisch gestellt und noch einen Hocker aus der Küche geholt, und wir haben uns Kaffee und Limo eingegossen, gegessen und geredet, und plötzlich ist Mama ein bisschen verlegen aufgestanden und hat »Hoch soll sie leben!« angestimmt. Alle haben sie mitgesungen, und so war mein Geburtstag noch nie.

Ich hab die ganze Zeit versucht rauszukriegen, ob Herr Wildeck und Oma sich Blicke zugeworfen haben, weil sie nun vielleicht doch Lebensgefährten werden wollten, aber es hat nicht danach ausgesehen.

Der Dichter hat am meisten Schokoküsse von allen gegessen, was schon wieder unhöflich war, weil wir ja leider nicht so viel Kuchen hatten, schon gar nicht Schokoküsse. Er hat gesagt, er muss dringend Energie tanken, er hat den ganzen Vormittag geschrieben und geschrieben, obwohl er eigentlich nach der durchwachten Nacht erwartet hatte, dass er müde sein würde; aber unser gemeinsames Erlebnis hätte ihn so beflügelt, dass er beschlossen hätte, ein Buch daraus zu machen.

Allerdings glaubte er, es wäre besser, wenn sich in seiner Geschichte Herr Wildeck unerwartet als Untoter herausstellen würde und Mama als verwunschene Königin aus dem Lande Esaron, als dessen heimlicher dunkler Herrscher schließlich Chucky enttarnt werden würde; und überhaupt wären noch ein paar unbedeutendere Änderungen nötig, weil er auch Fee und mich eher in der Gestalt weißer Flügelelfen sehen würde und Kröger als Einhorn. Aber sonst bliebe alles ziemlich genau so, wie wir es wirklich erlebt hatten.

Herr Wildeck hat ihn fasziniert angestarrt. »Ja, die Literatur und das Leben!«, hat er gesagt.

Und plötzlich ist mir eingefallen, dass ich nun leider in den letzten Tagen doch nichts Großes vollbracht und auch die Welt nicht gerettet hatte, obwohl Ebru und ich das doch beschlossen hatten. Da mussten wir eben später noch mal loslegen.

Dann haben wir alle mit Kaffee und Limo angestoßen.

Das größte Abenteuer seines Lebens! Ein Kinderkrimi von Kirsten Boie

Kirsten Boie
Der Junge, der Gedanken lesen konnte
Ein Friedhofskrimi
320 Seiten · Ab 10 Jahren
ISBN 978-3-7891-3191-2

Als Valentin unter den alten Bäumen des Friedhofs steht, ahnt er nicht, dass gerade das größte Abenteuer seines Lebens beginnt. Ist der Friedhofsgärtner Bronislaw ein ganz gemeiner Verbrecher? Hat er etwas mit den brutalen Überfällen auf Juweliergeschäfte zu tun? Valentin wird durch seine seltsame Gabe, Gedanken lesen zu können, in allergrößte Gefahr gebracht ...

Oetinger

Weitere Informationen unter: **www.oetinger.de**